U0523474

书话文存

书边上的圈点

伍立杨 著

商务印书馆
2011年·北京

图书在版编目(CIP)数据

书边上的圈点/伍立杨著.—北京:商务印书馆,2010
（书话文存）
ISBN 978-7-100-07323-3

Ⅰ.①书… Ⅱ.①伍… Ⅲ.①随笔—作品集—中国—当代②小品文—作品集—中国—当代 Ⅳ.①I267

中国版本图书馆CIP数据核字(2010)第153689号

所有权利保留。
未经许可,不得以任何方式使用。

SHŪBIĀN SHÀNG DE QUĀNDIĂN
书边上的圈点
伍立杨 著

商 务 印 书 馆 出 版
(北京王府井大街36号 邮政编码100710)
商 务 印 书 馆 发 行
北京民族印务有限责任公司印刷
ISBN 978-7-100-07323-3

| 2011年6月第1版 | 开本 787×960 1/16 |
| 2011年6月北京第1次印刷 | 印张 18¾ |

定价:36.00元

总　序

王春瑜

　　我国历史悠久,并且首先发明了印刷术,历代所印之书,总数虽不可确考,但以一人之力,终其一生,所读之书也不过是存世之书的九牛一毛而已。然而让人纳闷的是,历代读书人写读书心得的书却很多,甚至从东汉起,专门有了"书后"的文体,韩愈、柳宗元文集中屡见之,后人仿效者不少,明代名士王世贞更著有《读书后》八卷(按:前贤郭沫若、钱穆引《读书后》,均在"读书"下加逗号,将"后"字与下文联属,不知《读书后》乃书名,此一时疏于查考所致也)。不过,这类书与诗话类体裁有别,更与近代的书话有很大不同。从严格意义上说,书话是从二十世纪三十年代兴起的,其中最为读者熟悉的是郑振铎的《西谛书跋》、阿英的《阿英书话》、唐弢的《晦庵书话》。前年是郑振铎一百一十周年诞辰,中华书局重新编选郑先生的书话文字,印成《漫步书林》,堪称郑振铎书话精华。1996年,北京出版社出版了姜德明主编的《现代书话丛书》,除《阿英书话》外,另有《鲁迅书话》、《周作人书话》、《郑振铎书话》、《巴金书话》、《唐弢书话》、《孙犁书话》、《黄裳书话》。就我而言,二十世纪五六十年代在复旦大学历史系读本科、研究生时,鲁迅、阿英、郑振铎、唐弢的书话,深深启迪了我。鲁迅的名文《买〈小学大全〉记》,使我感受到了清代文字狱的血腥,此文我反复读过好几遍。郑振铎的《西谛书跋》,丰富了我的目录学知识。阿英的《小说闲谈》对研究明代文化,特别是社会生活,有重要的参考价值。1961年,唐弢在《人民日报》副刊上连载《书话》,虽属千字文,但文笔清新,我每篇都必看,增加了现代文学史的知识。后来结集出版,我买了一本，爱不释手。所谓书话，无非是有关书及著者的种种话题。这类作品，受到包括我在内的读者的欢迎，我想根本的原因是，这些书都是学者作家化或作家学者化的结晶。单就郑振铎、阿英、唐弢而论，郑先生是中国文学史的权威、藏书家，也是文学家；阿英先生是中国近代文学史专家、藏书家，也是文学家；唐先生是中国现代文学史专家，也是有"鲁迅风"之誉的杂文家。因此，他们写的书话，信手拈来，道人所未道，文字简洁，甚至文采斐然，读后不仅增加学养，还因文字娱目，而感到愉悦。这几本书无疑是传世之作，书话这种文体，也必将传承下去，并发扬光大。

正是本着传承书话文体的愿望，我主编了这套《书话文存》。诚然，先贤们的学问成就、文学业绩，我辈难以企及。但是，加盟本文存的作者，都既是学者，也是作家。王学泰不仅是研究中国古典文学的学者，也以研究游民及江湖文化驰名学界，并写了不少杂文、随笔；李乔是研究中国行业神的专家，有专著行世，并以大量的杂文、随笔活跃于文坛；伍立杨对中国近代史，特别是民国初年的政治史，有深入的研究，出版了有影响的专著，更以散文家为读者熟知；赵芳芳虽没有以上诸位的名气，但从她已出版的散文随笔集《一花可可半梦依依》《朱颜别趣》以及收入本文存的新作来看，她不仅饱读诗书，且文字温润似采采流水，她写的书话，别具风格，使人耳目一新。知识性、可读性是书话的命脉。就此而论，我敢说，本文存是与前辈们的书话一脉相承的。

编一套书话文存，余有志于此亦久矣。前年京中及陕西有出版社编辑来舍下约稿，我提出编此文存，他们都表示欢迎。但后来报选题，都被单位一把手否决。老实说，时下某些出版社的一把手，根本就是学术外行。去年我跟商务印书馆的王乃庄、常绍民、丁波先生说起出版这套文存，他们都很支持，此书才得以面世。这里，我对商务印书馆深表谢忱与敬意！

2010年2月20日

农历年初七，于老牛堂

目　录

卷一

山川与岁月的惊叹 3

品物者的心情

　　——谈《毛诗品物图考》 9

丽词　妙喻　心情

　　——谈《水经注》 11

刻刀下的自由魂

　　——从《飞鸿堂印谱》出发 13

民初译文的衣香鬓影 16

美色与人的天性 23

"汝准是发了疯矣" 26

那"沉静的眼睛里忽放异彩"

　　——读《洗澡》 28

倒海探珠　无尽绚烂

　　——读《喻林》 30

《浮生六记》里的谈艺 33

生机盎然的草木精神

　　——感受《南方草木状》 35

《山窗小品》 38

奇美之境

　　——谈流行书风 40

深稳的美趣
　　——马叙伦《六书解例》解读 …………………… 42
我敬魏默深 …………………………………………… 45
契诃夫的情景妙语 …………………………………… 48
《本草纲目》的绮思余韵 …………………………… 50
辩证读古书 …………………………………………… 52
经济观念与人文心肠 ………………………………… 54
八股文一瞥 …………………………………………… 60
扛鼎笔力绘群丑
　　——《文人秀》评论 ……………………………… 61

卷二

奇书《重庆客》 ……………………………………… 67
让大位、按手印及其他 ……………………………… 70
天才的睿智与洞见
　　——郑观应及其《盛世危言》 ………………… 75
《李秀成供状》眉批 ………………………………… 83
可怜的《李秀成供状》 ……………………………… 90
《刑事警察》的深微苦心 …………………………… 93
苦涩的辩护 …………………………………………… 101
滑稽突梯的苦恋与解构 ……………………………… 105
民权声音之回响 ……………………………………… 108
天王诗一瞥 …………………………………………… 110
攻城略地直捣黄龙
　　——《廖燕全集》的深透 ……………………… 112
用文字肩住美和自由的闸门
　　——傅增湘《藏园游记》印象 ………………… 117
抗战时的汽车传奇 …………………………………… 121

华丽缘？华丽冤！	124
由着性子来	128
美人记忆和喋血悲情	
——《板桥杂记》断想	135
从志士到巨奸：汪兆铭一生与暗杀结缘	138
曾氏传记三种评骘	146
惊险百出的柔性艳情	
——张恨水先生的《平沪通车》	163
印象最深的一本书	166
时间深处的怀想	167
民国篆刻说略	171
瞿秋白不懂孙中山	174
极细微处见不堪	176

卷三

知、智、欲、能的纠结和究诘	181
矫情	186
《自然政治论》：自由的价值	188
古代妇人之高见	194
《结婚》和《离婚》	195
书法妙喻之别笺	197
"感士不遇"的联想	199
山水闲话	201
古人的现代性	203
往事如烟	
——赏味《郑逸梅文稿》	205
文风一瞥	207

智识支撑的平衡
　　——《伤寒论证辨》：良医的用心 …………………… 209
读俞平伯《〈牡丹亭〉赞》………………………………… 212
突兀歧出的史论 …………………………………………… 214
牧惠和阅微草堂 …………………………………………… 217
相貌·化妆·人生 ………………………………………… 220
仙鹤其形　野雉其实 ……………………………………… 223
针砭明代特务政治 ………………………………………… 226
单干系有激使然 …………………………………………… 229
各地人物性情说略 ………………………………………… 231
闲坐想起陆放翁诗 ………………………………………… 235
如厕就读及其他 …………………………………………… 237
杰斐逊，他那穿越时空的文字 …………………………… 239
老兵永不死，只是悄然隐去……
　　——沉浸在《麦克阿瑟回忆录》 ……………………… 246
大哉《盐铁论》 …………………………………………… 250
不是结婚，而是谈恋爱 …………………………………… 256
识字难　未必然 …………………………………………… 258
读书的总统 ………………………………………………… 259
健笔凌云意纵横
　　——读孙中山书信抒感 ………………………………… 261
在博综的基础上高瞻千古
　　——谈来裕恂先生的《中国文学史稿》 …………… 265
艺文翻译：趣味及选择 …………………………………… 270
兵学奇才辛弃疾 …………………………………………… 275
饶汉祥大笔如椽 …………………………………………… 285

卷一

山川与岁月的惊叹

民国人文的奇人奇事总是令人在喟叹之余挂念不止。有美一人，清扬婉兮，似乎就是给弱女子刘曼卿预设的绝妙好辞。当1930年代初期，她以半官方身份持中枢书信出使西藏，年仅二十三岁。她往复一年，驱驰万里，完成使命后，取海道于1930年8月返抵南京。她的文化传奇，曾经轰动一时。

她幼年时期在西藏生长，后在北京求学。成年后因偶然机缘获延揽，在国民政府行政院文官处任书记官。因桑梓观念，要求前往西康、西藏调查人文、政经现状。那是1929年的夏天，西部边区到处是险恶的出生入死之地。曼卿幼习经史，颖悟过人，属文构思敏捷，初不留意，然于人文历史、国际形势，把握论断每有过人之处。她一路上非凡的观察、表述汇为《康藏轺征》，1938年由上海商务印书馆印行。

一边是舟车劳顿，另一边则落笔如风雨。她的文字锻炼炉火纯青，极雅致峻洁，而又极富形容力、表达力。不特如此，障川回澜、细意熨帖中，还更有心绪的惨淡经营。

她和文字好像有先天的血缘关系，一路上的种种经过，描述得那样自然、邃密，良金美玉，内外无瑕。仿佛并不费力，而其驱遣是那样的妥帖完美。山川要害，土俗民风，以至鸟兽虫鱼，奇怪之物，耳目所及，无不记载。至于康、藏地理形胜、民族风貌、民生疾苦，更予以极深的同情和呼吁。

在藏区，与政军文化界官员及其家属接触，次年三月底，拜会十三世达赖喇嘛，向其转交中山先生遗像，告以中枢垂念边疆之殷，宣扬五族共和观念，取得良好成效。

她选择的是元明清三朝以来的官道,即古驿道。茶马古道有川滇两造,一为西康雅安产砖茶,以康定为集散中心,马帮从此上路,经甘孜、昌都到拉萨,转运西藏各地;另一为云南所产沱茶,汇聚大理,商队由此上路,经丽江、中甸、德钦到西藏的邦达或昌都、拉萨,再转各地。刘曼卿首次取道川藏线,第二次则走滇藏线。

她首次入藏,由南京启程,上武汉,过三峡,入重庆,经成渝路进成都。然后取道康定(打箭炉),理(理塘)、巴(巴塘)入藏。又经莽里、古树……王卡、巴贡、包敦十余城镇到达昌都,再经恩达、洛隆宗、嘉黎、太昭到拉萨,单边总行程五千余里,可想行路之难。

迢迢长路,有时是峭壁凌空,大雪横野,有时是羊肠小道,上逼下悬。

这样一路到了昌都,一路上也不免与各地有声望的贤达交流,端赖她的言辞明慧,态度恳切,措辞极为得体,不特免除了种种可能的误解,而且地方有力之士,在其循循善诱之下,亦多通情达理,均愿输诚。留在昌都一个月,当地人士有询问孙中山先生事迹者,她则为之详尽解答,中心为先生坚忍不拔之志,及博爱怀人之慈,听者若有所悟。

路上遇到的困难非今人所可想象,但她从小在西藏生长,故多能化险为夷。一路考其山川、风俗、疾苦疠病。每到险要地方,便找老兵退卒或当地百姓详细询问曲折原委,并与平日所知对勘,所得可补近代地理考察之阙。

直到到达拉萨后,面谒达赖,所告诉万里奔驰之苦心,也即国家利益和主权完整,此番话语,由于其气象的端丽,增进效果不少。

刘曼卿二次入藏,则改走滇藏线。这次入藏则主要宣讲抗日理念,取得边陲人民的道义和物质支持。她笔下的人物口吻,只需几句点染,便可捕捉其人心声与情感,此多借助文字意蕴的追求,其间并蕴涵人物的自身价值以及社会投射在个别生命中的痕迹。

达赖喇嘛对她说:"至于西康事件,请转告政府,勿遣暴厉军人,重苦百姓,可派一清廉文官接收,吾随时可以撤回防军,都是中国领土,何分尔我。"

"英国人对吾确有诱惑之念,但吾知主权不可失,性质习惯两不容,故彼来均虚与之周旋,未予以分厘权利,中国只须内部巩固,康藏问题不难定于樽俎。"

可见当地高层明事理、知大节的底线。而曼卿本人,德言容功,动循矩法,而其别有大志,又仿佛女中丈夫,行事刚健笃实,磊落皎然。

古代地理书相当发达,也最有文字的兴味。从《水经注》、《洛阳伽蓝记》直到《岭表录异》、《星槎胜览》再到《海国图志》,无虑数十百种。以出色文笔描述自然风月及社会生活,乃是古代地理学家郦道元、徐霞客创辟发展的传统,自始至终和文学两位一体。在刘曼卿笔下,沿路的山川、气候、道路、物产以及居民、建筑、风俗、宗教、语言……都得以精彩记录,文中蒿目时艰,流露深郁的家国之念,以及对乡邦民气的信托。

清代作家姚莹,乃是桐城派柱石姚鼐侄孙,曾任台湾兵备道。咸丰初年,任广西按察使,参与永安打击洪杨之役。曾奉命入藏处理争端。他的著作不少,其中有关边疆地理者尤有兴味。《康輶纪行》16卷记述他于道光年间数次赴藏的见闻,涉及西藏地理、形势、宗教、风俗,以及英、俄、印诸国情形。文体系日记条目式笔记体裁。

"……天寒地高冰雪坚,百步十蹶蹄踠扯。鞭笞横乱噤无声,谁怜倒毙阴崖下……艰难聊作乌拉行,牛乎马乎泪盈把。"这是说进藏者遇到的首要困难,就是面临高山崎岖和严寒针砭。藏区所需物资,全赖人背畜驮和栈道溜索运输。

清代地理笔记中,描述了进藏路途中特点突出的若干地理现象。清朝前期,杜昌丁《藏行纪程》记其于某个初夏的观察,在崩达以西不远处,"其寒盛夏如隆冬,不毛之地名雪坝,山凹间有黑帐房,以牛羊为生,数万成群,驱放旷野"。"怒江之水,昼夜温湿,不闻言语。缘江万丈,俯视江流如线,间有奇胜,中心惴惴,无暇领略也。"

古代文化人,虽置身险峻之区域,仍在下意识地考察城镇、村落的地理全貌,在其笔记中不乏精彩描述。西藏独具特色的生物现象,也会引起某些进藏者的兴趣,1824年的10月徐瀛注意到,"昂地山高雪深,产雪莲花颇多……花生积雪中,独茎无叶,其瓣作淡红色",姚莹则记述:"察木多杨树告已脱叶,而干下自抽青枝且放新叶。盖高处风寒,下得地气故也。蕃地每七八月间多雨,山上雪已封岭,人且重裘矣。"

刘曼卿的文字似乎比名作家姚莹记述同样行程的文字还要邃密。当中饱含她种种对风俗、人文、地理的超绝睿智的认识。譬如还是在过三峡的时候,原来在东南一带听说峡江是如何的险峻,实地观之,不过尔尔。原因是东南一带人民见大山甚少,故多夸张,在西南住民看来,没啥奇绝之处。峡区的景点,有许多的传说故事,当地人娓娓道来,好像很有滋味,其实很空洞肤泛,她的结论是"古人称西蜀好幽玄怪异之思,诚不诬罔"。

到重庆,她写道:"船靠岸,担夫走卒率来抢取行李,其汹涌狡猾之态不亚于汉、宁诸埠。"这是实录,于今亦然。这一带农民生计的艰辛,土娼的肮脏悲惨,也都活灵活现的记入笔下。

到成都后拜见刘文辉于将军衙门,刘以康藏蛮荒,怪她轻举妄动,殊不知她自幼生长边地,自有此地的知识与智能、底气与胆气。

雅安去康定的路上,"万山丛脞,行旅甚艰,沿途负茶包者络绎不绝……肩荷者甚吃苦,行数武必一歇,尽日只得二三十里。"山城康定,笔者小时候曾经在那里长住,曼卿只寥寥数语就清楚勾勒其基本地理结构、它的确凿形象,实在令人惊讶:"此地为川康之分界,三山夹抱,地势褊狭,急流两支贯其中,水砾相击,喧声腾吼不可终日……普通康人视知识为不甚需要,而亦不能谓为无文化,盖民间有极美妙之歌曲,喇嘛有极深玄之佛理,至于绘画塑像均精妙无伦……"

过理塘之前,翻越折多山,海拔近五千米。虽在盛夏,高山上"残雪积草上犹作银色",自此而后,对藏地风情和宗教样式、沿途的食宿、驿站、交通的叙写,可谓深入骨髓。真正的难度在表达的深度上,她超越了这种难度,运笔铺陈忧患意识,广漠崇山中人民生活的精神搏动,民生民俗、历史地理那样和内地迥异而富有别样的生命力。她的表述达到了罕见的高度。

当然,她的只身闯藏区,事实上还是得到方方面面的照拂。在四川有川军当局签发的特许证,在西康和西藏则有地方军的恭敬护佑。

川滇藏交界的地方,乃三江流域(金沙江、澜沧江、怒江)中上游,地势高亢,河流切割剧烈,多处是童山濯濯,风景荒凉,寓目景象极其萧索。有的时候,也有旖旎难状的高原美景,"忽见广坝无垠,风清月朗,连天芳草,满缀黄花,牛羊成群,帷幕四撑,再行则城市俨然,炊烟如缕,恍若武陵渔父,误入桃源仙境……地广人稀,富藏未发,亦不过为太古式生活之数万康人优游之所耳"(《康藏轺征续记》)。这是滇、康交界之中甸县城,今已改名香格里拉,笔者2006年夏天前往滇西北驰驱万里,实地印证了她的描写。

出中甸城北门,"为一广约十余里之草原,四面环山,如居盘底,有小溪一道,曲折流于其中,分草原为若干份,牛羊三五垂首以刍其草。沿溪设水磨数所,终日粼粼,研青稞为糌粑之所也。草原之上,多野鹜,低飞盘旋,鸣声咿哑,与磨之声相和答,在此寂静之广场中,遂亦如小儿女之喁喁私语,益显其悠闲况味。草原尽头,刚见一片巍峨建筑,横亘于山麓之下,则著名之归化寺也"。

较之古人以日记方式记述途中见闻方式,刘曼卿则将日记统筹处理,扩写成以小标题区分统揽的文章组合。所记的是当日的见闻、思想、心情,比其他私人撰述更具有学术性、原始性。留下诸多关于疆域、山川、交通程站、人事方面的珍贵记录。诸如各地地貌、户口变迁、风俗物产异同以及民间传说,或加考证,或加澄清;对其渊源变化,均有提纲挈领的综述比勘。古代地理学长于描述的悠久传统,在她这里落实放大。山河气质、地理人文……在她的行程中跃然纸上。

刘曼卿这本书,笔驱造化,细意熨帖,大者含元气,细者入无间。可谓从肺腑流处,无一字空设。描述得确凿深稳,文字、词汇的贴切妥善,复制复活大地的精神景况、地理特征,满含生命驰荡的律动,她的观察方式,既有一针见血的深刻贯穿,也不乏冰雪聪明的机趣附着,端的是无以复加,甚至因其与山川的逶迤磅礴合二为一,为一体化,取得较影片记录更为震撼的效果。

说起来,古人当然不乏她这样的文笔,但古人并不能预知或栖身生活在她所处的时代风云之中;后人所处环境或有可能较她生活的时代更为复杂,但却至难寻觅像她那样峻洁雅健、势如削玉的高超文笔。

人文地理,或曰私人地理,乃是近年来时尚写家之热门首选,但就文字而言,多数记叙啰唆,识量轻浅,一二寻常景点,惊呼夸为独见;琐碎自言自语,衍成冗长篇什。游谈无根,难接大地精神。照片倒是清晰、书籍轻型纸的时髦包装也很招眼,但若谓地理人文脉络的深切契入,则遍寻不得。如果说《康藏轺征》兼具长风振林、微雨湿花之大美,则今之写家笔下但余瓦砾凌乱、顽石载途的少见多怪了。

刘曼卿:《康藏轺征》,上海商务印书馆 1938 年版;民族出版社 1998 年版

品物者的心情
——谈《毛诗品物图考》

这是一本很寂寞的书。讲一些花花草草，虫鱼鸟兽。引述古典博物书籍来梳理自己的想法，又纂辑各种图案来补充丰富对自然生物的认识。说它寂寞，是因为只宜"多识草木虫鱼鸟兽之名"，除此以外，似乎也并无太大的作用，不过这种书，最适合心情落寞的人来读。李敖曾引西哲某的话说，他认识的人越多，就越喜欢狗。我们不妨替他改一下，叫做认识的人越多，便越喜欢草木花卉，虫鱼鸟兽。

编纂这本书的是一个日本人，叫冈元凤。他荟萃群书，择善而从，为的是使读《诗》者有所助益。天下之大、物象之繁，才构成了这个生机勃勃、幽秘万端的大千世界，就《诗经》一书所列生物择要而绍，也有近两百种，就《诗经》各句而引起，集、传、疏、证、图，各相补益，也可见出文化的积累。所以，清光绪丙戌年孟冬之月，翰林院编修戴兆春慨然为之序，他说："溯流穷源，顾名思义，因形象而求意理，因意理而得指归。"这也就是很了不起的作用了。

《毛诗品物图考》，这本趣味盎然的小书，分七卷，细述草、木、虫、鱼、鸟、兽之名义，就《诗经》风雅颂、赋比兴六义所涉取的鸟兽草木，一动一静，一枯一荣，细悉纤浓，无所不至。翻开这本书，心眼也随之激活，山林沛然之生气，郁乎其间矣！他集释"投我以木瓜"这一句，引述《尔雅》、《图经》、《诗集传》等，说它是"可食之物，实如小瓜，酢可食"。"其木状似柰，其花生于春末，而深红色，其实大者如瓜，小者如拳。"图案尤为兴味纡郁，线条饱满曲折，似见生物之蓊郁，绿可染手，又仿佛于深山大壑中行走，林木气息如药香，空翠润泽可湿人衣。品物之品，确可品出深郁的味道来,其释意,或直接,或参照,或互证,或模糊,或简略,或细密,然就图文并茂而言,却又是诗意的,活色生香的。

像"泛彼柏舟"这样的名句,一些人早在小儿念经的时候就朗朗上口了,可是看了图考,又不免生发一种盎然的情味,晓得了所谓"柏",是"木所以宜为舟也",又晓得它"树耸直,皮薄,肌腻,三月开细琐花,结实成球,状如小铃,多瓣,九月熟,霜后瓣裂,中有子大如麦,芳香可爱。种类非一,入落惟取叶扁而侧生者。扁柏为贵,园林多植之。"此种诠释,说它有益人心世道,固无不宜;说它诗意盎然,令人生欢喜心,就更恰切了。作者又引述五六种古籍,详辨"莎鸡振羽"之莎鸡这种小昆虫,把它和斯螽、蟋蟀、纬车等小虫区分开来了,这样一来,泥土和花卉的气息就浓郁了,草虫的鸣声也似乎更丰富多样了。图案的作者,均不见注明,想亦是当时的画师罢,不少图案似出于一人之手,盖画风相近也。"鸳鸯于飞"一图,看到那种可爱可亲的水禽,令人生一种虽孤单却不冷落的心情。鲁迅先生说《花镜》《山海经》《毛诗品物图考》都是他少年时"心爱的宝书",他很愿意看这种石印的图画。

喜欢这个书名。喜欢草木禽虫的情态。喜欢释意中自甘寂寞的心境。对我来说,它使我仿佛回到了西南部的深山,仿佛走进了动静交织,万类生动的大自然深处,在孤灯下,起来一种古旧的心情,思绪流逸了很远,一时竟回不到现实中来。

冈元凤:《毛诗品物图考》,中国书店1985年版

丽词 妙喻 心情
——谈《水经注》

　　古籍中的一些书往往记述古人生活、思想、事件的某一侧面，形式较为单一。另外一些书，则不但叙写了某种真实情况，且又在此基础上融会了自己的心情，使得文字晕染了深厚的心绪情怀，弥漫见识和趣味，味道深郁。仿佛是时间深处不灭的孤灯，捧读之下，就不禁有一番惘惘依依的意绪，难以释怀。《水经注》无疑便是这样的一本书。最使人欣然者，是它的文字，有如串串珠玉，联翩而来，酌收当时民间语言成分，但不失纯净的书面语的格调，并且一直保持活泼泼的体察自然的心境。作者仿佛在用他的笔墨说，生命不论长久也罢，短促也罢，都不必休戚，他的精神已经融会在山川林木之中了。更重要的是，他已经用他陈年美酒般的文字把这种精神复活了。郦道元在写人文地理著作，也是在营造一座绿影照窗的精神别墅。千多年过去，文字的情味仍令人缅怀不已。

　　"于溪之东山有一水发自山椒下，数丈素湍，直注颓波，委壑可数百丈，望之若霏幅练矣。"（卷三十）"两山相次，去数十里，回峙相望，孤影若浮。"（卷三八）真的是文字似酒，符合地理学旨趣，更不失文艺的兴味，尤其可称道的是这种准确、精练、兴味盎然的文字充溢全书，成为独在的人文自然精神。即使指涉到它的字汇，单独取出，若：诸记纷竞、长津委浪、夕阳西颓、吐纳川流、峻峭层峙、林木萧森、离离蔚蔚……可见字词选择强烈的情绪倾向，闪烁光与影的动感，态势、影像栩栩而出，确乎是山水知己的心情和手段。该书中的巧比妙喻也多不胜数："黄牛滩南岩重岭叠起，高岩间有石色，如人负刀牵牛，人黑牛黄，成就分明。"这种比喻是连续性的、动感的、彩色的,相当考究,他的方法是记述,他的趣味却是诗意的。

在印刷术空前发达的今天,再来读《水经注》,它的文采,它的文墨工力,不啻如荆棘中见珍珠的眼明之快。余光中先生说他选择一本书,首先要看文字,朱光潜也有类似的观点,文字无甚精彩的书,简直可以不再为其浪费什么时间了。《水经注》这中古时期的经典著作,给我们送来了和自然渊源相融的人文精神,它的文字渗透了美,我们的阅读心情也油然为这姿采横溢的文字所占据、扩展并且弥漫。

一本地理科学著作,同时也是中古时期的文学经典,确乎是令人讶异的事。所谓经典,乃是其中的人文精神任时光的淘洗,仍然历千年而不变色,《水经注》当之无愧。文字工力每每被人视为雕虫小技,实则此中有真意。如郦道元笔下,轻逸与厚重相结合,文字起落裕如,弹力恒久游龙腾蛟般伸缩在历史地理作品中,仿佛清风入室来,看似寻常,实不易到。文采的无可挑剔,越发见其纯净高华。林语堂先生说要新思想,可以到旧书里面去找,《水经注》可作如是观。

[北魏]郦道元:《水经注》,上海古籍出版社1990年版

刻刀下的自由魂
——从《飞鸿堂印谱》出发

偶尔才有这样的机会,摈却俗务,躲进小楼,玩刀弄石,胸中逸气渐生;刀石冲突与转圜之间,阡陌纵横滋生出另一个世界,诸魔羁控的种种杂念,暂时竟也扫叶都尽。

把玩刀石之余,醉倒在闲章的境界中。大抵印章艺术,自书画中半脱离出来,至清代陡起一峰,蔚为大观。《飞鸿堂印谱》即为闲章艺术之集大成,数十巨帙,透过一座座新奇而考究的印文,恍惚可见纷红骇绿、山赤涧碧,思绪逸出,邈邈难收。

读这些印文,大有抚创安神励志止痛之效。其文不外言志、感慨、情景诸类,然大率句句都是不羁之态,刀刀都是自由之魂。且看——不贪为宝。志在高山流水。林深远俗情。宦途吾倦矣。其言志的心魂,岂非醉翁之意,在乎刀石之间吗?再一类——忍把韶光轻弃。知命故不忧。满眼是相思。待五百年后人论定。感慨之深郁岂不是埋忧冲刀之顷,挥之不去吗?而又一类——只有看山不厌。积书盈房。松窗明月梦梅花。眷恋良辰美景,流连朗月清风。在下刀的腠理和石纹的肌理中,这样的情与景,似乎顿得放大、落实。大自然的无边风月,在有限的方寸之间,似乎顿获无限之效了。

近人王菊昆以为,印之大小,划之疏密,挪让取巧,俯仰向背,各有一定之理,但也不完全一定。关键在"字与字相依顾而有情,一气贯穿而不悖"。此诚卓见也。治印大家邓散木则谓"刀法有成理者,有不成理者,而施之以用,则需因时制宜"。两大家心眼机杼同一。仅翻阅卷帙浩繁的《飞鸿堂印谱》而言,千人千种刀法,或冲波逆折,或六龙回日,或蛇行明灭,或磅礴正大,或幽花自赏,或断涧寒流,刀法本身也各成一种诗料,自然茂美。这是古人在混沌的大自然中为吾侪创造的一个小乾坤,一个艺术家心灵中的小乾坤。

不管治印者外表看似如何枯寂,生活如何单调、牵萝补屋,寒蛩不住鸣,但其推刀冲决之际,其中蜿蜒寄托携带的,却正是一种破网求出的自由精神。摘句本来是传统文艺鉴赏的老路,摘于旧诗古文经传释辞;但治印因工具所限,一般而言,比摘录段落或完整之句要为节省。单位石头的面积容量既远逊于纸张,而推刀难度也较大于笔墨的措置。这种情况下落实到石面上的印文自然带有一种厚度、深度、力度,所得想象力的溺爱似也多出几分。凝神注目,缭绕直到心绪的灯火阑珊处,玄想幻化,只觉末韵纡转盘旋,久之不绝。往昔诗文,时人作品,所截出的一句半句,甚至只言片语,在石上落实,放大再放大,语句的内在容量很容易像鲁迅在厦门眺望夜色的时分,一沉再沉,"加药、加酒、加香",其辐射力,自然是老柴般经烧。

我喜欢这样的句子:葫芦一笑其乐也天。竹杖芒鞋。搔首对西风。君子和而不同。志士过时有余香。闲多反觉白云忙。凡物有生皆有灭,此身非幻亦非真。人生聚散信如浮云。庾郎从此愁多。让人非我弱。每爱奇书手自抄。蜗牛角上争何事。不开口笑是痴人。挑灯看剑泪痕深……就情景的状态而言,这些截句印文确如卡夫卡所说,"地洞的最大优点是阴凉宁静"。(《外国现代派作品选》下册)幽花杂卉,乱石丛篁,摇曳于穷乡绝壑、篱落水边,仿佛一颗百年孤寂的心灵,虽然看去并非激荡的热血,心中却始终洋溢着人间的关爱。细味其精神趋向,却无不是想象力稀薄处的逆动,是草枯霜冷时分的"芭蕉叶大栀子肥",是于无声处有激烈,是对无形精神枷锁限定、桎梏的冲决、超越,是自由精神的翱翔,有情有趣,有胆识,更有大悲悯,这才是刀中乾坤、石上世界的真意义。

中国文人,无论帝制社会怎样的无情寡恩,但林苑寺庙、山庄别业的存在,到底网开一面,提供一种身心的庇护所,自由思想,多少还有表达的余裕;刻刀笃笃,仿佛打开层层枷锁和规限,寄意深深,自娱娱人,自成一统;而遇极权的严酷时代,则山庄林苑,悉数扫荡,秦火焰烈,艺士文人,避无可避,以至自由精神丧失殆尽,艺术泯灭,人皆如行尸走肉。然而,即使在这样的时分,包含孤胆与柔情的自由思想也在严霜之下艰难寻求生长与出路。近见媒体披露1973年冬新华社记者刘回年先生写给王洪文的辞呈,大为感佩。其时王氏任中央副主席,气焰熏天,选刘为秘书,馋杀几多依草附木者,然而刘回年却一拖再拖,最后上辞呈云:"首长好,任秘书我深感荣幸,考虑到首长处工作,事关重大,要求高,本人从学校出来后一直当记者,自由主义惯了,不严谨,恐难以适应……"潜台词是不想干,不来干。这其中,也正包含着"若为自由故,二者皆可抛"的真意。石在,火种不灭,此番辞呈,真堪刻成一方大闲章,刀法要率性而充溢浩然之气,印边要连贯而时见缺落,边款可泐曰:自由主义惯,伟哉刘回年。他迫于无奈,无奈中偶一挥洒,到底绾住了自由的础石。

印章面积有限,但它的内在质地,也正是这样一种人类追求自由的普遍精神价值啊。

汪启淑辑:《飞鸿堂印谱》(线装四函),中国书店1985年版

民初译文的衣香鬓影

（一）

近世以来，西风东渐，翻译文章渐夥。观民国时期外文汉译之神采飞动，以对照今日，则今之译文，无疑为恹恹欲坠之病体也。

试观英国密尔的《论自由》一书——

晚清时节文化巨子严复先生1899年译本，这一节是：

> 使一国之才力聪明，皆聚于政府，将不独于其所治者害也；即政府之智力，其所恃以为进步者，亦浸假与俱亡焉。是故自由之国，欲政府常有与时偕进之机，道在使居政府以外之人，常为之指摘而论议，其政府必有辞以对之。

1903年马君武译本：

> 苟一国之政府，将一国才智之士，尽罗而入乎其中，则必大为进步之害。盖一国之政，必须旁观徒手之多数政治家，论列指陈其利害，发出等等与现在政府反对之政论，使政府之所法戒。（第五章）

商务印书馆1996年译本之同章同节：

> 若把一国中的主要能手尽数吸收入管制团体之内，这对于那

个团体自身的智力活动和进步说来,也迟早是致命的。要遏止这种貌似相反实则密切联系的趋势,要刺激这个团体的能力使用其保持高度水准,唯一的条件是对在这个团体外面的有同等能力的监视批评负责。

再看此书《总论》中讲到古代社会专制之害,权力集中于一人,或一种一族之恶果:

严复译本:

　　不幸是最强者,时乃自啄其群,为虐无异所驱之残贼。则长嘴锯牙,为其民所大畏者,固其所耳。

马君武译本:

　　人民有不服者,用兵以摧杀之,与御外寇无异。呜呼,此国中之弱民遂如细虫纤鸟,日供秃鹫之掠食。

商务印书馆 1996 年译本:

　　权力被看做是一种武装,统治者会试图用以对付其臣民,正不亚于用以对付外来之敌人。在一个群体当中,为着保障较弱成员免遭无数鸷鹰的戕贼,就需要一个比余员都强的贼禽去压服它们。但是这个鹰王之喜戕其群并不亚于那些较次的贪物,于是这个群体又不免经常处于需要防御鹰王爪牙的状态。

将三者译文全书对照读之,其特征不难见出。严复译文奇崛深婉,用词古奥,或谓之得其寰中,有时也不免流于深涩,反害其义;甚至导致文意的走光,即文意不确。它的妙处是简古,坏处是读之拗口,阅之碍眼。但严复的译本多为开山之作。

马君武的译文，境界为三家中最高，他尽量顾及原文的叙述秩序，文藻讲究，造句练达，译序雅驯。译文相当考究传神，于原文宗旨，探其源流，明其原委，稍加组织，即为佳美中文。他所用为浅近文言，既尊重原作，也易于普及，造成理解、欣赏的最佳契机。

商务译本，其最大弊，为芜蔓不振，啰唆夹缠。仿佛在力求直译，贴近原文，实则为原文之仆役傀儡，如走路之怪步畏缩，不敢大踏步潇洒出门；如唱歌之哑嗓左调，徒增阅读障碍。其受束缚既深，又如何传情达意，而原文精神水银泻地矣。

（二）

文言的转为白话，乃是一个渐变的发生过程。漫长的两千多年文章，自有辩证的因素在内。试观《汉书》文章，因风习变异、意识形态的改易，今人读之已有难度。但从《汉书》陡然跳到清代的《碑传集》，但见其逻辑关系，接榫过脉，都更清晰丰满，文意的前后联络更为合理。二者在气质上是一脉相传的。后者更以前者为最高鹄的。唯善用古者能变古，此为善性之变。而人为的倡导白话，以为搞到清汤寡液方为白话之正传，则也不免锢蔽顽劣之病。且表现形态为强人从我，那是时代文化专霸之怪物。也有民国初年出道之时用浅近文言，晚年改习白话文者，则往往面目可憎，不忍卒读，此系自然渐变为科学，人为突变为愚昧的缘故。

民初大译家，林纾译文高古，其人以《史记》《汉书》为心法。他所标举的文言文，是直追秦汉的那种散体古文，运用纯熟而滴水不漏，所谓胎息于《史记》《汉书》。叙事文学的长篇小说译来殆无倦色，文章通体健旺，且其人博稽深思，据文意更有创造发挥，不特忠实于原文，且有改进之处。以此一点，于某数文家，钱锺书先生说是宁愿读林氏译文，不欲读原著也。林译文学，严复则多译学术著作，其简古之文，对原创宗旨之把握甚是得体。可谓遗其粗而得其精,其译文风格,颇利于学术精神之穿透性领悟。他译《天演论》、《群学肄言》、《群己权界论》、《法意》,涉及社会、逻辑、法学、政治诸门类,为当时认知西方之一完整体系,其译文风格可谓之打通,盖无道则隔,有道则通。

译事三难:信、达、雅——即由严复译《天演论》时,在《译例言》中破题道出。翻译的大略,他以为"译文取明深义,故词句之间,时有所颠倒附益,不斤斤于字比句次,而意义则不信本文"。他译这本书的《导言》词汇深蔚,藻采纷披,以文字精神复活大自然,使之成为深具人文色彩之第二自然,端的是精美不可方物。

"悬想二千年前,计唯有天造草昧。人工未施,不过几处荒坟,散见坡陀起伏间。而灌木丛林,蒙茸山麓,未加删治如今日者,则无疑也。怒生之草,交加之藤,势如争长相雄……四时之内,飘风怒吹,或西发西洋,东起北海,旁午交扇,无日无息。上有鸟兽之践啄,下有蚁喙之啮伤……是离离者亦各尽天能,以自存种族而已。"

起赫胥黎于地下,亦必拊掌称佳。那原作的衣香鬓影,在他笔下硬是传达得天衣无缝。真的可以使疲神顿爽,居无寥落,大慰所怀。

(三)

民初浅近文言译风盛行海内。大公报社论均为浅近文言写就,其潜移默化之浸透力一时无两。民初,上千种报纸刊物均以此种文风为载体,为飞翔之翼。其大放异彩,固自有其真价值在焉,非偶然也。而当时之译风,也因浅近文言造成奇观。

苏曼殊译雪莱诗,译拜伦诗,译小说,其文字,亦深合他那以情求道的心性。文字奇诡兼流丽,含峻洁、古峭、幽奇诸境界。如他自英文转译的印度笔记小说《娑罗海滨遁迹记》,"时在雨季,不慧失道荒谷,天忽阴晦,小雨溟溟。婆支迦华(云雨时生花)盛开,香渍心府。行渐前,三山犬牙,夹道皆美,池流清净,林木蔚然。不慧拾椰壳掬池水止渴,既而凉生肩上。坐石背少许,歌声自洞出,如鼓箜篌。"曼殊的性格是时而自由放旷,时而有任诞激越,时而又嗒然自伤。故其文字风格神秘、美魇,而又天真热忱,读之不觉上瘾难戒。他的文字得六朝文的哀艳凄美,他运用起来,能于悲欢离合之中,极尽波谲云诡。他的文辞是松风水月之清绝,但他的译文,神旨毕肖,却因他的遣词风格,深深打上他性格的烙印。有一种风趣,更有一种伤怀。这里面还有一个原因,就是他所选译的,往往和他所见略同,所以他翻译起来,有一种共同发抒的快感。

周瘦鹃先生1916年译作,《欧美名家短篇小说》,凡47家。几乎全用浅近文言述之,全书四十余万字,译写笔酣墨饱不稍衰。其文爽脆利落而一往情深。鲁迅赞他这部译作为"昏夜之微光,鸡群之鹤鸣"。周先生的文字,观察深刻,意境隽永,下词准确,他人所苦思力索而不易得当的,他就很自然的写了出来。这是何等的天才与学力。因此我们不妨说,情节是欧美名家的手笔,文字却是周瘦鹃的手笔。他译贾思甘尔夫人的《情场侠骨》,"一日午后,日光映射于墓场草地之上,予与予友同坐一水松荫之下,水松受日,写修影于地,色渐晕渐深,夏虫匝地而噪,似唱催眠之歌。居倾之,予即向予友杰勒曼曰:君意中果以何等人为英雄?予发问后,又寂然者久之,游目观云影,方浮动远山上,为状如美人云髻。予痴望不瞬,几忘所问之为何语。寻闻杰勒曼答曰:吾意中之所谓英雄者,当尽其天职,不恤牺牲一身……"

周先生的文字是那样的婉曲、爽利,神情活现,曲尽浅近文言的含蓄、包容和附着力强的特性。20世纪50年代以后,周瘦鹃为康生嫉恨迫害,投井而亡,他后来的文字,纯用无神采的白话,呆板直腔,叙情道义大打折扣,个人境遇影响文采发扬,不免叫人深恶专制之酷烈。

(四)

民初以来,马君武、鲁迅、孙中山、蔡元培、周瘦鹃、范烟桥、叶楚伧、严复、章太炎、梁启超、王国维、吴稚晖……都曾以浅近文言译书,浅近文言为古文变来,而其得历代名文所赐,殊非浅显。秦文雄奇,汉文醇厚,辛亥以还,浅近文言又融入了这一代知识分子的深情博丽,他们同时也受外国文艺的影响,气质益深。林纾相信中西文章妙处的结合,只会使中文更放异彩,"以彼新理,助我行文","合中西二文熔为一片"。其大貌,要而言之,即是亦旧亦新,其人兼新派博士和老式学究之长,于文字调遣,有撒豆成兵的大将风度。观其文,或挥鞭断流、大气磅礴,或饮马长城、叱咤风云,或秋水长天,空灵明丽,或缠绵悱恻,哀感顽艳,无论治国宏策,或抒怀小品,文采艳光四射,其译文风格也全然融入了这样的才气和性情,那纯然是以自由的心境而作自由的驰驱。在他们那里,才说得上是美是自由的象征。

今之译文,文界几十年来备受反智的专制之害,传统的馨香皆指为封建,西方的智慧都斥作腐朽,于是文化的精义两失之。

今之译者,尤其是国学修养几乎等于零,令其是识量卑狭,先天不足而兼以商业文体的浸袭,造成今之译文怪模怪样,遣词造句,大多捍格不入,或谓直译其文,结果大似十三女儿使千钧铁杖,步履能不蹒跚?又仿佛江湖经咒一般,读者几莫名其妙。《吉迪恩烈火》(〔英〕J.马力克,群众出版社1990年版)中有这样的句子:"你认为这可能是对某一个用如此骇人的住房条件赚钱的房主的攻击吗?""我没法想象为什么比没有孩子更使我不喜欢的事了。"字句和意思纠结不清,为诘屈之尤;读者以为需边读边吸氧气,否则必憋气窒息……没有翻译的资格而强为之,必然力不从心。译界大量的庸手充斥其间,文字的笨拙有如木偶,求基本的用字适当、定义坚确,也不可得。强看数页,头疼不已。译文艺则不知所云,导致原作精神水土流失;译学术则悖淆其义,哲理法意搅成一锅馊粥,穷拼乱凑,去真益远。隔膜深深深几许,洵不知人间有美化二字。早期俄文翻译实为滥觞,至今已是大面积用方块字铺设的不通的外文,不着边际地当起精神上的假洋鬼子。总之今天的新译文,词汇贫弱,面目实可憎;手腕沉下,失却美与力;见识短浅,文焉不得病。可悲的是,外文原著作者结结实实的随之蒙冤,却毫无申辩的可能。

　　反观民初之浅近文言译本,以有比较之故,顿受震撼,惊为创获。其仪形美感,尤为吾侪精神生存不灭、巍然永峙之灵光。

　　一个时代的文章文体,乃国民精神智慧所寄,文化气质借此流露表现,决非小节。严复说:"吾未见文明富强之国,其国语之不尊也。"醒豁有如冷水浇背,可堪三复斯言。

马君武:《马君武集》,华中师范大学出版社1991年版
周瘦鹃译:《欧美名家短篇小说》,岳麓书社1987年版
〔英〕密尔:《论自由》,商务印书馆1979年版
严复:《严复集》,中华书局1986年版

美色与人的天性

魏明帝时期的吏部郎许允,他的太太阮氏容貌奇丑,刚结婚他就成了一个不回家的人,家人忧虑得很,一天有客来,阮氏令丫头看之,原来是大司农桓范,阮氏知他会劝丈夫,果然,他劝说许允:人家嫁人给你,总是有理由的。这位许兄,便走进里屋,一看之下,还是没有吸引力,转身就走,他太太果断拦住他。许兄有气,便问:妇有四德(妇德、妇言、妇功、妇容),你有什么呢?他太太说,我所缺乏的,只是容貌,然而士有百行,你有什么呢?他说,老子都有,太太说,百行以德为首,你好色不好德,啥叫都有?许兄当下愧怍不已。以后他们即相互敬爱了。

这是世说新语卷十九的一则故事。相貌美丑乃先天既成事实,不能自己选择,古代智识者用心良苦,拈出这一故事,大加褒扬。老许爱美厌丑,先是那样决绝,经一番简单的思想教育,毅然转变,来得太突然,实乏说服力,此事古人极称之,曾多方转摘渲染。

与此恰相反的是许指严的《金川妖姬志》,记清代四川剿匪事。蛮女阿扣,先嫁一匪首,以美色使众匪首斗。然后令前来剿匪的大将军岳钟琪(曾静案告密者)神魂颠倒;复使督军的大学士讷亲、云贵总督张广泗沉醉迷瞪,着魔般痴念燃烧。此三人为阿扣展开了老谋深算的勾心斗角,夺来复去,去而复夺,密谋暗室中,运作深山里,刀光剑影,险象环生,剿匪反而成了他们打击政治对手及情敌的手段。一番目不暇接的反复曲折之后,事情闹到清高宗那里,总督及大学士人头落地。此前风声走漏,朝廷对之即有道德劝慰、功名期许,然而效果只等于零。他三人明争暗斗期间,妖姬阿扣得了空闲,又在各土匪部落间挑起战端。她相貌如何呢?"阿扣绝艳,两颊如天半蒸霞,肤荧白为番女冠,有玉观音之号。"可见,妖艳罕俦,尤物移人,实具有一种惑阳城迷下蔡的魔力。妖姬颠倒众将相;美人英雄,他们为"无毛两足动物的基本根性"所左右,造成可叹可悲的种种历史事实,古希腊美女海伦,令特洛伊人见者心醉,两国之间为她打开战争的沉重大门,状如疯魔。妲己、褒姒,亦如天仙下凡,影响当时政局渐变。柳如是"姿韵绝人,钱宗伯一见惑之,买为妾"(《柳如是别传》,第二章),河东君假如跟许允太太一样"奇丑"(殊不可想象),那么,即令她一样才华横溢,一样饶于气节,她对钱牧斋还有何影响力?只怕不产生心理腻烦就谢天谢地了。

看这些活报剧,更觉许允两口子的事不可信,他的思想转变心悦诚服尤不可信。设若将《红楼梦》中林黛玉一角改为丑八怪,其余一切描写不变,则该书之"典型性格典型人物"还有成立的理由吗?后世还会有什么"红学"吗?还会有"起码读五遍"之说吗?十年浩劫中四凶教唆红卫兵小将,好像他们才是得道的圣人,小将好谀,遂与美有仇,其战报说"资产阶级老儿们,绝不允许你们梳大背头,穿牛仔衫到处放毒,绝不允许你们抹着夜来香、擦着香粉、穿着牛仔裙、高跟鞋到处乱窜。"打压本性,出于无以复加的变态,仇视美的后面,是烙印般深刻的嫉妒,适从反面证明美的力量及人类惑于美的天性,其凶神恶煞,实由内虚而起,倘不加有力扼制,任其燎原,必然发展为无底的残忍。此也证明"文革""思想教育"之失败。

《参考消息》(2001年3月30日)转法新社伦敦电,谓英国史家研究认为,令恺撒大帝和安东尼神魂颠倒的"埃及艳后"克娄巴特拉实际上是个小矮个儿,身体肥胖,容颜丑陋。

后世有伊丽莎白·泰勒、费雯丽及索菲娅·罗兰,这些明星们以其绝色美貌在银幕上塑造的古埃及女王形象实际上大大美化了女王本人。史家确认以前以为属于别人的十余尊雕像,实为女王本人,其外貌实令人无法恭维,因此断定,"她的令男人疯狂的美丽是个难解之谜,也许基本上是胡编乱造"。可见所有的迷醉和眩惑都是后世文人的幻想和明星的绝艳风姿在起作用。像费雯丽,她百变的纤腰、慧黠的大眼,精致的脸庞;赫本,美国人视她为"无可比拟的美",如"一颗切割完美的钻石"。这些上帝的杰作,不知颠倒几多芸芸众生。面临其美的神秘"信息",人是如何傀儡般不能自持。

佛家"九想破六欲",把美色和人的结局说得很糟糕,但也是事实;不过在终局到来之前,人为其"自由意志"所驱使,美色眩惑,傀儡般演出几多悲喜剧呢?至于"能顶半边天"的女人,似乎在以其一得之愚——她们自己的方式向男人搞"专政",其实不过是天性的发挥罢了,"思想教育"云乎哉!西人于此深有提防,遂对政客的声色之好以能动的机制约束矫正之,他们不大做什么思想工作。

徐震堮校笺:《世说新语笺疏》,中华书局1983年版

[清]佚名著,许指严评:《金川妖姬志》,北京古籍出版社1999年版

"汝准是发了疯矣"

林纾译外国文学多家，一百余种，其中之一家为哈葛德，但钱锺书先生说，他宁愿读林译，而不欲读哈氏原文，因为"颇难忍受原作的文字"。据钱先生说，哈氏的文字，是那种古英文和现代英文的杂糅，而又极不讲究，也即谓不是善性融汇而是恶性杂凑。林译中有一句是"乃以恶声斥洛巴革曰：汝何为恶作剧？尔非癫当不如是"。钱先生说这是很利落、很明快清爽的文言。钱先生又引哈氏原文，谓其不通不顺、疙疙瘩瘩有如中文里面说："汝干这种疯狂的把戏，于意云何？汝准是发了疯矣。"

这种句子，让人读了颇觉滑稽突梯，不禁哑然失笑。钱先生灵心善譬，使不通英文者，也能大抵体会哈氏文字的呆板滞重。窃以为文章之文句自有一种美的条理、美的规律。当中包含学养、智慧及美感认知的天性，还有长久研习培养出来的高度经验，不是率尔操觚者所能解会，林纾穷其毕生精力，为近世文章大家，他甚至瞧不起严复的文章和译文，他对文字、语言组成文句体悟极深，然而可叹的是水流花谢，今天的语文水准抛锚、减产，造成文章、译文不忍卒读的局面，市面上大量推出的新译文，素养贫瘠，却敢硬来硬干，霸王硬上弓，因此多的是那种"汝准是发了疯矣"的怪味中文。如今人译哈耶克名著《奴役之路》第一章有谓"当文明的进程发生了一个出人意料的转折时，即当我们将其与往昔野蛮时代联想在一起的种种邪恶的威胁时，我们自然要怨天尤人而不自责"。这种严重梗阻消化不良的句子贯穿这部译文，读之仿佛走在荒草丛生、荆棘牵绊的小路上，不特满心不快，还大大影响阅读效果。哈耶克是1974年诺贝尔经济学奖得主，用这样的译文来唐突他，等于将他打折出售,原文的思想表达,也因此大打折扣。与此类木乃伊似的文字相纠缠,陡然令人生发那译手"汝准是发了疯矣"的感觉。其实就这一句而言,精通的译文应该是,"当文明进程意外转折,即其脱离预想的轨道,令人联想到野蛮时代卷土重来之际,我们的怨尤要多于自责。"

古希腊人以为,美是神的语言。他们找到了一条数学证据,宣称黄金分割是上帝的尺寸。几何学天才欧几里得更进一步:他发现大自然美丽的奥妙在于巧妙和谐的数学比例大多接近 1 比 1.618(即黄金分割率 0.618)。

伦敦西敏寺、巴黎圣母院,说明建筑物如是,现代演员费雯丽、奥黛丽·赫本说明美人儿如是,都在冥冥中遵从黄金分割这一美的规律。其图像作用于视觉,迅速为人脑吸纳认可,深心铭感。文章也可说是一种纸上的文字建筑,前辈译家,如林纾、蔡元培、马君武、周瘦鹃、伍光建、梁实秋……其笔下文字,或晓畅清爽,或雄深雅健,或生动妥帖,总之是文采斐然,举重若轻。文字的色泽、组织调遣,以及轻重缓急自有一种天然的巧妙和谐,暗地里符合数学证据,那是作用于心灵的"黄金分割"。与前辈的智慧、文采、美感永相伴,长相依,那才端的是精神上的"持久自由行动"——浸润满身的文采思想,享受纵横驰骋之乐。

钱锺书:《七缀集》,上海古籍出版社 1985 年版

那"沉静的眼睛里忽放异彩"
——读《洗澡》

杨绛先生的名著《洗澡》,可谓当代文学的一部异书,她的笔触是那样的平朴,甚至不动声色,而极写动荡翻覆时代的人心冲击和变异。洗澡者,洗脑也,曾经剃头者,人也剃其头,那不仅是四凶等的专制时代的人性癌变大灾难,不仅是自上而下的,同时也是人群弱点的大暴露,在"认罪"与打"落水狗"的过程中,人是如何变成行尸走肉"互掐"的,遂浮上水面。而姚宓和许彦成的爱情,偏偏在这样的环境里发酵生发了。从最早开会双方眼睛自然放电的时分,到策划香山游览,一直是波澜迭起,叙述笔墨却十分的安详平朴,省净不惊,然而实际效果却葆有深海般的异动,甚至紧张惊险之感,较之惊险小说,它的故事可能只有一点影子,然而却造成了险象环生,乃至哀感顽艳的效应。姚、许之爱正大深沉,也有点绮丽高蹈,何以酝酿出欲罢不能的阅读效果?愚见似乎是,他她之间情愫所受的阻碍激起频扑的意绪浪花,这阻碍,来自于:社会变局之阻,时代风俗之阻,一方已有婚姻之阻,意识形态之阻,洗脑过程中人性人事变异之阻,遂加深了可望而不可即的——向往的持久性、双方倾慕的合理性。钱锺书先生讲"在水一方为企慕之象征"(《管锥编》,第一册,第123页),申说可见而不可求,则慕悦更深的道理,"德国古民歌咏好事多板障,每托兴于深水中阻……寓微旨于美人隔河而笑,欢乐长在河之彼岸……"

杨绛先生笔力沉着,稳重而跳脱,如乔木春秀,大处大气磅礴,细处细于毫发,"黄蜂频扑秋千索,有当时纤手香凝",何况,姚宓那"沉静的眼睛里忽放异彩",这种苦闷的象征之所以让人沉浸迷恋不已,似乎也还有姚、许性格的可爱。那永远的"异彩",慧黠而清正,在脑筋洗刷、辗转弄权、营求微利的社会气氛威迫中艰难生长,如昼长夜短的光照变化,正是种种磨难中,人之所以还能活下去的一个理由——俾使不致快速消磨而变成赤裸裸的精神奴隶,不为压抑摧毁;一般而言,它永在幻想中,姚宓、许彦成之爱是特例,但不妨其成为一种悬鹄,一种依稀可感的圆满,或者,一把开启梦想的钥匙。

杨绛:《洗澡》,《杨绛作品集》,中国社会科学出版社 1993 年版

倒海探珠　无尽绚烂
——读《喻林》

古来奇书多艺,《喻林》尤奇。其书采集古人譬喻之词,汇为惶惶巨帙。编者徐元太,安徽人,嘉靖乙丑进士,官至四川巡抚。该书分十大门:造化、人事、君道、臣道、德行、学业、政治、性理、物宜等。每门分子目,凡580余类。前后孜孜不倦达20余年。新刊影印本所据明万历刻本,达1400页。似此繁富丰赡、云蒸霞蔚,真是骇人心目。钱锺书先生《谈艺录》第168页引宋代梅圣俞《海上观潮》写景妙句:"百川倒蹙水欲立,不久却洄如鼻吸。"钱先生赞曰:"立喻奇创,真有以六合八荒,缩之口耳四寸者。"梅诗人寥寥十数字,把自然奇观,生命力量,刻画得如闻如见,惊心动魄。非譬喻不能至也。《喻林》所采譬喻,若"众生欣爱声色,情染极深。如饥人享太牢之馔,悦美之甚;又如春日登台,眺望林野,畅舒其心。"(引《道德经注疏》)人这种无毛两足动物的基本根性显了影,定了型,所谓人性的弱点,在这样的譬喻所闪烁的智慧面前,谁能有什么例外吗?又若"譬如火焉,薪尽而火灭,则无光矣。故灭火之余,无遗焰也。人死之后,无遗魂矣"(引《初学记》)。则系朴素唯物主义思想,然与近代科学精神,也能不谋而合,引譬得当,说理透彻,可见今人知识的积累可以超过古人而智慧却往往不及古人。又若"且淫欲颇恣,如饮咸水,多饮多渴,唯死而已。何有恹足"(引《灵宝通微经》)。则其一语中的,鞭辟入里,在引人嗒然深思的同时,油然要为古人的别具慧眼而击节不已。

几十年前的读书有罪时代,无书可读的书生,以及当今粗糙俗滥的读书风气中的得过且过的人,还有读惯了鸟儿问答式的政治卡通文学的"爱书家",初识《喻林》,难免有出暗屋而临雪野的感觉——睁不开眼,但真想深入古典灿烂的精华,由《喻林》入手,正可获取扶本养元的效用。当譬喻从修饰学中逸脱出来,作为一种既是文学手段又是独立自足的文学本体时,它的涵盖力和表现力是惊人的。形器易写,观念难摹,譬喻就能状难摹之抽象观念如在目前。最先托物附意的作家,初衷可能是要舍譬而悟理,可是古人运用汉语文字出神入化,其罕譬而喻、冰雪聪明,拟容取心、肝胆胡越,往往出新意于法度之内,又使譬喻本身不但是手段,同时也成了目的——智慧之美的结晶。精彩奇巧的比喻,集中容纳了作家的想象力的深度,文字驾驭力的高度,联类取譬的广度。文学史上的巨匠,无不与譬喻结缘,若拉伯雷、莱辛、莎士比亚、契诃夫、巴尔扎克、托尔斯泰、萧伯纳、屈原、李白、杜甫、苏轼、钱锺书、鲁迅、老舍……可以说都是在其作品的譬喻中把想象力发挥到了极致的。种种奇喻所表现的智慧是想象力和经验的最佳结合。苏轼说他早年学草书,凡十年,未得用笔要领,"后因见道上斗蛇,遂得其妙"(《题跋》卷四)。艺术天才而兼以学养渊深,自然触处生春,逸态横生了。在这样的睿智头脑中,事物的片段和整体,抽象和具象,思接千载,分合自如。

譬喻是人类文学智慧的奇葩。而《喻林》所汇集的名品,正是这样的智慧渊海。它所依循的典籍是这几大类:诸子百家、各种佛经、历代类书,明以前历朝正史。所采批语,缤纷绚丽,其永恒不灭的美,正如碧天里闪烁的星芒,明丽、朗然而浩瀚。尤其编者予以大致的分类,把不同作者对相似课题事物的思想摹写集中到一起,更可见出人类头脑的分量,丰富缭乱,异彩生辉。好像历朝的思想高人在那里激烈交锋,或亲切扳谈,无论是居庙堂之高的君王,还是处江湖之远的幽人,莫不修辞设喻,借以显情达志,汇流而成人类哲学思辨的结晶。而联翩而来的博比繁喻不但加深了思想的分量,同时也渲染出厚重的艺术气氛。

"以天下之大,托于一人之才,譬若悬千钧之重于木之一枝"(引《淮南子》)充满辩证法的意味,立宪派人物见此,亦当会心一笑吧。"以言举人,若以毛相马"(引《盐铁论》),则词理精确,体气高妙。人生哲学妙缔于八字之中尽见之矣。"谢五言如初发芙蓉,自然可爱;君诗若铺锦列绣,亦雕缋满眼"(引《何式语林》),于作家风格,可谓一语道着,而此天生可的言语,则又新鲜,又真实。

《喻林》溯采明以前类书至为精勤。重要经典,尽如囊中。虽分类体例略嫌繁杂,似也在所难免。而以况譬达意汇为一书者,则自古未有。书中段落随处可圈可点,又是如此巨量的篇幅,真不免令人感慨系之了。编者的胸襟眼光,也真是海涵自负的高迈。第一流的作家需要第一流的鉴赏家,正如伯牙子期,高山流水,智趣相得,有由然也。

中国文史典籍,阐述思想,说明问题,自来喜用譬喻。谈天雕龙,蒙庄寓言,靡不托物以附意。难道不能铺陈其事,直抒胸臆么?追溯其底蕴,盖也不外思想之美,尤须寄托。譬喻真是寄托思想的最佳渠道。再者期穷形以尽相,促使意义具象化,如绘如见,巧妙有味,更形成文学语言的奇效大验。

十有九人堪白眼,百无一用是书生。阅读奇书,等待智慧的浸润,同时也弥补人生的缺憾。乙亥年,《喻林》常在案头,虽然家徒四壁,一贫如洗,而时空的挪移产生的新奇震撼又令精神较感充实。奇书僻籍,本无常主,识者便是主人。如今出版风气俗滥,有这样的奇书相伴,明眼心畅之余,顿觉"桃李漫山总粗俗"了!

[明]徐元太:《喻林》,上海书店出版社 1991 年影印版

《浮生六记》里的谈艺

谈艺之作,当本求诸诗话文评,然则中国古典小说诗词笔记乃至训诂、谚谣里每有谈艺佳言妙语,臧否作者,摭拾利病,时复谈言微中。在非谈艺之书里发现谈艺妙语,仿佛在灰烬里面闪亮的珍珠,别有一番喜悦。《太平广记》卷一八记女仙人凤花台评薛道衡诗赋说:"非不靡丽,殊少骨气。"辞令妙谐,颇耐思索。《红楼梦》中拟黛玉香菱之口披露的诗创作发凡便意趣盎然,比当今只以刺激而发论者不知高明多少倍!

清代那本薄薄的笔记体散文《浮生六记》纯用白描,俨然一块纯美的水晶,而境界全出焉。作者夫妇的志趣爱好,是寓于各种看似细微平淡的生活之中的。然而在这当中,每每透露出他们高尚的独立的情趣爱好。谈诗便是他们在贫困中不忘领略人生兴会的手段的情趣之一——"芸曰:古文识高气雄,女子恐难入彀;唯诗一道,妾稍有领悟。余曰:诗之宗将必推李杜,卿爱宗何人?芸发议曰:杜诗锤炼精纯,李诗潇洒落拓。余曰:工部为诗之大成,学者多宗之,卿独取李何也?芸曰:词意老当,诚杜所独擅;但李诗宛如姑射仙子,有一种落花流水之趣,令人可爱。"

这段议论便十分精彩,仿佛略闻戛玉之声。小说散文中的谈艺,每以诗、赋、词、文出之,而此处却以对话为月旦藻鉴之用,随意闲闲道来,而观物察艺之心,泠然作声矣。尤其落花流水之喻,以少胜多,力透纸背。其领略李白诗之风格,更是言近意远,准确领悟一位大师的风格,同时也使我们从侧面了解到这位评论者的风貌和个性。在谈艺中这位聪慧贤能的夫人性格爱好、读书的功底,乃至神情仪态,也在品藻之间,变得纤毫毕现了。

钱锺书先生说:"文评诗品,本无定体,只求之诗话、文评之属,隘也!"信然。

沈复:《浮生六记》,江西人民出版社1980年版

生机盎然的草木精神
——感受《南方草木状》

一本迷人的小书,叫做《南方草木状》。跟它类似的书还有《桂林风土记》、《桂海虞衡志》、《荆楚岁时记》等。古人分类时,在四部中,将其收入史类。

《南方草木状》,晋人嵇含著,记述两广一带的南方植物。也是世界上相当早的地方植物志,它也影响了后代文化人对自然的观察、文体以及眼光,李时珍的名著《本草纲目》描述南方植物时,尚多以《南方草木状》为注释依据。

寥寥十数页的小书,分三卷叙述草类、木类、果类,什么甘蕉、耶悉茗、茉莉花、豆蔻花、鹤草、水莲、菖蒲、益智子、桄榔、水松、荔枝、椰……迤逦写来,又不仅于此,民间器物、南北地理差异等,它也有着笔。

"榕树,南海桂林多植之,叶如木麻,实如冬青。树干拳曲,是不可以为器也。其本棱理而深,是不可以为材也。烧之无焰,是不可以为薪也……枝条既繁,叶又茂细。软条如藤,垂下渐渐及地,藤梢入土,便生根节。或一大株,有根四五处,而横枝及邻树,即连理。"

寥寥数语,描摹得宜,逼真有神。写榕树见其庞大浓荫性质;而他写椰子也是如绘如画,数笔勾勒,也兼渲染,且尤其富于质感,倘以实物观感印证文字,则那味似胡桃、肥美有浆的椰子,仿佛就在目前呢!

"五岭之间多枫木,岁久则生瘿瘤,一夕遇暴雷骤雨,其树赘暗长三五尺,谓之枫人。越巫取之作术,有通神之验。"此则怪异好玩。

"抱香履、抱木,生于水松旁,若寄生然。极柔弱不胜刀锯,乘湿时刳而为履,易如削瓜;既干则韧不可理也……"

"交趾有蜜香树,干似柜柳,其花白而繁,其叶如橘。"

"指甲花,其树高五六尺,枝条柔弱,叶如嫩榆。"

"蜜香纸,以蜜香树皮叶作之,微褐色,有纹如鱼子,极香而坚韧,水渍之而不溃烂。太康五年大秦献三万幅。帝以万幅赐阵南大将军当阳侯杜预令写所撰《春秋释例》及《经传集解》以进。"

细味其文字,不禁为古人的观察、认知能力而惊叹。"水蕉如鹿葱,或紫或黄。吴永安中,孙休尝遣使取二花,终不可致,但图画以进"。看来当时的植物图已很逼真,可以表现植物的性状。

《南方草木状》在宋代以后受重视。宋以后的花谱、地志援引者多。《四库总目提要》主要讲它的版本源流,特注明系两江总督采进本。它有时讲性状,有时讲源流,有时着重谈作用及影响。在书中,也可见古人会利用益虫防除害虫,也会嫁接,也会以嫩草酿酒……

这类山川草木的书籍,有的作者一生在野,安于布衣生涯,有的是将相名流,为业余或退隐后的寄托。后者在社会上的地位是居上的,负有政治文化之责。不少是在归去来兮的矛盾纠缠中,始终苦闷不已。另外不少底层知识分子,隐于下吏,顺势疏于社会应酬,而在自然万籁的声光风月中安顿了自己的红尘生命,实现人生对自然的深入,舒展抑郁,恢复生命的疲困,同时求取人格的纯净,美感的着落。

类似的书,《桂林风土记》,系唐代莫休符撰。它的序言也妙,只有几十个字:"前贤撰述,有事必书。故有《三国志》、《荆楚岁时记》、《湘中记》、《奉天记》。惟桂林事迹,阙然无闻。休符因退居,粗录见闻,作《桂林风土记》,聊以为叙。"

《桂海虞衡志》南宋范成大所作。是他入桂出蜀时沿路的所见所闻,其记叙趣味深足:

"石榴花,南中一种,四季常开。夏中既实之后,秋深忽又大发花,且实。枝头硕果皤裂,而其旁红英槃然,并花实,折饤盘筵,极可玩。"

"添色芙蓉花,晨开,正白,午后微红,夜深红。"

"冬桃状如枣,深碧如玉,软烂甘酸,春夏熟。"

"沉香出交趾,以诸香草合和蜜调如熏衣香其气温靡自有一种意味,然微昏钝。"

好像丹青高手,中锋用笔,勾勒处处是笔墨的深意,略加渲染的地方,则含蓄不尽,言外多的是悬想的空间。激情与愤怒隐藏了,留下的是哲学的醇美,他捕捉那诗意的片刻,化为永恒,让人想象并沉迷于草木蓊郁、山川秀蔚的图景。那草木气息的循环滋养啊!

疏离大自然的氛围和精神,慢性综合疲劳症之类病象,乃成媒体经常关注的话题。没有病因,但身体和心情都在紧张的消耗。尤其大城市中,患此症候者与日俱增。它像感冒,无端疲倦,头晕脑涨,六神无主,人生、劳作,兴味索然。《参考消息》(2006年7月23日)载文说,这样的病状,乃是亟待破解的医学难题。这已不止是难题,恐怕还是困境。这样的世界病,西医表示药物治疗仅为治标,再高妙的杏林圣手也难以根治。

今人懵懂糊涂中失去了再也唤不回来的生态环境。很多慢性病因此而生;要想减缓之,恐怕还要从生活方式上入手。回到先前的时代本属臆想,如果没有时光倒流的机器,那么,游心于《南方草木状》这类灵妙的小书,纸上得来也终觉不浅呢。他们对山川形胜、风土民情,有着特殊的兴趣爱好,于生活沉浸很深。知识、悟性、趣味、发现,当中就蕴涵生命诗意的经纬。

大自然乃是与人性相协调的精神家园,也是引发自由联想的源头。南方草木的经纬,自有生命存在价值的浑厚,古人最善体察生生不息的宇宙生命,寻找与自然相融洽,精神得自在的途径,把趣味和对生命的体认糅进文字深处,文字的组织、细节满是大自然的律动。

掩卷凝思,漫漶隐约的字句,在纸上浮现起来,不惊不诧,灵妙大方,水墨淋漓的,像是古艳的流水音。宁静、生机盎然,而又深邃。

[晋]嵇含:《南方草木状》,上海古籍出版社1993年影印出版

《山窗小品》

张恨水先生虽以小说名世,然他既不同于现代意识强烈的新派作家,也非一般通俗小说作家。实则在他身上,在他的性格和文章中,似有着更多的传统文人气质,名士风神,宜自文化素养、文章内涵观之。恨水先生毕生著小说百余部,煌煌大哉,允称奇迹。而先生抗战时期避居重庆郊野,无情岁月闲中过,所著散文《山窗小品》数十篇,均自眼前风物生发,点染山水,显影趣味,忧世伤生,文笔似瘠实腴,为不可多得之铭心小品。

其短序尝谓:"就眼前小事物,随感随书,题之曰山窗小品。"其标题若:短案、涧溪、竹与鸡、断桥、雾之美、鸡鸣声中、秋萤、手杖、金银花、种菜……均平凡基本之事物,然风景之安养人心,田园之怡滋性情,其功亦大矣。全书以浅近文言写成,文笔在简古清幽一路,然清朴润腴,尽褪枯瘠,其中高迈,尤见功夫素养。旁逸侧出之山景趣味,生命留念,更亲切有味,令人兴无限低回之意趣。"是以春秋佳日,负筐携剪,漫行山野间,随采野花入家供之,又尝于春尽,采胭脂色豌豆花一束,尽除肥叶,配以紫花萝十余茎,再加以野石榴二三朵,合供一瓶,适城中来人且问何茶,予指窗外豆圃视之,客乃大笑。""每仰视繁星在天,满谷幽暗,与同屋二三穷措大,携竹椅坐桥上,闲谈天下事。细至镇上一周无肉,大至墨索里尼下台,辄不觉夜之三更。长夜不寐,则只身微步桥上,溪岸草中乱虫声,与竹丛瓜蔓上纺织娘,合奏夜阑之曲,虽侧身旷谷,无可语者,而于其中时得佳趣焉。"虽时世艰危,尚可容文人残喘,较之后世文人牵萝补屋无立锥之地之惨况,又强过十倍,此中际遇差别,尤可发人深思。

巴山蜀水虽地方僻远,然其所产,尚可果腹。以恨水先生独善其身不肯随世偃仰之文人风骨,尤注意发掘清贫生活中的诗意美感,故其文境文心,不似蒲留仙青林黑塞的荒寒萧寂,也不似士大夫豪奢园林之人工宏富。或勾勒,或渲染,常三言两语,极写风物真趣与妙处,而生命趣味,自然郁乎其间,故于皴擦点染中,令人陡兴明月入杯,花枝凌乱之感。江山风月,本无常主,闲者便是主人,要需精神健在,此种情愫,最可于山窗小品中求之。"金银花之字甚俗,而花则雅。花开如残雪点点,纷散上下,半山之上,为芬芳所笼罩。"则虽清贫仅可自存,亦不忘为生命点染特殊之温馨情调。简明冲淡之中,又有烟润之气,其文学价值尤足珍视。

贫人不乐,亦人生常态也,纵不怨天,亦须自怨,故谓贫而无怨难。而恨水先生自得其乐,独抒山亭品苦茶之野逸之趣,并怡然感之,良堪仰止。虽其流露本乎自然,然亦不得已也。若《耙草者》写江南农人稼穑之苦,"耙第二届草,时最热,太阳如狂火之巨炉,天地皆炽,耙草者背经烈日之针灸。下着蓝布裤,卷之齐腿缝。与都市女郎露肉,其形式一,而苦乐殊焉。水中有蚂蟥,随腿蠕蠕而上,吸人血暴流。身上不得谓之出汗,直是巨瓮漏水,身上蓝布,不时可取下拧汗如注溜也。"文笔仍似闲闲,而关心民瘼的痛烈心境,郁然楮墨内外,长太息以掩泣,催人下泪。奈何今人惶惑如无头之蝇,茕独乏味,难以触景生情,加以百事乖违,故张氏此类文章解人渐稀,已成必然之势。鱼龙蔓衍,陵谷变迁,亦殊堪浩叹也。

张恨水:《山窗小品》,北岳文艺出版社 1993 年版

奇美之境
——谈流行书风

每个时代都有自己的流行书风,当代的流行书风之形成,至蔚为大观,是在世纪末的最后十年成为风云际会的美学风气。

其与传统书法的区分,乃在于,字距行距的突破传统范式。结字的时候,因字赋形,揖让之得体,收放的多变,似在不经意间涉笔成趣。空间位置的倾斜,互相拗救,发挥到极致,整体气氛是散逸、疏放,悠远。间架安排,则是线条生涩,信手为字,仿佛乱石铺街一样。而其大体的气象,则是朴拙含明快,以优游出顿挫。既敛气而蓄势,也纵放而取姿。一番恣纵,一番勒控,一番停蓄,一个字即是一个有机体,浑浩流转,生意纷披。

九十年代初,这种风格跟星星美展一样,迭遭物议。卫道者以传统书法自居,提出流行书风不能成立的依据,撮其大要,是说它对传统的背离、脱落。以为跟古人的初衷、古人的经验大不一样,甚至全然对立。

其实这是一种绝大的误解。

清代文学家汪容甫以为,"读书十年,可以不通。"不通二字,俗人多不能解,实则非读书积年有得,又肯虚心者,不能出此言。晚清的文论名师林纾,更肯定地说"文章只要有妙趣,不必责其何出"。其人都是深得艺术辩证法神髓的高手。这种"不通"的境界,在书法而言,就是涩味。由那出神入化的涩,带出机趣的讲究,带出美术性造型的意味,即古人所谓"有关者自己痛痒处"。甚至不避呻吟、不避俚俗、不避拗晦、不避退缩,但这一切,都是在敛气而蓄势的机括当中,遥控而结构之。其结果,却是一种天然出之的天真妙境。

这其中,有思想,有内涵,最为特出者,乃是它的美术性。因为美术性,造成线条的永不寂寞,似闻变徵之声,士为之泣;又闻羽声,人为之怒。它有调动人心的力量,令其自然生感。

晚清时节,书法之道已烂熟,欣赏趣味,超前宽泛。刘熙载《艺概》即问世于斯时。无垂不缩,无往不收,他说;以欹侧胜者,暗中必有拨转机关者也,他说;怪石以丑为美,丑到极处,便是美到极处;不工者,工之极也,他又说。——它的通达、奇警、博大的辩证法,也全然可以用来解释近时代的流行书风。

流行书风的创造性是和它的美术性一而二、二而一的。如老杜诗歌中的随心所欲的倒装句式,神龙变化的语序,流行书风是将碑学帖学融会贯通而加以重构。它对传统的理解与所谓功底派不同,功底的末流往往流于复制描摹,多失神采。也有接近古人的,但观者反不谓奇。为什么呢?力不足而强为之,气力也就在那过程中衰竭穷尽了。

也有对传统自得其神,加以综合,辩证地杂糅了多味元素,走得很远,却并没有邯郸学步,也没有"望故乡邈邈,归思难收"。而是随时可以来去自如,毫无局促之态。这就是流行书风。在它那里,传统相应变为一种隐藏得很深的"伏脉"。而且书家也更重视另一种传统:如晋人尺牍、砖瓦文字、墓志碑刻、秦汉木简——跟民国初年的文学情形相似,六朝小赋、佛经文字、晚明小品、敦煌变文、小说传奇等,大规模重新发掘,被重新赋予美学相位,艺术生命的价值,随之更为厚重,经久不灭。

王镛、洪厚甜等:《流行书风作品集》,河北教育出版社2005年版

深稳的美趣
——马叙伦《六书解例》解读

马叙伦先生著述甚丰,近年则有《石屋余渖》的重刊,记述民国政坛艺林逸闻。早期马先生著作则以音韵、训诂、古文字学用力甚勤,成就最丰。

笔者1990年代在北京琉璃厂古籍书店收得《六书解例》一书,系商务印书馆1933年初刊版本,窄十六开老纸印刷,书品在八品以上。

六书,乃汉字构成法,造字之法,也是分析汉字结构的原则,是对汉字推敲得出的科考成果。许慎最早言之,以六书为理论背景的文字学,乃于彼时奠定。正是六书,使得汉字走向科学、规范,其意义指向文明绵延。马先生的辨析,意在使六书内涵更为清晰稳妥。

马先生说,八卦的八个卦象,即古文"天地雷风,水火山泽"然余谓今之卦者,乃以后造之字,仰名前事耳。

仓颉之时代,已有书契,那是刻在木头上的成形文字。但马公特别指出,那时"依类象形,今六书之象形、指事、会意是也"。六书法施行之前,汉字形体迥异,文字孳乳浸多,于文明发展,实多阻碍。当然,六书未有之前,也有结绳、八卦,为记事的工具。

许慎,他是看到字体繁衍出现向壁虚构之倾向,且益以诡变,乃做《说文解字》,修文正误。马叙伦以为,文字的作用,乃在"节解群名,疏通众旨",如果识字者越来越少,则不免民智蔽塞,德业冥障。《六书解例》多有精彩之论。他引用古代学者语"作易者,其有忧患乎?""盖在上古,人之知识犹稀,仅以简易之结绳法为识事之标志。是以伏羲思有以易之而八卦兴焉。"可见文字的兴起,和古人所要表达的心情、思想、智慧息息相关,文字大致成型之后,更是形制特殊的活化石、活历史。

"何况古事,不赖虚播竹帛,亦可测之智慧,譬如赤子,方能匍匐,谓之走及千里,性虽可能,事即不然。今伏羲之时,方能造卦,便谓已有文籍,不徒于史无征,亦是在理难验也。"这是他考订古代十数家学者所说,对仓颉所处时代,及文字出现所下的断语。而以譬喻出之,是书证加以头脑思考所作研判。

古人以八卦猜测,采择吉凶祸福,表达万物之情,马公以为,八卦还非常简略,怎么说得上通神明解万物呢?"于是有重卦之形,合体为字之滥觞也",这自然是指繁体字。繁体字之复杂性也是必然的,自然万物是复杂的,简化字则不足以概括。繁体字尊重文化演进的规律,自然也形成妥善系统的规律,包含人生智慧,系历代智者长期思虑实践的结果;其中包含多重的张力、古人审美观念、既为抽象符号,同时也模仿自然。六书的深刻意义系指繁体字,简化字不在考量之内。因简化字并非来源于自然演化,而是认为的想当然的,自作聪明向壁虚构的。第三批简化字更是霸王硬上弓,消弭生命力,简化求速进,造成人为割裂,反增扰乱,形似简单一些,却失去了准确深刻的表意作用,既不能妥帖表达人类对生活的体验,反增支离,自然也就远离审美堂奥。

繁体字看似贵族气息,实则是人的气息,人本的气息。其间的人文关怀将生命和学术融为一体。海外主要使用繁体字的地区,77%的民众反对使用简体字,19岁以下的年轻人反对最力(见《参考消息》2006年4月11日)。繁体字不只是工具,更是文化之载体,关系文化传承不应该依循少数服从多数的逻辑。

"文者,物象之本,得之自然;字者,子母相生,孳乳之义,非象形、形声之属不能负文字之名。"此即说到文字的根本性质。

"转注之说,自来学者纷如聚讼。约而言之,则转注者,因此字而造彼字……假借者,因彼字以为此字……故转注犹有所作,假借竟无自生。"

"凡指事者,先有象形之字,从而指之,指之者,非字也,故指事字仍为独体,与会意二提成字者别……盖以是字象物,而别有意,不能即其字而见,则就其字加一二画以见义。其字有类会意,但所指之一二画不成字,会意则两字皆成字者……"静夜拜读,尤觉其所言深切。

古人观天象,识地理,察鸟兽之文,文字本身是一种标识。从地理、天象、人事、自然万籁中抽象出来,久历衍变,锤炼而成。也是人文、政事之需要,结绳时代,是用大小来区别;到了八卦时代,则"言悬挂物象以示于人。"马先生对指事、转注等的妥帖辨析,乃是许慎以后,六书研究的极高成果。

《参考消息》(2006年5月23日)载文说爱因斯坦晚年为宇宙问题所苦恼,说他的数学并不好,他的数学运算依靠一位杰出的助手,而他对宇宙的定位和深郁认识,相当程度依靠他的直觉。马公比较、梳理诸家的论点,而自有简捷明断的界说,他的判断有很大分量是依靠他的直觉,但其基础却是深入细致的爬剔梳理,翻覆探讨,究出本义。

一本篇幅不大的著述,多量的笔墨用于对前儒的观点的辨析、纠谬、消除疑义,同时也特别标举确论,他既擅综合会通,辅以宏观的眼光,且也不乏材料的引证和印证、考订。对前人之模糊不明之处,以别具新意的穿透力,确定真伪而辨别是非,扩大了后人涵泳学术资源的眼光。

这本著作略显单薄,然其自成系统,引证的妥帖、信息的密集、智慧的判断,对今之学人来说,却是不易学得的。

说来令人惊诧,在1930年代的北京大学,讲文字学的是钱玄同,他力倡国语罗马字拼音;而马叙伦当时讲授的是老庄哲学,但他后来也走到和钱玄同一样的方向了,主张文字必须改革、简化,并要走拼音文字路数(可参阅他的《文改笔谈》、《文字必须改革》,见《文字改革》1957年第11期)。较之他对六书的深切解读,让人觉得时空颇有倒错的时候,这是很可惊叹的。

马叙伦:《六书解例》,商务印书馆1933年版

我敬魏默深

八十年代中期,我刚工作不久。日子过得颓唐不堪。有时整个礼拜天就在那间老楼上枯坐,真个寂寞到骨,与光阴共老。这样的境况中,镇日翻览徐世昌所编《晚晴簃诗汇》。日子一长,略有心得,遂强分清代诗人为三类,亦消遣耳。一类则苍凉激荡,若钱牧斋、阎尔梅、吴伟业、顾亭林、郑珍、舒位等。一类则闲适逸淡,若余怀、董说、严绳孙、刘体仁、王渔洋、袁枚、黎简、法式善等。一类则感伤失意,若周亮工、贺贻孙、宋琬、屈大均、纳兰性德、厉鹗、黄景仁、张问陶、彭兆荪、龚自珍、项鸿祚、苏曼殊等。

我以为清诗的巨子,这当中也就颇有包略;殊不知后人论清诗,其最推崇者,尚非以上诸家,而是陈三立。

汪国垣《光宣诗坛点将录》奉陈三立为一百零八将之都头领,文学史更承认他为同光体之首。三立为诗生涩奥衍,用心苦而用功深,陈石遗说他"不肯作一习见语",天工人巧相一致,他是江西诗派在清代陡起一峰的传人。其集外残句尝谓"凭栏一片风云气,来作神州袖手人",诵之绝有愤激郁勃之沉重感,难以安座。民国副刊三杰之一的张慧剑先生更崇拜到五体投地:"故诗人陈散原先生,为中国诗坛近五百年来之第一人,不仅学力精醇,其人格尤清严无滓。足以岸视时流。"(《辰子说林》)则不但高居清人之首,更视明诗人为无物。年来温习清诗。读《古微堂诗集》一过,大为震撼。则我个人以为五百年来第一人,不是以上划分三类所涉巨子,亦非陈三立,而是魏默深(魏源)。

魏源诗之能在古今大家诗中高出一格,乃以其于山河风景之中契入悲感。且衍成一种系统贯穿,长流不止的生命情愫。而状物之工,抒感之切,因其悲感的蒙络浸润,上升到情绪哲学的高度。加上魏先生思力精锐,藻采纷披,而以其哲人式的深刻悟性,遂令诗思、诗境盘踞肝肠,深入思维,一经接读即不可辞。

"披衣坐复行,仰视天宇翔……群动何有始,列宿何有芒。每念生灭由,精微莫能详。穷年事糟粕,谁极无何乡。乐哉空山空,悲哉长夜长。"(村居杂兴,组诗)

"往往梦中句,欲追旋已忘。万物各汲汲,吾生亦皇皇。"

"问月月不知,占天天共仰。"

"沉沉万梦中,中有一人晓。置身天地外,何羡红尘浩。"(以上俱《村居》古体诗)

"少闻鸡声眠,老听鸡声起。千古万代人,消磨数声里。"(绝句《晓窗》)

"秋色青天地,河声变始终。"(《华岳》)

"水与山争怒,天为地所春。"(《阳朔舟行》)

其《衡岳吟》、《庐山纪游》、《粤江舟行》……综合李太白、杜工部那种兴亡感、沧桑感,与模山范水的一种奇警异常而共有之。

若杜工部状白帝城"高江急峡雷霆斗,古木苍藤日月昏"。深异到骨,非后世诗人所能望其项背,而魏源笔下多有之。故郭嵩焘由衷绝口赞之:"默深先生喜经世之略,其为学淹博贯通……游山诗,山水草木之奇丽,云烟之变幻,蓊然喷起于纸上,奇情诡趣奔赴交会,盖先生之心平视唐、宋以来作者,负才与之角,每有所作,奇古峭厉,倏忽变化不可端倪。又深入佛理……而其脉络之输委,文辞之映合,一出于温纯质实……"(《古微堂诗序》)

章太炎的朋友北辉次郎,亦日本近代一有名学者,尝期化学方法日进精益,使人可以矿物为饮食,而动植物皆可恣其自生。杀心绝,交会断,人即与天神相合而离大患。实则这种心态与邈姑射山有神人居焉的寓言,出于同一机杼,只是一种静夜思——玄而又玄的幻想。

人类自身,给种种不能超越的历史条件所限制,微渺、劳碌、挣扎,造成自身严重局限;而魏源之诗,即将此种局限与大地万物亘古时空相形之下的深沉感慨随机高妙表现出来,这些感慨质高量多,且多发为深异明晰之比喻,将形而上之抽象问题化为具象之对比,一读之下,即有沦肌浃髓之感。

旧时官僚里面,不知他们做了多少诗。明清以还,印刷业进步,集部里头的数量,为之激增。但有相当一部分官宦诗文,诗非不工,律非不合,然其诗句即令看到眼熟,也了无感觉,为什么呢?就在缺少关心人类局限的深悲大痛——这种终极关怀。而魏源大笔如椽,其作品令心灵在冥冥之中与自然精神对接,而发出宇宙人生根本意义上的最高认识。字句间缭绕生命的消耗感,人生的消磨感,而字句之外都是无尽的沉痛,真所谓忧能伤人者。令人读之惕然有所惊觉,并为之兴感不已。

诵其诗,念其人,我敬魏默深。

魏源:《魏源集》,中华书局 1976 年版

契诃夫的情景妙语

在个人读书经历中,我越来越觉得契诃夫对我来说不仅是一种境界,而且更是一种深刻的癖好。托尔斯泰在读过他的《宝贝儿》后,曾经掩卷长叹,认为再也没有一个人能写得这样好,再无人能写出这样的语言!托翁的赞叹是由衷的,那是巨匠对巨匠的理解,是两种智慧的渊然融汇。

大抵说来,第一流的小说家都不太善于讲故事,即不仅仅依靠情节来作为自己的擅长和手段。故事在他们那里,只是一个花架而已,借以支撑满架生机盎然的葱郁。契诃夫是一个讲故事的圣手,但他决不只以故事作为他小说的依赖。他的小说我们读了每每有惘惘依依的感觉,实在是因为其情绪的漾动、思想的魅力以及字里行间深刻埋伏着的意趣。而这些在很大程度上又体现在其小说的妙语中,这种妙语在文章中甚至体现在行文气势的语句安排上,这同时也成为契诃夫小说的个人风格方面不可替代的显著特征。这种妙语尚与警句格言有所不同,这是小说情景、性格、场面、格调、意境等方面的一个有机的动体,一个活泼泼的精灵,人物事理的姿态,也就是精神,往往在此时愈显精彩,仿佛葱郁的涧壑陡见一枝殷红,仿佛闪烁的星群划过一道亮光。

契诃夫善于在陈述句后点染生动的一笔,他写一个人的声音很低,接曰:"仿佛生怕打破了夜晚的沉寂";写一个人冗长的讲话不知何时才能到头:"那份郁闷,哪怕有几百俄里长的荒凉单调和烧光的草原,也比不上";写沉重的怨恨:"像一个冰凉的小锤子那样捣他的心"。妙句之妙在有情趣,以活泼的比喻句法、生动的物景凸显抽象的观念,实在就具有很大的艺术空间,而又决不忽略细小处,这正是大艺术家的非凡本领和本色。

写作的本质的乐趣,很大成分上在于写作的方式与技法当中——精确新异,伟大的作家在自享的同时便度过愉快的时光,契诃夫的独特魅力很明晰地表现在他善于将他忧患漠漠的心境,对人类终极生存意义的关怀,把他的善良、敏感、深思、愁绪,转换成为非他莫属的特异的文学语言,并渗透到小说的各个细微部分,这一点,在他的小说的妙句部分表现得最为明显。刘勰说"取类不常",钱锺书先生说"愈能使不类为类,愈见诗人心手之妙"。契诃夫小说正具有这特点,"夜晚的宁静,没有一点声响来搅扰,时间仿佛站住,跟医生一块儿呆呆看书","所有那九种职务彼此相像,就跟这滴水和那滴水相像一样",都堪称神来之笔。契诃夫写一个女角的愤慨,是"心头积满水锈",真是随意点染,皆成妙趣,入木三分,力透纸背。

读他的作品,心头总充斥着什么,激动而难以平静,有时事件几乎是无关紧要的,迷人的是他对这一切的叙述,但只心眼移步,就闪现晶亮的珍珠,幽默风趣而又十分沉重,关于生活的意义啦,贫富和爱憎啦,信仰和庸俗啦,随他的文笔带来的惘惘依依的思考,这就是替艰难时世勾勒了一幅笑意漾动的苦脸的人道作家魅力。

在当代文坛数以千计文学杂志中,水分太多的小说正可谓不少,每读此等小说,深感其亟待充血的必要,该充血的部分往往不是结构不是情节不是故事的展开,而是精彩的妙句——充斥在妙句中的思想、思虑以及由此凸显的人物的姿态,也就是精神,此等细小处却正有着思想的神髓在,可惜每每为人所忽略,真是莫大的悲哀。在这方面,契诃夫小说是一剂对症的良药,妙趣横生耐人寻味的想象,令人折服的渊博,心智的灵光以及由此产生的丰厚的机智,有多么沉重的分量啊。

艺术的生命与活力,也正在这传神写照中!

〔俄〕契诃夫:《契诃夫小说选集》,上海文艺出版社 1982 年版

《本草纲目》的绮思余韵

浩瀚的古书,常有种种妙处,可供后人发掘品藻。《海上花列传》、《花月痕》、《痴婆子传》固然是春光明媚,其实就是在《古今说海》、《西青散记》,甚至《本草纲目》中,也不免泄漏缕缕春的消息,奇思妙想,无穷无尽,春意冶荡处,思绪不会寂寞。

《本草纲目》卷五十二人部,解释乳汁是"仙人酒","此造化玄微自然之妙也,令人肥白悦泽",就已经有了一种绮情。在卷三十六器用部,更是荡开笔墨,李时珍说衣带的妙用,"妇人难产,临时取丈夫裤带五寸,烧为末,酒服之"。在梳篦条,就更加孟浪了,他说"噎塞不通,寡妇木梳一枚,烧灰,煎服。小便淋痛,多年木梳,烧而存其性,空其心冷水服,男用女,女用男"。即使是在专门药书中,也不免藏着这种绮丽的情味,在这种文字面前,一切道学先生的紧箍咒都显得那样虚弱,那样不堪一击。木梳不知有无药用价值,即使有吧,何以必须是寡妇的木梳呢?木梳烧成了灰烬,还需"男用女,女用男",否则就甭想痊愈!执迷者,或许会说这没有科学根据,但是事事都有根据,人生必定乏味。况且它未必就没有心理学的依据。在这部趣味盎然的药书中,这种绮丽的念头像开在茂密荆棘丛上的野花,不失生动活泼的野趣。

好多这样的绮念,附着在正经的药书诠释中,医学者的仁义之心里,时时漏出缕缕风流余韵,果然迷人。他为什么这样难以忘怀呢?恐怕也是那个社会重重樊篱的压迫之下的一种反弹力吧,其实要说是病态,也是可以的。李时珍医生自己展开了复杂人生的多棱镜,那些绮念,不妨看做是他的幻梦、追忆、心灵解剖,乃至内心独白、自由联想。李时珍医生不像齐己和尚那样说"好束诗书且归去,而今不爱事风流"。

他有人情味得多。

李时珍医生的绮念,和孟郊的意见正是相反的两极。孟郊的《偶作》谓:"利剑不可近,美人不可亲。利剑伤人手,美人伤人身。道险不在广,十步能摧轮。情爱不在多,一夕能伤神。"视情爱为猛虎,更休谈治病。比孟郊早得多的枚乘《七发》更说:"皓齿蛾眉,命曰伐性之斧,洞房清宫,命曰寒热之媒。"当然枚乘是在为太子进一言,以太子的身份,就一般人间之物,当然是心想事成了,不如社会底层,有太多的压抑,所以看事物的角度就必然迥异。

《本草纲目》不失为一本趣味郁郁的妙书,医用之术就不说了,博物的幽雅宏深也不说了,仅仅那些按捺不住冒出来的柔情文字,就富有咀嚼的空间,一想到理学家朱熹所谓"世路无如人欲险,几人到此误平生"的套话,就不得不承认李时珍医生的富于人情味和他文字的亲切,凡是没有道学气的人,恐怕都会对他的独白表示首肯。

[明]李时珍:《本草纲目》,中国书店1988年影印版

辩证读古书

曹聚仁先生,很反对青年人读古书,他以为,好好青年,在书堆下变了废物,哀莫大焉。他尤其瞧不起宋明理学家及章句陋儒。"知识分子平日对国家安危盛衰,不闻不问,以为那是学问以外的闲事,到了危殆不可救药,也只有叹息几句了事。"这是他在《颜李学派与读书论》中对宋儒树高义而远社会所下的痛切批评。

后人看历史,视角不同,则结论大异;心情不同,则观点悬殊。曹先生的同龄人张恨水先生于此有全然迥异的看法。他要"为宋明之士呼冤",他以为,宋明之士讲气节,而不免国家危亡,要负责任,但较轻微。"因为他们讲气节的时候,全是在野之身,在朝握权柄的人,都是贾似道、马士英之流。读书人商量保护社稷,宰相却在斗蟋蟀、唱曲子……文天祥、史可法,武力落败。而他们那种大义孤忠,也让强敌低首下心地钦佩。"(《最后关头》)较之曹翁,恨水先生批在了根子上。

张恨水先生的视角,意在强调不能因噎废食。宋明文士,也有可师之处,但求不要流于过分的迂腐而已。他还在《苏诗书后》中说,若是公卿,都像苏东坡那样聪明,宋朝也不会亡了。诚哉斯言。真正的读书种子,正是社会、民族发展的灵魂,若辛亥时期同盟会那一代知识分子,正是读书人中的"重中之重",是现代国家不可或缺的脊梁。他们既苦学不辍,同时也摩顶放踵地有利天下,风尘莽莽,而潜修自励不止。中华老大帝国近现代化的转型,端赖其孜孜,呕心沥血,方得以启动。设若凿去帝王专制的桎梏,宋明之士也可刮垢磨光。今之美国大学教授,迂执过于宋明儒士而从事冷门研究者,何可胜计,他们的行为,怕也说得上是树高义、远社会了,却并无危殆之状。为什么呢?人家政体上轨道,政治有办法嘛。他们并不代人受过,也不会"神仙打架,凡人遭殃"。这才是天经地义值得三思的。去除那种消磨读书人的社会土壤、政体机制,方可矫正读书人的形象、处境。如果只将读古书作为靶牌,终不免落到头痛医头、脚痛医脚的循环,因为"不读古书即可救国"这个公式,绝对不能成立;那么,总病灶还在,奈何?

张恨水:《最后关头》,北岳文艺出版社1993年版
曹聚仁:《中国学术思想史随笔》,三联书店1986年版

经济观念与人文心肠

张五常和林行止先生都是名满海外学界的经济学大家。而其影响的日益增大，又远不止于经济学领域。他们都是以经济学为底蕴，以大知识分子的眼光来观照社会，极深创劈、极深智慧，而令惯吃庙堂冷猪肉的我们顿觉柳暗花明，大有移步生莲、佳境迭出之感。

大约六七年前，张教授乘飞机外出，见某报有整版广告，谓之香江第一健笔如何云云，张教授大惊，自谓，"我没有发这个广告呀，难道是阿康发神经？"再一看，健笔所指，主人乃是林行止，自视甚高的张先生遂大服，承认唯有林公可当此美誉。这种张氏幽默崇己也崇他，妥帖而有分寸。

林、张二公，年相仿，道相若，林先生是香港《信报》的掌门人，该报又是香港最具公信力的传媒。张先生的为世所重，也跟《信报》的传播力密切相关。他给信报写了将近二十年的文章。他这位经济学奇才，把深奥的经济学理论化为行云流水的漫笔，逸出象牙塔，风靡中等以上文化程度的社会各阶层。林先生自己则是每天一篇，传播发掘近现代经济学知识，镶嵌社会政象，提领国际走势，将社会风云和纷扰世情剖析到无微不至，文笔风骨凛凛，饱蘸幽思与智慧，说理一针见血而透彻敢言，公众视为枕中秘宝。在传播新知，开启民众心智方面，张、林二公，委实可谓之经济学界的双子星座。他们生动而极饶创见的发挥，将文明史上影响卓著而旁逸斜出的经济学说当做一个浑然的整体，从各家各派的思潮中清理出它的纵横交错的来龙去脉，观众思绪遂得激活，渊然自有全局的观念，同时也更深刻理解构成全局的各个部分。其头脑的健硕在于，他们以强大的免疫力突破了公式化倾向，将时代思潮、历史背景和现实社会生活随机随时互为生发,导出宏富深邃的见解。

说到张五常教授的通俗性,我们不妨看看经济学的重要慧见也往往只是常识:

男女交往有人想娶有人想嫁,但却不一定会成婚。

不能让同一个人买太多的保险,否则他容易主动或被动地发生意外。

在市场里的金融体系借不到钱,就找非市场的地下钱庄或向亲友借钱筹钱,结果却不一定好。

张先生的慧心,也走的是通俗的路线,他的通俗性不是为通俗而通俗,而是用为大众理解的方法找出诱因问题和经济操作中的大小盲点。他的文体是以简御繁,禅和尚说眉毛底下是眼睛,天下本无新鲜事,张先生则以为,至大至正的道理往往在常见的细微的事象之中。他注意到溪流中的鳟鱼,由此谈所有权的归属问题:"我们在市场能买到所需的物品,可不是因为供应者的仁慈之心,而是因为他们为赚钱自利的缘故。"从人类自私的天性来谈市场交换带来的社会利益,继而上升到"比较优胜定律",以及私有产权和自由市场的必要与重要;他到果园体察养蜂业,此前的经济学家也曾用果园等如诗如画的例子,来描述市场的失败,张先生在养蜂园蹲点三个月,在事实上证明了蜜蜂的服务及蜜浆的供应都是以市价成交,更令人叹服的,就是市价的精确,比之日常商品的买卖,是有过之无不及。他从航海的灯塔来谈经济共用品的性质,"多服务一条船的费用毫无增加,为社会利益计,灯塔就不应该收费"。从灯塔谈到作为共用品的电视节目,"让多一个人看电视的额外节目费用也是等于零"。从经济学上的灯塔他又链条咬合一般谈及发明专利权对私营企业的天然保护。他认为自私对社会有利也有害,"但却不是利害参半",有人想在后天对人加以改造,张五常说,假若自私能带来的利是大于害的,又为什么要改呢?"就算人真的可以被任意改造,那个'理想模型'不恐怖?"于是他的论述就从"生物经济学"扩展开去了。事象难如累卵,而他心细若发有以结裹之,那结论,让人不得不相信他在青花的岩石上打出了水井！他行文不衫不履，亦庄亦谐，时潜时逸，而当中自有一种犀利；娓娓道来的同时精见迭出，而这里面又蕴涵着他"只此一家别无分店"的经济理论思维方式。

张先生的产权理论具有深刻的洞见，他的案例分析同时就是理论的温床。由此影响了近两代中青年经济学家。70年代末期以来的经济改革蒙其惠泽多多。人说他是杰出的"传教士"加经济学者，乃是因为他能有效地向社会大众传播福音。20世纪80年代四川人民出版社的《卖橘者言》，到今年社科文献的《学术上的老人与海》、《凭栏集》、《随意集》，皆证明他的功力是老子说的"绵绵若存"，用之不竭，为人所忽略处极小处自见其大，天才地激活了中国文化从有限以见无限的精神。

在他的作品中，可谓到处是思想的素材和知识的酵母。

林先生学生时代求学英伦，备尝艰辛苦难。但他的天分、意志品格促使他逆境求存，那时起，他即以趣味盎然的文字来化解"吞到肚里的泪水，抒发胸中的积闷"。他有本事从经济数据、股票价位、统计报表等"俗物厌物"之间，以良知和灵气为底线，求出潜藏的问题以及意识形态的挪移，端的是妙语解开心中事。在半个多世纪的日子里，他每周写六篇评论，从不间断。常读其专栏的读者，深知其每一篇文章都堪称弹无虚发，镌刻着他的心血与功力。积于今，其论著已结为煌煌七十巨册面世。易宪容先生说，"他从事的政经评论写作，不仅使其获得物质与精神的回报，且促使他对现代知识永无止境的追求。"这个过程，民智得以开，游移的市场得以追踪，变化歧出的经济现象为其所准确把脉。他的文章，证明了动荡的年代自有知识智慧作人心的支撑。

林先生那种难以企及的对经济学说史的通体把握，以及创造性的解释，随时极为得体地结合时代境况点染而深化之，由于其深度和广度，所论有闻所未闻之处，因而极为震撼人心，大有诗人所谓"陌生化效果"。凯恩斯，那是"把操纵经济的大权从神灵手夺回交给人类的经济学家"，那还得了吗？林先生介绍他，专讲其投机心法。从凯恩斯最新出版的遗著了解其大宗理论旁边的投资哲学。分"风尚会变心理不变","自负坚定亏少赢多","群众心理重于理论"等十余个小专题淋漓尽致剖析之,全新斩获而有实用之效。论析克鲁格曼,则以"科学在一个接一个的丧礼中进步"来肯定其大成。克氏讨厌经济学界的"江湖卖药佬",认为他们用晦涩干瘪乏味的文字掩盖其陈腔滥调,他指出通胀的祸害远较阻碍通胀的行政手段带来的后遗症要轻。他还认为美国经济若持续走低,除基建投资不足,短线投机代替长线投资以外,那种只想占他人便宜的"人渣阶层"的迅速泛起,会导致生产力不升反降。我们由此看到随波逐流的"胡混经济"和颓势经济的由来威胁。林行止先生是那样的慧眼卓识,把亚当·斯密以起,至李嘉图、熊彼特、马歇尔、萨缪尔森、凯恩斯、哈耶克……在那特殊的经济学说博物馆中腾蛟起凤,变静态为动态,作一种别样的沟通,令理论学说重获完整的生命以及信息的对称,从而令经济学智慧放射人文光彩。

学说的繁盛多样化,乃因世界并非只有一种经济制度雄霸天下,而是有许多种经济制度互争短长。因此,林先生那网络式的纵横品藻月旦,将一种经济理念的单个成分,彼此相继比较,从而形成较为超越的实质性单位,该单位在其全体之中,陡起一峰,形成经济观念的新种类,并具有相当的强度和韧度。其论据也不特作用于成熟的市民社会,至须臾不可离,且作用于有司,为政府之施政产生强大推力,先知的慧见遂为大众所接纳。

《参考消息》(2000年12月23日)刊登凯恩斯传记,引他晚年最著名的格言作结,"在长期里,我们大家都必死无疑"。这可说是逸脱经济学,而就人生的终极处境所发的深沉慨叹。当时读之,有冷水浇背之感。这次读林行止先生的《经济学家》《一脉相承》,见他文章中也多次引用这句话,他和传记作者一样,都特别注意到了凯氏感叹的重要性。译文则略有不同,他在谈凯恩斯的"长线投资"时说"大家会不期然记起他那句脍炙人口的话:长期而言,大家都一命呜呼"。及此可见学人用心,乃在民胞物与,和对生命伤怀连在一起的财产及经济活动的哲学。

张、林二公,同时深于欧美经济学,在文章方面,有较大差异,因着力点不同,而各有千秋。五常先生写得性起,那他就爱用中国旧体诗词穿插点醒他的思想、论述,并增强他的表达意图。林先生行文雄放沉稳,整体看来真是波卷澜翻,实在是丘壑远大有以致之。他善于用欧美古今文学典故来激活深微驳杂的经济学世界,以及古今经济学人嗜好兴趣、婚恋家庭、品格性质等,如他说大经济学家熊彼特一生经过三次婚变,遂对婚姻制度大不以为然,熊氏以为他的一个学生江郎才尽,乃是后来他结了婚,"家庭生活使人丧失灵感"。他言之凿凿,即是一例。这些细部,都和林先生经济分析卓见有直接关系。他发现的经济学道理,渗透在生活的每一处每一刻。他不但打破了那"沉闷的学科",而且深入到大众之中,在一个行之有效的法治社会,也就避免了良法劣用。他们对落后的经济状态也直言其病灶,长官意志的投资,会拖垮无数的工商企业甚至银行。现代经济学的巨子凯恩斯以为经济学的宗旨仅是解决经济问题,为的是使人类明智地惬意地并且富足地生活,这一切的前提是需有一正常的政体保证游戏规则的运转无弊,若非如此,那么,凯恩斯认为,经济学就跟纯手段的牙医学没啥区别了。同时,一个经济体如不以信用为主轴,经济的动荡首先就会在货币和金融领域中开始,导致用臆断代替规律,病于形而上猖獗。对此,张五常先生是这样表达的,"在成千上万的衡量准则中,只有以市场价值定胜负没有浪费。"这就是说,一言以蔽之,"千规律,万规律,经济规律只一条"。想来,这也应该是现代商业伦理和理顺社会经济关系的基础。

数学在经济学中的地位,曾经一度是不能怀疑的。倘无繁杂往复的证明过程,则圈中人多群起笑之。一些经济学家白头无成,于经济无补,结果只是半吊子的"数学家",对此现象,林行止先生说,经济不是学者眼里的机器,经济学也不可能像物理数学般精确,他以充足的证据表明,相当一个时期,经济学并无寸进,乃是经济学家都埋头数学程式之中,"经济学家运用太多数字,结果连他们要达致的目标也忘记了"。张五常先生也称其不需微积分,甚至直言不讳的反感数学。中青年辈的经济学人为数学推演所断送,及此乃有相见恨晚之感。这门学问与数学等的区别,实在是因其跟人生的关系水乳交融,脱离了人生的基本欲求,起码的喜怒哀乐,它还有什么生命的活力呢?

经济学一旦推到前台,有时不免成为烫手的山芋。芸芸众生很容易被货币干扰经济的作用所裹胁,将货币本身变成欲望的对象,反常的人类渴望是为了爱财而爱财。于是无形中干戈扰攘。去年(2001年),诺贝尔家族后裔明说经济学奖不配冠以诺贝尔,说是该奖有违其祖先的初衷。有证据证明诺贝尔对商业和经济抱着高度怀疑的态度。该奖1968年设立以来,颇多争议,原因是许多获奖者的理论都未在现实中得到应用(参见《参考消息》2001年11月30日)。但是,应否设奖,那就要看学问做到何种程度了。当张五常和林行止出现以来,实在是令诸多业已湮灭的学说心曲,起死回生,生面别开,他们有点像围城打援的后备军或总预备队,以强盛生机辟出新境,令理性作用于人生。从这个意义上来说,经济学奖还有它存在的价值。诺奖设立奖项又有何妨。

林行止:《经济学家》,社会科学文献出版社2002年版
林行止:《一脉相承》,社会科学文献出版社2002年版
张五常:《学术上的老人与海》,社会科学文献出版社2002年版
张五常:《卖橘者言》,四川人民出版社1988年版

八股文一瞥

在自然科学的范畴,一切问题莫不有标准答案,物理中的绝对零度,光速每秒等,都只有一个答案。清代的科举,首重八股文,八股文的规格,经史典籍的内容,都有明确的标准答案。

可怕的是必须遵循的标准答案。那是杀灭知识和想象力的,也会毁灭真正的分析和判断。因为专制者的企求,思想一统和消灭异端,不许质疑。结果造成超级的政治牢笼。

专制的空间里面,实践的正是"标准答案主义"。独立思考,自由精神,等诸乌有。这是新式的八股,借助现代的技术传播,其危害在旧时科举之上。

其实,八股文作为一种技术或文章体式并不可怕。外国的考试论文,也都必须有一定的规程。八股也只是一种规程、一种路数而已。

思想禁锢的强力胶把八股的形式紧紧地绑在它的战车上,文体也就深受其害,人们恨屋及乌,连八股这种形式也打入冷宫。因为它被绑架一辈子,毒液已经浸透它的细胞,人们说起它的禁锢钳制思想的套路,也就条件反射地把形式和内容一锅烩了。这就像一个人一样,大奸大恶或穷凶极恶的历史罪人,如希特勒、戈培尔之流,他的相貌(外形、形式),也和他的罪恶绑在一起,演员的化装,将其相貌的特征夸饰到极点,同时也加深了对他罪恶的记忆。

水号贪泉,贤者不饮。意在避免瓜田李下的嫌疑,思想的禁锢,连累了八股的形式,形式之受害,人间正复不少。

田启霖编:《八股文观止》,海南出版社1996年版

扛鼎笔力绘群丑
——《文人秀》评论

当代小说多年没有看到《文人秀》这样饱满富有力度的作品,也多年没有看到这样的开篇:"移步生莲,巧不可阶,智慧超迈,着力点密集,一个个场面和故事紧凑密集,一种超卓起落裕如,好像他是开着飞行器在和那些徒步的人做接力赛……"

王开林以新异奇创的艺术思维能力,运笔摹写了一个特殊的群体:号称文人、作家的那一群,系对一元语境话语下特殊群体生活样式的深度揭示。他的开拓描述笔力千钧,从容不迫,如大军行进,有浩荡之势,同时他的妙笔又放出各小股别动,四出攘击,各有斩获,使"笔下对象"无所遁形。

作者复活种种不堪场景,活灵活现,如闻如见。这个光鲜表皮下的群体,干着争风吃醋、妇姑勃豀、过河拆桥、偷鸡摸狗等勾当。他们是一班心胸狭隘的白衣秀士,是一班损人利己不学无术的假文人,一班戴着文人头衔却最无文气、毫无文采、胸无文墨的为数不少的群体。不仅自身无可救药的堕落,也污染社会风气使之变异。

他们顶着堂皇的美称,光鲜的名头,实践着疯狂的拜物教、拜色教。他们的智识是低级的、落伍的,与世界潮流全不合拍的,或者背道而驰。他们劣迹斑斑,寡廉鲜耻。他们的日常事务、日常功课乃是勾心斗角、吃酒搓麻、蝇营狗苟、拉帮结派、过河拆桥、胡吃滥赌、招摇撞骗、抄袭剽窃、好色贪杯、悭吝鄙陋、一毛不拔、嫉贤妒能……他们的画皮实在已经衣不蔽体,他们靠着一种惯性鼠窜狼奔,导致良善向隅,宵小蟹行。

王开林氏最深切的切入了无毛两脚动物的基本根性。因了单质强霸话语对人性的副作用,如受地球引力一样,使其更加不可控制。人性极度糜烂,自甘堕落变质变异,破罐子破摔,面目可憎,不堪入目。不是极端凶险阴暗,就是下流无耻不可救药。更有诸般荒唐见识,则显见其混世者的滑稽个性、僵固观念的深刻悲哀。尤其是在男女饮食、基本生存、基本根性上表现出来。一元语境的长期酱缸羁縻,逆淘汰机制畅行,这个操弄艺术文学的圈子已经和良知良能和艺术审美相隔天渊,他们已经一无所能,唯一发达的就是他们脐下三寸所浮滑分化孵化腐化出来的东西——那种盲目的力量,似已失去控制,带来难以挽制的毁灭性后果。他们嗜痂成性,玩女人像抽鸦片一样上瘾,饥不择食,村的俏的,搞的一样津津有味。他们也涂脂抹粉,骗财骗位,一旦破局,又如丧考妣。其事得逞,如中邪魔,半人半鬼,不知究竟。

他们不学无术,全无心肝,大奸若忠,灵魂全无踪迹,肉身躯壳蠢蠢欲动。但整人搞关系上瘾,死缠烂打,如饮狂药,不依不饶,不可理喻。他们头脑冥顽,心胸狭隘。最大程度的发挥其阴损丑恶的能力。他们找到了自我,即以自我为中心,完全不负责任,不讲良心。他们在文化文学的一方天地笃信赢家通吃的丛林法则,既没有道德底线,也没有人性底线,更没有行为底线。

这班荒谬绝伦的文化侏儒,其精神世界以一个俗字领衔,脏、奸、浊、恶、癫相继跟进,为其生活主轴。人伦扭曲变形,文采扫数以尽。这里展示了一代混混的众生相。既有一例类似的奴性的懦弱,也有专制思维不同型号的暴虐。刁诈猥琐、心底肮脏、本质粗野的一群文人,因缘际会,跳踉官场、文场,一切所作所为,适足以欺世盗名而已。他们游戏人生,也被人生游戏;他们愚弄生活,也被生活愚弄。

《围城》时代,已是尖锐讽刺,但那时的知识分子还坏不到什么程度,只是小心眼、撒谎、不学无术、小鼻子小眼、不入流、买卖假文凭、和低级妓女搭讪、背着同事偷吃红薯、炫耀教育部次长和他通信……到了《文人秀》时代,则蝇营狗苟,无所不用其极。其生活形态已多方变种,大异从前。机诈自喜,嗜财如命;权术有余,才德毫无。卑污、糜烂,一个卖字略堪概括,卖师、卖友、卖权、卖色、卖格、卖尊严,无所不卖,卖到一无可卖。

其所作为,人群熟知,共见共闻,而要艺术深刻再现,以达批判之效用,那就很考水平了。若不能跳出,则和寻常新闻报道有啥区分呢?

要表现这样的人事境域,必待扛鼎之笔力,而作者的储备发挥足以副之。全篇写得圆熟而又生气勃勃,波澜迭起。各种文学手段得以创造性的运用施展。它的故事、它的高潮、它的余味,不特贯穿全篇,而且满布各段,甚至渗透在一个接一个的句子里头,各有独立自足的本事,神完气足一至于此,创造力充沛、旺盛一至于此。写法上,白描、比喻、博喻……幽默、调侃、讥嘲……组成叙述的交响,若譬之战法,则仿佛特遣、情治、野战、近战肉搏、长程轰击、排炮、点射、狙击诸般都来。文思奇突跳荡,文气饱满,洞察力化为奇思奇句,事件的节点的点染、嫁接、补笔,针针扎在人性的弱点上。人文、历史、时事的榫卯接洽都在妙处。有时是爆炸性的诙谐,淋漓尽致地展开。场景的赋形敷彩、结裹、收笔,高明得难以赞一词,那些只能说是非常漂亮,甚至是精彩绝伦的要害描述,一浪未歇,一浪又来。

他试图以艺术创造力的释放和舒展,来造成一种消毒机制,为人性在特殊语境中不能自动解决的层累式的痼疾实施针砭。这正是他良心及勇气的象征。

今之文学号曰创新,实于前人长处丢失殆尽;正在丧失或者已经丧失文学基本的元素,创造力枯竭,文气索然,文境干涸,先锋、新新人类等的"长篇小说",简直可以当做审判的道具、酷刑的用具。

在文学尤其是长篇小说没落的时段王开林氏出来了。他以厚实的艺术创造力和娴熟的艺术技巧,以优越的眼界、如椽的笔力来叙写他的厌憎嫌恶。结构呈立体交贯的飞动之势,而文字的驱遣驾驭,真个是洪波涌起。嘲讽如水银泻地,无孔不入;同时腾挪变化,摇曳多姿,深邃锋利而又妙趣横生。他调和鼎鼐、杂糅大小轻重,混同雅俗庄鄙,将它们冶于一炉,熔铸成"合金型"的讽刺,力度广度兼备,极富展延性与冲击力。拍案惊奇的事象往复穿梭,层出不穷,令人目不暇接,具有少见的可读性和吸引力。

开林以他一贯的气概傲岸、活力旺沛的笔触,出色地结合了冷峻客观的春秋笔法,持久释放作品的内在张力,也展示不世出的大作家的真貌。他造设了一面硕大周密的照妖镜,立体照出人妖之间种种不堪,并就特殊人群交汇万状之人性施以重彩浓墨,拨开大雾深锁的认识迷障以现其形。他为一种典型的生活形态做了最周密鲜活的注解,同时也完成了一个坚确不移的历史定格。

王开林:《文人秀》,《小说界》2006年第5期

卷二

奇书《重庆客》

上世纪三十年代末四十年代初，重庆新民报出现一种特别的文体，备受读者欢迎。它的作者，乃是副刊名家程沧（程大千）。民国时期，军队在向现代军人转进，谋臣如雨名将联翩，而报界的副刊名家，也是奇人辈出，才情四射。

程大千先生的小说语言，很奇怪地，和当时的名报人，如张恨水、张慧剑等有所区分。恨水的行文，是极从容悠缓的，像大江大河，浩浩荡荡整体推进。和鸳鸯蝴蝶派的哀感顽艳更是两路，和左翼青年的恶俗欧化更是颇不相类。程先生的行文，则简捷爽利，有些欧化的影子，但这种欧化，是善性有节制的，好像是点到为止，因此在句法的安排上有清新的洋味，而在字词的选择上，又将旧文学词汇的生命力与当时的新词杂糅合用之，强弱巧拙的分寸感极得体，造成一种醒豁得力的句法效果。在转折过度的叙述上，甚至加入了政论时评的诘问与点染，故其整体效应，像陶诗一样，是有篇又有句，因此，篇幅有限，而容量奇大。

小说写到今天，我们发觉社会背景的渲染越发的低落，传人渐少，是"骏马下注千丈坡"，这种现象，却并非文体的增进，实际上是观察力的退化跌落。大千先生的优越却正在这里，他的笔触中，社会背景的渲染烘托，仿佛国画精品的罩染一样，一层深似一层，一层密似一层，周到妥帖，但其中又在在不乏疏松的透风之处，那是重庆，是战时的重庆，是雾都，小人物的哀号，下层知识分子的绝望，交际场的暴发户和淑女，社会的众生相及市井风习里面，有民族的血泪，有干戈扰攘的世道，有令人扼腕的不上轨道的政治……因了文体的关系，好像裹着糖衣，回味过后，越见其愤懑与苦涩。

赵超构先生说他的笔墨"题材是莫泊桑的,而其文字的风格则是属于马克·吐温的"。我以为这种笔墨后面的心境,则是结合了契诃夫的哀伤忧郁和高尔基的绝叫愤怒。文体介于新闻特写跟短篇小说之间,轻捷爽利则胜于小说,细节的渲染深化又强过新闻作品,两者善性融会造成对阅读心理的占领,文笔的运用精细绝伦,一两千字的篇幅里,有的简直是包袱一路抖开,或者起承转合柳暗花明,盘马弯弓,尺幅千里,端的是言外语意还有千重,篇篇搔着人的痒处,思绪沉浸在他所造设的氛围里面,久之不能自拔。

《来凤驿》寥寥千把字,写了战争时期人心流变,情感的出位,发国难财者的影子,朦朦胧胧,影影绰绰,有点神秘,又有些清晰,像模糊的铜镜。《十二磅热水瓶》就一个疯汉在路边小店点菜的可笑的图景,带出滇缅路这条战时大动脉上的辛酸与悲情。《风雨谈》则以古典散文绘景的手腕,一路迤逦写来,当中融会了小品、时评、调侃诸笔法,随时轻松点染中西典故,然而"战都千万种的不平,都交给它爆炸了"。读之胸臆充溢深重的嗒然。《战都酒徒》则素描几种酒客的行状,从个人的遭际,从清寒的杯底,看出民族的哀乐。这些都是事出有因查无实据的大时代的小故事。

他解析探究苦难、荒谬的社会生态,以他横空出世的卓异椽笔,将其转化为一篇篇精妙无比的艺术品,那无可替代的精妙绝伦的素描体小说。在所谓现代文学这个概念中,也许他的作品才是文坛短篇小说的最高成就。整个1940年代,他创作了近千篇这样题材的文章。

副刊三张(恨水、慧剑、友鸾)的张友鸾先生说,大千那时只有三十出头的年纪,他心情不愉快不运笔,太高兴了也不写,吃了酒也不握管,"不写文章的条件多得很,及至他提起了笔,那就泰山崩于前而不惊,什么他都不管,整个的生命都交给了那一支笔……唯有他才有这样一双冷眼!"大千乃一眼镜白面书生,但他这一创作的态势,像极了五星上将麦克阿瑟,运筹帷幄,决战千里,又像王猛,扪虱而谈,旁若无人;而技术的细节上,则运用之妙,存乎一心,结撰转折,巧不可阶,处处体现万事等闲的雄才大略,那高度的把握能力。

  大千先生的文章文气之旺,笔锋之健,转折之出乎意料,充溢一种沛然不磨的英迈之气,放在现当代文学史上来看,这等于是他独创的文体。然而被文学史忽略也实在令人讶异。即以小说而言,是独此一家,别无分店,而且笔意最醇味道最浓,那介于《史记》列传部分和《世说新语》之间的笔法,信手拈来,皆成妙谛。乱世里的人生况味是如何的一种情状,莫不跃然纸上,这样子的作品,才能自拔于一般性的文学,而称之为艺术。从文体意义上说,《重庆客》这样的文章,已是文学史上的绝响。可惜的是这样的好书,仅见20世纪80年代重庆出版社的刊本,后则杳无音信。像大千先生这样的英俊异材,是当时新民报的重镇,更是报人中不可复制的天才。几十年来他早被文学界遗忘得一干二净;这是后人的失察,也是后人的不幸……

  程沧(程大千、司马訏):《重庆客》,重庆出版社1983年版

让大位、按手印及其他

（一）

孙中山让位于袁世凯。一出于他的心胸；一出于当时的形势。他顾念大局，以统一为要素，以道德为准绳，其心直可剖示天下。在他的心中，决无恋栈和弄权的半点私心。这与不学无术，自我膨胀，故弄玄虚的专制恋栈狂相比，是何等的高尚！

至于有人说，孙先生手中无军队，即无实力，不得不让位于袁世凯，则大谬。其一，如革命家、文论巨子雷昭性所说，倘若果有权利私心，难道不可以挟南方兵力相抗衡吗？即使不能直捣黄龙，难道割据天堑划江而治不可乎？然而这样就不免人民流血，荼毒生灵。又其一，孙先生让位以后，同盟会的年轻干部，有搥胸顿足者，有呼天抢地者，至有失落发疯者，即令在这样的情势下，他们对孙先生的举措仍表示理解——是一种痛苦的理解。倘非如此，他们就会重拾利器，奋起狙击袁世凯，只要孙先生点一点头，稍做示意，这样的志士会层出不穷，不惜流血五步，肝脑涂地，直至将其肉体消灭。因为孙先生为人以智慧和胸襟胜，从来不搞政治交易，具有强大的道德感召力。

可是袁世凯这样低贱的心智，怎么可能领会孙先生博大的胸怀度量，以及长远崇高的考虑呢？所以紧接着，袁世凯利用和局的形势，大肆徇私舞弊，专制误国，至复辟帝制，全国奋起声讨，毂觫暴毙，亦咎由自取也。先生的高蹈远引、逊位让权，竟被视为软弱，后世史家也有持此论者，这就让人不可理喻了。

（二）

　　1913年"二次革命"失败后,中山先生潜往日本。1914年7月在此间成立中华革命党。确实发生了要求党员按指印、立誓约之事。

　　最近有人撰文甚至以为是专制的先声,一言堂的萌芽,这就偏离事实很远了。包括唐德刚先生都有这样的看法,这是很遗憾的。详见广西师大新出的《袁氏当国》(唐德刚著)一书。而《杂文报》(2005年9月2日)刘吉同文"孙中山辉煌生涯中的一处败笔",竟说,"孙中山对国民党的改造,带有强烈专制、独裁色彩,家长制、唯我独尊、愚昧政策、个人崇拜、无限权力、绝对服从、个人说了算……等等这些封建主义的东西"。

　　朋友,这就是胶柱鼓瑟,无限夸张了,危言耸听,无以复加了！半夜吃桃子,专拣软的捏吗？专制极权在近现代的中国有着深刻的国际背景,阁下了解吗？孙先生那样春风风人、夏雨雨人的仁人先知,史上哪里去找？见风就是雨,这许多的狠词,阁下写来上瘾吗？

　　实情是,同盟会的干部,一部分学者气书生气太重。以欧美为师,非常正确。但也要看是不是时候。欧美的议会已经成熟成型,甚至可说是雷打不动。当时的中国呢,同盟会给袁世凯分化、瓦解。在糖衣炮弹的同时,也预备刺刀伺候。章太炎这样的革命元勋给袁世凯骗了,还敢于疯癫似的同人家乱闹,要分权,虽然是个笑话,但在背后,也有同盟会的实力在隐约的起作用,否则,哪有他那一番喘气式的表演呢,只怕连活命的空间都没有。在民主国家,政治及政治家的进退是由公民的选票来解决的。因为民主的主要功能,是为政治家们提供一种最有效的工具来解决他们之间的政治权利斗争,选票决定个人是否掌权。但是袁世凯不特限制选票,最后连议会都解散了,夫复何言。

　　誓约的中心内容是:"为救中国危亡,拯民生困苦,愿牺牲一己之生命自由权利,附从孙先生再举革命。"这有啥紧张的嘛,您既选择此道,这一点约束都不能承受吗?

再者,孙先生的按手印,在那么一个特殊时期,同盟会涣散之风愈盛,分子复杂,官僚软化,黄兴也沮丧不已。连续给袁世凯所玩弄,相继败走,扶桑三岛遂为亡命客集中之地;为矫正之,按个手印,有什么呀!?可是我们的学者们,脾气大不说,还迂阔地要说法。一言不合,拂袖而去。孙先生也只好由他。大学者牵头的革命组织,有那么一点江湖气,其实是好事。比较中外革命史,像孙先生那样深邃仁厚的革命家,到哪里去找呢?

专制的起源,跟人的性格、环境、背景、气质,一个人的权利欲……关涉甚大。有的人,从他的气质涵养来看,他就根本搞不了专制。而希特勒、齐奥塞斯库、斯大林、波尔布特……几乎就是天生的专制分子,不搞到鬼哭狼嚎万户萧疏他就决不罢休。

中山先生允文允武的人格气魄所来有自。他革命一生,荆棘载途,先生却如牛负重,两肩担起,未尝稍息。很多历史的关头,机会微渺得如同海底捞针,而先生总是不辞艰危,期达目的。尽管有的行动原系孤注一掷,胜负殊未可分。但是,如唐德刚教授撰写的《李宗仁回忆录》所赞:"把握时机,不计个人成败,原为革命家的本分,加以中山先生气魄宏伟,敢作敢为,尤非常人所能及。"(第十三章)他坚信权力与责任同在,充分理解这一点的人,方不至成为权利狂。出于对生命价值的无条件关爱,他推崇非暴力运动,但绝不是无原则的守持之。孙中山先生素重西学,深谙洋习,对设议院、变政治更有深刻的理解。1896年伦敦蒙难(为清公使馆绑架),获英国人民及政府营救,对英国人民所崇尚的正义及公德良心更确信无疑,也使他对文明国家的进步、教育、民意的认识更加坚定。他对中西文化良性传统方面的有机继承发展使他不但建树伟岸,更以献身国家的同时,表现出一种罕见的人格魅力,而时势给他的名利,却弃如敝屣,绝不介怀。

(三)

罗厚立先生撰文于《南方周末》(2005年8月11日"国器章太炎"),说章太炎"多本天下为公的理念,而少注意一党一派的私利",说他上书袁世凯,化解废除各地的割据势力,"希望获得真正的全国统一,进而使中国复一等国之资格,这是广为引用的名句,但引者多受国民党(同盟会)观念影响,以此诟太炎以革命党身份而助袁。其实章太炎以国士而献策于中华民国新任的总统,追求的是国家的安定统一,自不必以党派观念而非议之"。"章疯子之称,据说最初还是太炎自己使用……"

这些议论是大有问题的。

仿佛巴尔扎克乃文学界之拿破仑,章太炎也是个学术界的拿破仑。他的性格,加上他的天赋,更不能安于平静与节制。此种性格乃决定其行事的根源。疯子的称谓,也不是什么据说,他在《章太炎的白话文》里面扎扎实实白纸黑字承认了的。

他的寄托希望于袁世凯,也大有其私利在,不是什么天下为公。他个人的弱点,当然也是人性的弱点,不必回护。只是说,这并不十分影响他的学术光辉,倘若在西方民治国家,个人毛病不为大害。但在民初那样板荡专制的社会,就大有可议之处了。

您说他不为一党一派的私利,这就是个笑话了。就是先进的民治国家,党派之间也要光明正大的争取私利——竞选就是争私利,争组阁之权利。只是说前提是一种深厚的契约精神,一种正大的游戏规则,您的派别在获得私利的同时,必以实现最大的公权维护为前提。您争私利,也要同时顾及别人的私利。孙中山、宋教仁的政党政治观念,是拿出政策和策略,和他党竞争,而多党竞争,他们坚定地视为良美政治。美国先贤以一党刻意分之为二,就是要让他们争嘛。

套句老话问太炎,"你是哪一部分的?"只能答曰:他哪部分都不是,他只属于他自己——一个糊涂任性的那部分！太炎正因颇有私心，与虎谋皮，才给袁世凯玩弄，而跳脚大骂的。当东北筹边使等事，直是自取其辱。在会党内部，他也是小孩的脸，说变就变的，故即令蔡元培那样笃厚的仁人君子，也每每看不下去，斥责他"尤为无理取闹"。倒是孙中山对他，以罕见的心胸忍让之，强调"尊隆之道，在所必讲"。袁世凯表面看重他，也正是因为有同盟会后盾潜在地在起作用，否则置之死地还不是分分钟的事情？哪还有他的一番让人津津乐道的表演？和他那些趣味盎然的行为艺术？他要是注意一党一派的私利倒好了，他只忙乎他个人的私利。章太炎这样的老先生，适合在一个宪政历史深厚的体制下做议员，则可大幅度发挥其多思善谋之长才，那他的毛病就无伤大雅了。美国议员有被报界骂为无脊梁骨的软香蕉的，有被骂为狗屎的，不一而足。但他们实际上起了关键的作用，因其人性的弱点，被良规也是铁规所限制，难以形成破坏力。好制度，把坏人变成好人；而恶制度，则把好人也变成坏人。

袁世凯又不是人民的选择，而是他自己告密、窥视、翻云覆雨、杀人越货走上专权捷径。同他搞什么国士献策呢？于法理就不通嘛！成王败寇那一套也非智者所宜取。所以，不是什么"不必以党派观念而非议之"，而是大可非议。袁世凯之不配以总统身份接受国士的献策——为什么？潘恩、孟德斯鸠、卢梭等人的著作中早就讲过，以阴谋和暴力来攫取权力的、以专制暴力钳制人民生命自由的，人民可以不承认他，也可推翻他。

陈锡祺主编：《孙中山年谱长编》，中华书局1991年版
章太炎：《章太炎的白话文》，辽宁教育出版社2003年版

天才的睿智与洞见
——郑观应及其《盛世危言》

晚清时节,外患内忧加剧,国势险恶,几陷万劫不复之境地。但那也是志士崛起、豪俊辈出的时代。王韬文笔的简古畅达和投身自由媒介的深广、孙中山先生的深谋远虑和愈挫愈奋、郭嵩焘智者的痛苦……皆具各方面的代表性。郑观应与容闳、康有为、梁启超、孙中山等同时,其思想巨著今日读来犹心如卷澜,汗涔涔下。郑公广东香山人,生于1842年,卒于1922年。少年时期即远游上海,弃学从商,后长期于洋行任职。与洋务大员交谊日深,先后任织布局总办、上海电报局总办,后又擢为轮船招商局总办,其间思索结晶也日益宏富。郑先生在早期开埠的大上海入洋行,学外语,识外人。他的商业试题做得很大。而他的头脑则一刻也不停地思考中国症结。其后又应粤东防务大臣彭玉麟之招,潜往西贡、金边侦察法人军情,为国效力。其为人或经商均方正而有转圜余地,责己严而待人宽。终因人事挫败受诬于人,乃退往澳门,倾力撰述《盛世危言》。其《救时揭要》1873年刻印,《盛世危言》1894年刊行。其于政体则倡"立议院、达民情",于洋务派之心结则指出其"舍本图末",经济方面则主张民办企业,与列强之商战抗衡,文化建设则办学藏书;军事上"人"、"器"并重。观其《条陈中日战事》之分析及行止,可谓军事情报之天才及商战之第一流高手。《盛世危言》在政治方面超越同侪之处在于,强调立宪为首要的议会政治;以此为背景,传媒、商业、文化……方有真正依托,故张之洞读毕《盛世危言》由衷叹曰:"论时务之书虽多,究不及此书之统筹全局择精语详。"他可以说是民主政体的血亲,心地的纯挚、头脑的深邃、眼光的明锐,运笔的条畅,结体的厚重,合一炉而冶之。

书中纵论学校、考试、藏书、公举、邮政、农功、铁路、保险、边防、练兵……卓见迭出,系统有致,洵为同盟会大举、党人报刊大量出现之前,最为恢弘峭拔、言之有味言之有物的著作。他在举行自由公正选举、扶助自由负责的媒体、创建独立的司法体制和通过国民教育确立公民意识等方面作出令今人惊讶不已的卓越论述。

知屋漏者在宇下,知政失者在草野。郑先生的高明在于,强调政体的优先、政体的决定性、根本性,乃是社会正常和谐发展的根本。他的价值观念扎实超越了器物的现代化,而进入制度层次的近代化,或曰思想行为层次的近代化。他指出这样的路径:倘若根本性的要件弃置不顾,则它方面无论有多少的法律、条规、经略、谋划……都是治标不治本,进展缓慢,或不进反退,甚至走向文明进步的反面。而一切形式的专制者对此总是深惧而阳奉阴违的。

对民主政体深入骨髓的认识,乃因其杜绝舞弊之科学、之严格、之有效。他论述议员、选举之关系,"为国人所举。举自一人,贤否或有阿私;举自众人,贤否自有公论。"定位之精确无以复加,如此实行,可令天下英奇才智之士得以施展。当时,国人也有疑问,以为中国唐宋以来之台谏、御史,不就和西方的议员一样的质地作用吗?郑观应直截指出其本质的不同。盖中国之传统专制下,谏官必顾私恩,讲门第,同时于民情也相当隔膜,其间还有智愚贤不肖的区分;沽名钓誉者还有那个制度保其行径,致生很多麻烦。议员则不一样,他们的来源,普遍选自民间社会,草茅疾苦可得切近了解,更关键之处是他们的进退出入升降沉浮也决定于民众。

他对欧陆行政嬗变、体制、构架,了然于心,和中国的行政体系作切近、踏实的比勘校验。如谓吏治,倘有任何渎职现象,议院、总统就会理董之,官吏则不能一日居其位,此即制衡之奇效也。对积弊之痛愤:"中国自秦汉以来,科条非不密也,其奉行而持守之者,非不严且明也,及其既也,适也束缚天下之君子,而便利天下之小人。"欲扫却这样的不堪之状况,他明言非开设议院不可。循名责实,至大至公,"何惧乎英、俄,何忧乎船炮?"制度路径乃是解决最棘手社会问题的根由。

议院之形成、运作、规则、人员,议院立法之方式、形式,皆以英、德为例。其作用,"而昏暴之君无所施其虐,跋扈之臣无所擅其权,大小官司无所卸其责,草野小民无所积其怂,故断不至数代而亡,一朝而灭。"

言论自由,权利保障,经济腾飞,国际地位,事无巨细,都要靠三权分立的政体来保障。专制专权,黑箱操作,一人说了算……这样的政体,社会个体都会为了生存不守规则,互相欺骗的恶果是加剧不安全感,坠入恶性循环的险恶之道。

孟德斯鸠《论法的精神》尝谓"一切有权力的人都会滥用权力,这是万古不易的经验。要防止滥用权力,就必须以权力约束权力"。郑公发议,盖基于此。

专制之下,遇到明主、贤臣,老百姓或可喘口气。而多数时候则血泪相和流,"更能消几番风雨匆匆春又归去"风雨如磐,鸡鸣不已。

开发选举,整合中央、地方功能,整合社会经济资源,实际上是一种良性利益诱导方式。除国会立法外,日常制度形成往往由诱导因素变迁而成,对利益主体的各方面,均达成良性循环。

当郑观应方痛切思索之际,在他稍前或同时,也有类似的嘤鸣之声。林则徐亦译亦撰的《四洲志》,介绍三十多国家的人文、地理、历史,细部旁及行政、司法、资源、风俗、技艺……种种,其中介绍美国十分详尽。于政事一端,他介绍说,"以洼申顿为首区,因无国王,遂设勃列西领一人,综理全国兵刑、赋税、官吏黜陟。然军国重事关系外邦和战者,必与西业会议而后行,设所见不同,则三占从二……勃列西领四年一任,期满更代,如综理允协,通国举服,亦有再留一任者,总无世袭终身之事……"又详叙其大学、法政的教育,"迩来又增学习智识考察地理之馆,重刊欧罗巴书籍,人才辈出,往往奇异"。关于赋税,因其一开始为小政府大社会,所以,"当开国之初,轻税薄敛,原可足用"。遇到战争,因"兵少饷厚,故训练精强",征收钱粮税饷都是良性循环。于美国民主制度隐约透露欣羡之情。

因其书最早打开眼界,故尚有幼稚或令人哑然失笑之叙述,但当政经关键,却往往一语道着,就其深度、专注、身份、重要性而言,林则徐可谓睁眼看世界的第一个中国人。

广东名儒梁章冉的《海国四说》,"未有统领,先有国法;法也者,人心之公也,统领限年而易……终未尝以人变法。既不能据而不退,又不能举以自代。其举其退,一公之民"。国家法政的总决定权在人民,三权分立的制度设计,又使总统届期必退,即无论何等样的恋栈者俱不可行。对最高统治者本人来说——"为统领者,既知党非我树,私非我济,则亦惟有力守其法,于瞬息四年中,殚精竭神,求足以生去后之恩……又安有贪侈凶暴以必不可固之位,必不可再之时,而徒贻其民以口实者哉?"谈政体的文字在这书中不太多,然一旦涉及,其认识往往深入骨髓,精到的眼光与把握令后世相当多的长文专论所望尘莫及。

其后魏源编撰巨著《海国图志》。"呜呼,弥利坚国,非有雄才枭杰之王也,涣散二十七部落,涣散数十万黔首,愤于无道之虎狼英吉利,同仇一倡,不约成城,坚壁清野,绝其馈道,遂走强敌,尽复故疆,可不谓武乎!……二十七部酋,分东西二路,而公举一大酋总摄之,非惟不世及,且不四载即受代,一变古今官家之局,而人心翕然,可不谓公乎!议事听讼,选官举贤,皆自下始。众可可之,众否否之,众好好之,众恶恶之,三占从二,舍独洵同,即在下预议之人,亦先由公举,可不谓公乎!"已相当明确地肯定制度的约束力量,以及那种"最不坏"的巧妙设计,对议会架构的介绍与美誉对维新运动大有启发。《后叙》说美国宪法"可垂奕世而无弊"。

同时期的郭嵩焘,虽是洋务运动的倡导者,而胸怀却远远超越了洋务意识。曾襄助曾国藩出办团练,建湘军。中年时期至上海,接触西人西学。晚年力陈西方立国之本在政教,若仅于技术方面师其长技,乃舍本逐末。出使英国,为中国遣使驻欧之始。两年多使外期间,有60万言记述,得出"西洋国政一公之臣民,其君不以为私","中国秦汉以来二千余年,适得其反"的结论(《使西纪程》)。保守派据为把柄,予以攻击。汪荣祖先生在《走向世界的挫折》(第145页)写道,"郭氏以礼为治事之必须。儒家的礼就是儒家的制度。……他认为礼须不违于时,则以礼为本的政教,岂能不应时而变革?"郭氏言"时者,一代之典章,互有因革,不相袭也"。

他们都是在那人心窳败、凋敝的社会风气中,真正的有心人。因其天才的洞见和深刻的睿智,成为二十世纪的思想巨人,而以郑观应所述最为系统条畅。其思想的生成、结撰,不特超越前人,傲视同侪,且也以其绝不缩水的思想重量,照出后人的庸常和反常。

曹聚仁先生《中国学术思想史随笔》(第158页)曾很确凿地断言:

> 儒家谈政治,不主张理财,这便是行不通的。一则藏富于民,就会害民,因为让人民自由竞争,自由贸易,就会造成欧美资本主义的畸形经济,弄得政府没有钱,钱都流到少数人手里去了。二则政府一切设施,一切建设事业,都非钱不行,不善理财的话,任何政治理想都不能实行,现代政治家都知道政治越进步,赋税便越重,薄赋税的话,只是迎合社会群众的心理,发些不负责的空话。

这是他赞誉王安石的经济思想,为王氏辩护的一番话。他推崇王安石的整理兵制、重要企业由国家经营,由政府统制一切企业经济机构……所以曹先生崇法家而厌恶儒家。

政治民主化、经济市场化、文艺自由化,等等,乃是政治现代化的圭臬。曹公智不解此,至发荒诞之言,竟至走向推崇残民以逞的行政政策而不自知,反而沾沾自喜。

社会平衡,人心顺遂,起点平等,自由竞争,最大限度发挥个体的人本的价值,其结果就是藏富于民。曹公竟说这就会害民。真是哪壶不开提哪壶了。而在不知不觉间,他对民间的漠视,对民瘼的轻蔑,以及他那货与帝王家的帮闲念头就露了马脚。

什么建设呀设施呀,都非钱不行,更是不着边际。盖在他心头,钱就是纸币,而不是经济基础和实力,钱从哪里来,从根本上说,不是印钞厂开动机器,而是市场自由竞争的结果。理财也不是他心目中那种概念,赋税越重钱就来了吗? 就算是,也是杀鸡取卵一时而已,对社会的抽筋剥皮,更是政治的自掘坟墓。再者,欧美社会,对暴利行业才是课以重税,重、薄各有针对,哪里像曹公所说是什么畸形经济?

王安石那一套政治、经济运作模式,在经济学上,相当于类凯恩斯疗法,实施那一政策的政府是在完全缺乏"凯恩斯契约"的约束下实施这些政策的。事实证明在经济自由化和政治控制之间并未取得平衡,反而左支右绌、导致全面棘手的问题和始料不及的巨大麻烦。曹先生盲目大赞王安石,他不知道,要达成其理想,政府必须在不违反自由市场原则的情况下来采取干预行动,而这种契约在那时的专制体系中根本就不存在。于是,国家办社会,专制者乃不惜一切代价保住他们的政治权力和经济特权,指令经济带来僵化后果。

藏富于民和国家建设完全是不矛盾的一物的两面。倘若民间只有微不足道的权利和财富,则出现严重经济危机的概率将高频出现。正常的民意表达手段与管道极度缺乏,加上集体行动受压制,问题反而被忽略,终至爆发。如果不是藏富于民,政府要大大地有钱,则他们必利用一切可以动员的资源,以一种近乎掠夺的方式来极力支撑其表面的繁荣。无论朝野之事,百姓均无发言或与闻之权。

所以曹先生那一套非驴非马的政经"思想",经他一番认真冥顽的表达,读来真有啼笑皆非的感觉。由一种大一统的心态所支配,他在作判断时倾向于反应过敏、冲动和轻率。较之早他百年的郑观应,曹公的见识,就可以说是不成样子了。郑先生的书中,民主相当于"第五个现代化",乃是最重要的现代化,这一点是确凿不疑的。因为在立宪政府和自由言论的条件下,公众有其他的信息来源,不会为强权谎言所欺瞒制约。

在曹先生潜意识中,人与蝼蚁蛆虫了无分别;那种民可使由之,不可使知之、有之、富之的帝王心态。也许他的出发点也愿出良好,可是他的见识实在短浅荒谬,可见古人在硬件方面虽不如今人见多识广,而其智慧却有超越不可代替不可逾越的地方。他的发议为二十世纪六零年代,不过差不多百年时光,人的见识退步如此不可以道里计,开脱无盐居然不惜唐突西施,究竟令人诧异。

二十世纪二三十年代的高明如丁文江先生等,1933年夏天他访问苏联和美国,他为苏俄的计划经济及控制力而赞叹,随后他到了美国,他惊叹于美国的令人眼花缭乱的物质文明,科学技术对社会生活的强大渗透,他在摩天楼下由衷惊羡,"然而,他并未将美国的繁荣现象归功于美国的经济或政治体制出类拔萃"(参见〔美国〕费侠莉著:《丁文江》新星出版社,第181页)。在丁先生的心目中,仿佛美国的强大与生俱来,天生如此,而非制度的优越。他对苏俄的访问,也没有像罗曼·罗兰那样表现拷问的责任,或发现漏洞的坦率。他认为中国政治的混乱,"不是因为国民程度幼稚,不是因为政客官僚腐败,是因为武人军阀专横,而是因为少数人没有责任心,而且没有负责任的能力"(丁文江著:《少数人的责任》),他说"民主,仅是一种进行统治的实验形式",丁先生推崇西方技术、现代行政组织方法、敬业精神、廉洁奉公等信条,这都是智者的仁心仁术,但他显然已忘了最重要的一点,即体制的决定作用,他过多地看中实用主义的权宜之计,而忽略了民主作为一种生活方式的根本意义,普选、分权、司法独立、个人权利对社会生活、国民经济的根本支撑和保障,即措置利病得失的明效大验。

至于再往后几十年的顾准先生,他反复地强调,两党制不如一党制,民主也只是粉饰门面,换汤不换药,他梦想一种虚幻超验的"科学精神"来改善人类的处境,而不是作为一种生活方式的民主制度(参见《顾准文集》第343—346页),那样的见识,几乎就是一个残酷的笑话了。

以上诸位,他们有好心眼,却无鉴赏力。或不知深浅,或不识大局,若此探悉利弊,自然不得要领。他们缺乏的则是郑先生那样的眼力和魄力,故其对大局认识尚未登堂入室、舍筏上岸。比他们早几十年甚至上百年的郑观应,所反复推扬的,却是"君主权偏于上,民主权偏于下,凡事上下院议定,君谓如实内即签名准行,君谓否,则发下再议,其立法之善,思虑之密,无逾于此……",他最看重的是"此制既立,实合亿万人为一心矣"。包括当时日本羽翼渐丰,国力渐强,郑先生即直截点明其"步趋西国"的制度的决定性,及宪政文化的普适性。

　　一元化专制强权抹杀人的政治自由,个人的自主、自动自发的能力,遂令各种弊端渐次显现,人人自危、草菅人命、道德沦丧、吏治腐败、因循苟且、豪杰灰心、恶徒燥竞、信息黑箱、剜肉补疮……一时俱来。积弊发展到极端,终于引发社会的大动荡,底层民众承其巨大代价转徙沟壑……所以郑观应先生对此"弊之太甚"的状态,极为痛心,怎么办呢,"去之之道奈何？一言以蔽之曰:是非设议院不为功!"(《议院上》)。事实上美国国会之两院,一为贴近且跟随民意公论,一为防止集体情绪狂乱,宪法规定法律之通过需经两院允许。而两院之间互有羁控,譬如参院有权对众院之法案之修订或驳回,其分权与制衡相当有效。他所有的思想布局及深远的考虑,和后世的美利坚总统小布什之高明用心同出一辙——人类千万年的历史,最为珍贵的不是令人炫目的科技,不是浩瀚的大师们的经典著作,不是政客们天花乱坠的演讲,而是实现了对统治者的驯服,实现了把他们关在笼子里的梦想。因为只有驯服了他们,把他们关起来,才不会害人。我现在就是站在笼子里向你们讲话……

郑观应:《盛世危言》,中州古籍出版社1998年版;华夏出版社2002年版

《李秀成供状》眉批

黎明之时,陈将之寨,即被李将攻破。追陈将之兵,忽冲过于金牛去矣。天色未明,濛露甚大,只闻人声,不知响处,那知陈玉成尚在李续宾之后,李将追过陈将之前,陈将在李将之后杀出。

(——仿佛身受露水打湿了征衣,绘战争场面如闻如见。刀兵发于浓雾水气之中,是杀机在朦胧风景掩盖之下。)

南岸和、张两帅之兵又雄,无兵与其见仗,营中所用火药炮子具(俱)无,朝无佐政之将,主又不问国事,一味靠天,军务政务不问,我在天朝实无法处。力守甫(浦)口,后又被见疑,云我有通投清朝之意,天京将我母、妻押当,封江不准我之人马回京。那时李昭寿有信往来,被天王悉到,恐我有变,封我忠王,乐我之心,防我之变,我实不知内中提防我也。

(——实处险局之中,而秀成懵懂不知来自背后的巨大威胁;即隐隐然有所觉,也不知防备。洪氏不问政务,实因智力、神经所限,指望他以正常思维理政纯属妄想。)

我今日人人悉我忠王李秀成之名号,实在我舍散银钱,不计敌军将臣,与我对语,亦有厚待,民间苦难,我亦肯给资,故而外内大小,人人能认我李秀成者,因此之由也。

（——可见其宅心仁厚之一斑，粤乱终未溃散者，实因无出路而逼就，秀成数数言之矣。）

轻骑回京奏主，主又不从，在殿上与主辩白，问主留我镇浦口，则外应救望何人。前军主将陈玉成，在潜太黄宿与楚相敌，不能移动。韦志俊业投清朝。刘官芳、赖文鸿、古隆贤徒有贤名，未能为用……京城四门，俱被和张两军重围深濠。朝内积谷无多，主又不准我出，谁为外救？与主力辩，当被严责一番，又无明断下诏，不问军情，一味靠天，别无多话。不得已再行强奏，定要出京，主见我无可再留，准我出京，当即将浦口军务交与黄子隆、陈赞明接镇。自浦口动身，到芜湖，三四日之间，浦口城外靠大江边营盘，概行被张帅之军攻破，九洑州亦已失守，此时京城又困，此是五困京城矣。

（——首次公开冲突，实属忍无可忍。字字皆苦语酸语愤语，实因紧箍咒随时收紧。）

六解京围之后，并非主计，实众臣愚忠而对天王。我为其将，随军许久，未乐半时，只有愁烦。

（——未乐半时，闻之悚然。疲於奔命，至难逆转。可悲可怜，愁氛如磐。）

我想将各省府财物米粮、火药炮火俱解回京，待廿四个月之后，再与交战，其兵必无斗战之心。知曾帅大兵来势甚猛，故我不打。

正当议定应欲举行，天王又差官捧诏来催，诏云："三诏追救京城，何不启队发行？尔意欲何为？尔身受重任，而知朕法否？若不遵诏，国法难容。"

诏逼如此，不得不行，是以调抽兵马，起队前来，苏杭之事，概交各将任之,连母亲以及家眷,概交与主为信,表我愚忠。自奉严诏,不能再辞之后,计议抽调各处将兵,择日起马。主逼甚严,我亦无心在世,不过见母六十余岁,育我至大,是以委婉就之。见势如此,亦知不能久图,主不修德,尽我人生一世之愚忠对天。

(——秉性坚贞,出处有节;坦然冰心,秀成可怜。其善后长久之计良堪补救,而洪氏不听。洪氏自毁长城,至以国法相威胁,尤其可笑,国法者,洪氏个人之想法而已。)

那时天王大怒,严责难当,不得已跪上,复行再奏:"若不依从,合城性命,定不能保。曾帅得雨花台,绝南城之道,门口不能行走……下关严屯重兵,粮道已绝,京中人心不固,俱是朝官,文者、老者、少者、妇女者甚多,费粮费饷者多,若不依臣所奏,灭绝定矣。"

奏完,天王又严责云:"朕奉上帝圣旨,天兄耶稣圣旨下凡,作天下万国独一真主,何惧之有?不用尔奏,政事不由尔理,尔欲出外去,欲在京,任由于尔。朕铁桶江山,尔不扶,有人扶。尔说无兵,朕之天兵,多过于水,何惧曾妖者乎?尔怕死,便是会死,政事不与尔相干。王次兄勇王执掌,幼西王出令,有不遵西王令者,合朝诛之。"

严责如此。那时我在殿前,求天王将刀杀我,免我日后受刑……如此启奏,主万不从,含泪而出朝门,满朝从臣前来善劝。

自此之后,住京一月有余,十四年新正欲出京去。那时王怕我出京,城内人心不稳,朝臣苦留,阖朝弟妹闻我出京,合城男女泪涌呼留,我心自愿,故未敢行。

我今之祸,因主不从我奏,一味蛮为,常称有天所定,不必尔算……

(——每天都在风口浪尖上过活,斧钺加诸前,淫妖断诸后,可怕的四面楚歌,怎一个惨字了得。而天王先天执迷不悟,劣迹斑斑却又毫不示弱,横说竖说,好说歹说,总是噎塞不通;此时迷惘更似走入黑洞，依然以发超级羊痫疯为乐，其理政事一如牛二行径、牛二口吻。他是一个"左手不相信右手"的偏执狂，他全不顾民间生计，漠视生命，一意孤行，万劫不复，有似1930年代一独裁者说："杀一个人是罪犯，杀一百万人是一个数字"。但残酷的现实，也给了他们历史性的嘲讽。如此污糟牵掣可堪诅咒的环境，人于秀成，物伤其类，更伤国事，空余热泪洒千行。

不用尔奏一节，真千古荒诞奇文。难怪秀成听完，求天王以刀杀他，盖神经受此谵言妄语打击，意识、内心痛楚有如撕裂。）

后苏兵带洋兵攻打乍浦、平湖、嘉善，三处失守。苏州太仓、昆山、吴江等处，俱被李抚台打破……印子山营，又被九帅攻破，主更不准我行。苏杭各将告急，日日飞文前来，不得已又启奏我主。主及朝臣要我助饷银十万，方准我行，后不得已，将合家首饰，以及银两交十万。

我主限我下苏杭四十日回头，银不足交，过期不回者，依国法而行。我见下路势急，亦愿遵从，总想得出京门，再行别计。

去未久，高桥门又被九帅攻破……

后亲引军由阊门到马塘桥，欲由外制，暂保省城。将兵屯扎马塘桥，意欲回京奏谏，请主他行，不守京都。

（——天王装疯卖傻或真疯真傻，总是以欺侮老实人为擅长，在诈徒面前就不大行得通。秀成良知、人性始终充溢，始终苦撑。对农民被迫充当炮灰而抱以深深的同情。他多次建议不守南京，此时仍在作最后突围的努力。洪天王者，千古草包也。上上策不听，中策不听，下策又充耳不听，那就只好等着死亡通知书了。）

再陈京中坏政败亡之故。自此之下，国业将亡，天王万不由人说。我自在天王殿下与主面辩一切国事之后，天王深为疑忌，京中政事，俱交其兄洪仁达提理。各处要紧城门要隘之处，概是洪姓发人巡查管掌。

我在京并未任阖城之事。主任我专,政不能坏。我在京实因我母之念……天王言天说地,并不以国为事。朝中政事,并未提托一人,人人各理一军。

那时专作守城之事,某处要紧,即命我守。京城惟富豪及兵有食,穷家男妇,俱向我求。我亦无法……

我主降诏云:"合城俱食甜露,可以养生。"甜露何能养世间之人乎?甜露即地生各物,任人食之,此物天王叫做甘露也。我等朝臣奏云:"此物不能食。"天王云:"做好朕先食之。"

所言如此,众又无法,不取其食。天王在宫中润地,自将百草之类,制作一团,送出宫来,要合京依行毋违,降诏饬众遵行,各家备食……

入南京之时,称号皇都,自己不肯失志,靠实于天,不肯信人,万事俱是有天……我主如此,我真无法。

(——他说得素朴,而字字裹胁总崩盘之前的高度紧张,迎面袭来,令人难以逼视。命食甜露,自坏阵营,总替秀成扼腕。最后的几十万部队,芟夷剪伐如草木焉,谁尸其咎?仰天长叹,曰大疯子洪天王而已。我主如此,我真无法,直是呕心之长喟,仿佛万箭钻心。国事成败,未有如此可恨者。甜露一节,大诈画皮褫尽,直接以无赖面世也。妙舌莲花能够粉饰太平,掩盖过失,甜露一出,天怒人怨,小儿也不能骗;老洪不识时务拥抱毁灭,只可惜了秀成的人品才干。)

斯时王次兄以及洪姓见我滋(慈)爱军民,忌我有图害国之心,说我忠而变奸,不念我等勤劳,反言说我奸。我本铁胆忠心对主,因何信佞臣而言我奸!是以灰心而藏京内,又逼气而陪其亡。我将兵数十万在外,任我所为,而何受此难者乎!……我到京,阖城欢乐,知我出京具(俱)各流凄(涕)。

阖城男女饥饿,日日哭求我救,不得已即已强行密令城中寒家男妇,准出城外逃生……去年至今,各门分(放)出足有十三四万人之数。不意巡各城门要隘,是洪姓用广东之人,将男妇出城之人将各所带金银取净,而害此穷人。我闻甚怒,亲往视之……自此之后,国出孽障,多有奇奇怪怪。主信闲言,不修正事。城内贼盗蜂起,逢夜城内炮声不绝,抢劫杀人,全家杀尽……

（——天王意欲把人奴化为机械,机器各部件必须是标准件,非标准件注定要被出局。所以他一开始就不惜与任何人大构嫌隙,此时则怒向所有人,诚所谓最后之疯狂也。然而败兆频露,乱象纷呈,可怜生灵涂炭!）

此日在我府会议粮务,补王莫仕葵、章王林绍璋、顺王李春发、王长兄长子洪和元、干王长子洪葵元,在我府会议,正逢松王陈得风送到此文,本城文到,何人防有私乎?

莫仕葵顺手将此文扯开一看,见此情由,各人并涌来视,内言问忠王真有此言否,此时莫仕葵在此,问我曰:"尔谓宋永祺到场,我问来情,我为天王刑部,今有此事定要讯问,不然我便先行启奏。尔做忠王,恐有不便"等情。

后不得已,宋永祺又不能逃,莫仕葵发动人马,在我府等候。此夜宋永祺正到我府,与我家弟叙及此事,莫仕葵将其拿获,后又将郭老四并获。

此时惹出大事,合城惊乱,我平日幸得军民之心,不然,误我全家久矣。朝臣共有忌意,不欲救我之罪,后将宋永祺押入囚内,欲正其法,我与其亲戚之情,不能舍绝,将银用与莫仕葵,而后宽刑……此事连及我身,幸合朝人人与我厚情,不然,全家性命早亡。

（——太平军一夕数惊,时时以为湘军行间用谍。真正鬼影幢幢,草木皆兵。莫某等人,就像后来的克格勃,乃是坑人机器,在内部搞事上瘾,此时杀机四伏,命悬一线。秀成被疑,此景惊心动魄。事在天国覆灭前不久,特工机构尚如此冥顽放纵,公然威胁。邪佞成事不足,败事有余,此之谓也。秀成的警告和忧虑应验了,太平天国也呜呼了。)

李秀成:《李秀成供状》,《太平天国战纪》,北京古籍出版社1999年版;广陵古籍刊行社1994年影印本

可怜的《李秀成供状》

虽然读书未能,而李秀成本质是个书呆子。权位的金字塔下,众士熙熙,群雄攘攘,你争我夺,你死我活,以他的本质、他的先天所予,是学不来,而且也甚反感。

洪天王生长的地方,古称蛮荒之域,南粤之间,古代固有文化的抵抗力薄弱。一个人的固执暴虐可以到如此极限,决不肯自己改变一支毫毛,恐为历史上绝大之特殊模型。他业已造成一个人间地狱,而其自身则居于地狱中森严的天堂。

卧榻之侧,岂容他人酣睡。杨秀清、韦昌辉、石达开……也不是善茬儿,满腔僭主心态,一意抢班夺权,或大开杀戒,或携重兵一走了之。这些人深知权力充分的优越性。支配别人的意愿、智能,均非平凡,但自立崖岸,不愿迁就。

相较于他的主子洪秀全,又较之他的上级或同僚,这些人又都是人精,桀骜不驯的诈徒。天王擅长亘古少见的自欺欺人,将黄金时代的出现预约给所有人,对毁灭的到来,他充满觳觫恐惧,而于秀成,惯以毫无弹性的死气和无赖气弥漫的充满要挟的语言役使之。他的起事本有社会基础,但他消灭了这种基础,更造成了新的深重的苦难。社会元气,折隳殆尽,这又是他灭亡的基础。李秀成屈从和退让,逢君之恶,天王才更加一意孤行,为所欲为;并超常发挥他的气急败坏,暴怒失态。

民初扪虱谈虎客说:"(秀成)智勇、义侠,比诸曾、胡,毫无愧色。使更加以学问,真卓然为十九世纪代表中国之一人物。秀成之气度……事事暗合国际法……"甚是。秀成有古大臣之风,他是古人;他甚至有现代意识暗合国际法,他是现代人。他不应该是天王肆意拨弄的"那个时代"的人,但他恰恰是。此为悲剧中之悲剧。

使秀成读书,增学术而养气,即他起初改造了,或半途改良了,那他也不是他了。那他就变成彭玉麟、罗泽南了……但其也决不会为天王所役使,无疑也;当然也就不会有太平天国后期的荒唐演出,也无疑也。又假如他有十分之一的石达开性格的因子,那他闹出的事端,不知还要大多少倍。

未能读书,未能多读书,而行为暗合人类共同美德,始终守持之,心地纯善,守持他所认可的道德底线。正像他的供状一样,词气朴拙,读之令人一掬伤怀之泪。其中,见得一个罕、一个憾、一个惨字;罕是秀成的老实诚朴实属罕见,憾是可惜了这样一个伟岸的人物,惨是秀成结局的悲凉……天国末期,秀成怨天尤人达于极点,贯穿小媳妇心态,愚忠可以到如此难以忍耐的极限,也可谓历史仅见。对他人的忍让,无论是对上,对下,对无助小民难民,对友,对同僚,俱一视同仁。他被俘后没有"我自横刀向天笑,去留肝胆两昆仑"的英雄豪气,并不是他的晚节不保,也不是贪生怕死,只在字里行间看见恂恂自守的善良!只见他的无援的孤单,汹涌而来,在无边的黑暗中,独撑大厦,逐渐消解,最后坍塌。

天国专制,甚至出以儿戏般的想象,毫无弹性毫无商量余地的强力摧残个性,秀成个人自由独立的精神、创造的精神,遂由梁柱简化为薄片,再虚化为影子,随狂澜以去。

看唐代姚汝能写的《安禄山事迹》,同是能征惯战的大将,唐玄宗对安禄山的恩宠甚至超过了太子,到了无以复加的离奇地步,纯粹是纵容抬举,奢侈福禄超乎寻常想象,临了禄山偏要做拆台的主角;而李秀成时时套在天王的紧箍咒里面,动辄加以叱骂,还要他纵横驰骋,忍气吞声消耗他的愚忠,以独木撑大厦,最后为之殉葬。两人同样起自军队下级之微末,起初俱不过侦察兵排长一类角色,不数年以其赫赫战功、天才谋略升至大军总指挥。而禄山逐渐骄纵恣睢,他的父亲及家族成员都得以实授地方长官,所获物质利益甚至牵动到国家财政;秀成始终谦抑克己,老母和亲戚幼小多次被天王无端关押以为人质,一面要征战解围四出补漏,甚者还要砸锅卖铁经营天国基本口粮。安禄山和他比,一个是赛衙内,皇帝当众褒扬至于失态;一个是受气包,屡受呵斥仿佛三孙子。至于唐玄宗,他是盲了心;洪天王呢,则是黑了心……两者相似既如是,结局悬殊又如天渊。

秀成这部叙述,中间的时间概念是有些模糊的。常用"那时"等语来过渡几个月一两年的多次战役行动。但其文开篇之脉络,倒相当的清晰。其于地点,点明自花县至博白等十余县,深山莽林,都是边陲僻野,天王就藏在其中搞事儿;其方法,都是荒诞不经的天父天兄,秀成也感觉其为愚陋可笑;其效果,智者觉其荒唐,而愚氓从之,"读书明白之士子不从,从者俱是农夫、寒苦之家";至于起因,则是洪氏个人不遂不顺,社会路途阻碍,久为科举所苦,导致精神失常,乃放纵其狭隘经验与鄙陋想象,杨秀清"在家种山烧炭为业,并不知机",却闹腾最凶,同有病狂热高烧之状。又点名其核心,洪、杨、萧、冯、韦、石、秦之属,里面除萧、冯早些年阵亡,其余几个在南京伪朝中尔诈我虞,达于白热化,越抓越痒,越痒越抓,欲罢不能;终至大开杀戒,分崩离析。演出一场战栗血腥的、似乎充满无限乐趣的"动物庄园"故事。对于这样的倾轧,秀成天性排斥,天性无缘。

李秀成:《李秀成供状》,《太平天国战纪》,北京古籍出版社 1999 年版;广陵古籍刊行社 1994 年影印本

《刑事警察》的深微苦心

（一）

美国电影《刺激1995》又名《肖申克救赎》，写一银行家，因妻与人偷情被双双刺杀在家。他则被疑凶杀银铛入狱，判两次终身监禁。

此电影叙写惊心动魄的越狱。支撑故事的，有一关键之点，坐牢后他当教员，他的学生景仰他，乃向人透露其在另一监狱服刑时，同监一恶魔向他炫耀的杀人案：所杀正是银行家的妻子和她的情夫。学生祸从口出，遭恶警射杀于监狱空地。一个彻头彻尾的冤字，加剧了银行家的痛苦，也加深了冤案的悲剧性。

因典狱长及恶警的暴政，更出于对自身无罪的认定，促使银行家决计越狱，发大愿铺垫自由道路。希望是危险的，它让人发疯。19年后，他挖洞越狱成功，当时掩盖洞口的是美女的画像，那是渺茫不绝的象征。

当犯人入狱之初，询问开饭时间，卫队长暴打之，并说："我们让你撒尿的时候你才可以撒尿，我们让你拉屎的时候你才可以拉屎，我们让你吃饭的时候，你才可以吃饭……"那家监狱象征一个强大而又荒谬残忍的制度。

这是电影，而在现实中，每个人都有可能剧中的主角，冤案的冤大头。

日常生活埋葬着所有的希望和梦想，以及对幸福、自由、友谊和爱情的感知能力。

监狱里的银行家用半生心力博取自由,生活在现实生活中的我们呢?

(二)

云南昆明"杜培武冤案",乃是警察对警察的刑讯逼供。杜培武的太太也是女警,和另一民警夜晚郊外偷情。被杨文勇以巡查为名缴械,转而将两人击毙。抛尸在一辆面包车上。其实杜对太太的偷情懵然不知。"杨天勇掏出"五·四"式手枪说:我们是缉毒队的,请你们出示证件接受检查。车门打开后,3人用手电照,见车内有一男一女。男的拿出证件给杨天勇看。杨将二人上手铐,并问有否带武器,男的答带着。杨令其交出,接过后上了膛,并把自己带着的"五·四"式手枪拿出。女的提出要看杨天勇的证件,杨拿出证件给她看,女的看后问:你是派出所的?你叫杨天勇?杨二话不说,蹲在驾驶座位上用刚抢劫的"七·七"式手枪先后朝二人的心脏部位各开了一枪,二人当即中弹身亡。其中一位女性即是老杜的妻子。"(具新闻报道)

而昆明警方自作聪明,以为婚外恋命案必与丈夫有关。遂将其羁押。其后多番拷打,强制无眠,电警棍冲击,长时间悬吊,最惨之时,冤主只求速死……于是屈打成招。一审判处死刑。云南省高级法院鉴于"杜案"扑朔迷离,案情中疑点难释,遂改判杜培武死刑,缓期两年执行,随后送往云南省第一监狱服刑。

杨天勇原系昆明铁路局某派出所民警,曾在部队服役三年,精通射击,仇视社会人群。其黑色记录:先后作大案23起,共杀死19人,杀伤1人。死者中,女性2人、现役军人1人、警察3人、保卫联防队员3人。其人作案,采取警务查车手法,伪托犯规查证,将受害者押往郊外据点,至则扑杀之,然后分尸浇油,焚烧或大锅煮化。肉汤喂狗喂鱼,骨头掩埋。

后来破案,在杨天勇的住处搜出"七·七"式手枪一支,弹匣2个。

经鉴定,该枪就是受害人的佩枪。

可笑的是,"杜被警方控制后,10只警犬(其中三只全国功勋犬)对他进行了43次气味鉴别,41次认定杜的气味与"昌河"车上的气味同一,证明杜在案发前后驾驶过该车;专案组从北京请来的"中国头号刑侦专家"也认为杜的作案嫌疑不能排除;公安部专家对杜进行了测谎试验,结论是杜应知情或参与作案。"(据新闻报道)

种种离奇、巧合,案中案,案套案,案生案,种种冤屈及冤屈之深,种种可惊可叹……说此案为近世第一奇案也无不可。

破获的关键在一团伙成员使用受害人的手机,否则将一直在迷雾中。这具有极端的偶然性。倘非如此,杜先生势必牢底坐穿。即现宣告无罪,身心所受重创既成事实,难以复原,此最为痛心者。杨犯所杀老杜妻等,属于典型突发案件,既然非仇杀、情杀也非劫财,也非雇佣杀人……所以破解难度很大;但怎么可以因难度大就狗急跳墙,指鹿为马,百分百地冤枉无辜之人呢?!

又有聂树斌案。结案多年后,又有可疑男子王书金出现,河南警方据其供述,押解其到石家庄市郊区作案现场,一一复合当时过程,他才是真凶,而聂树斌已成为孤魂野鬼,10年前执行死刑,枪响命毙,再也说不出他的冤屈了。2005年3月中旬河北省有关联合核查组始介入复查。

又有湖北佘祥林案,"被杀"妻子11年后再现人间,"凶手"丈夫服刑11年,真相大白之际,却已发苍苍,体衰微。当年湖北京山县法院以故意杀人罪判处佘祥林死刑,后因"证据不足"逃过鬼门关。改判15年徒刑。今年春上,被"杀害"的妻子张在玉突然归来……只好释放佘祥林。好在佘祥林尚未处死刑,否则又是大冤鬼。

……

（三）

从新闻纸的报道来看，这类案子仅为冰山一角。

所有这些冤案，甚至并不需要多么高深的刑事侦查水平，或牢记多少法律条文，只需要基本的人文素养，一定的文化水准，起码的道德良心，正常人应有的怜悯意识。根本不需要上纲上线地用国家法规去对照比较，不需要专家出面给大家条分缕析，只需民间朴素的是非标准便能厘清事理——即令一时不能获取真凶，但也不至拿捏无辜啊！

然而没有，没有基本的判断，起码的同情，和动一点脑筋的素质动一点脑筋的念头。没有，这些都没有，只有盲动、愚蛮、欺瞒、恶浊、凶残、毒打……暴虐的一片黑黢黢的盲区。葫芦僧判断葫芦案，政法、新闻、教育、卫生、金融……几乎所有的行政系统，效率低下，人浮于事，不务正业，吃酒搓麻，草菅人命……皆起于基本的人权观念不具，基本的人文观念严重匮乏。

行政司法权的漏洞，使有司为刀俎，无辜为鱼肉，没有申说的余地。他们利用的就是这个。办案人员急于求成、先入为主、疑罪从有的错误观念导致了冤案的发生，肉体、精神和形形色色的折磨迫害下，精神往往已经崩溃，往往感到生不如死，有的人往往不求生而求速死。

如何才能把冤案控制在最低线呢？有人说：这不能不让人对死刑制度再作思考，曰取消死刑。笔者以为，这不涉及死刑制度的问题，而是刑事侦查的制度问题。死刑是必要的，需由它来制裁真凶。真凶怎么获得，必须仰赖刑侦制度的谨严。人的价值、人的生命是头等宝贵的，法律也要以人为本。这在刑事追查阶段就应清楚，一是一，二是二，疑案之疑点即作想当然的证据移送法院，不出冤案才怪。

如在杜培武一案中，要从看似最简单的有无作案时间入手，以及他对婚外情所知多少，有所预知还是懵懂不晓，以作案可能的细节来反套是否有可能……就是他本人，也提出诸多不是案凶的有力证据，然而……拿警犬来闻,下下策也!真凶早已逸脱安全地带,隔岸观火,嘲笑不休呢!不要那么相信狗,狗甚至会追闻毫不相干的人;甚至也不要那么相信测谎的电波曲线,很多时候,坏人的心理素质,高出良民不可以道里计。动辄刑讯逼供,只能说明素质低下,心术不正,昏庸加凶残。警务下层人员,读书很少,如果不能提高其文化水准,实际上就可以给他们灌输冤冤相报的宿命论思想,以为应急之用,令其有所收敛,有所顾忌。提高破案率,不是打出来的。或对任何形式的刑讯逼供行为一律从行政上取缔。

对此,我们实在应该到旧书里面去找新思维了。

这就是毛文佐先生苦心经营的《刑事警察》一书。

(四)

《刑事警察》,毛文佐先生六十多年前所著。其所强调,"刑警为人民师保,为人民生命财产之寄托者。"故其业务,需要经验丰富,学术专精之人。

作者谆谆告诫,发现蛛丝马迹,并由此形成一极有系统之案情。因为犯罪必有事迹,这是在联想训练这一节里面讲的。而联想之要义,我以为在正反两方面的排除。决不是先入为主的概念来左右,然后才寻找蛛丝马迹。

在特殊训练这一章里,在细讲技术要领之前,他首先强调的是,刑警对人的贯彻与判断。所观察之对象为人,所以极不容易获得确实的结果,所以,其最要之点,在于刑警本身之健全。

在训练之科目一节的开讲之前,他又特别提出,刑警需有政治头脑。否则极易被人挑拨离间,助纣为虐。因为近代以还,党派斗争激烈,国际关系纵横,犯罪事实,应运而生。倘若没有政治素养,一旦事变发生,必将无所措手。

全书分九章。一百余子目。只有将近十万字的篇幅。而叙述练达,文字雅俊,词约旨远,表述准确可喜。当中如追查之勤务,搜索之要则,人事识别,联想训练,审问之要点,分类侦查……俱精微入骨,读之令人警醒拍案。而细目中的追查措施,如弹痕血痕的勘察,犯罪后的心理影响,刑事警察人员内在的危险性,现场的意义,等等,更是细入毫发,有举一反三之效用。即今高科技发达之时代,其精彩叙述也具有不可替代之价值,仍然是研究预防与侦查犯罪之枕中秘宝。不是今之刑侦教案,枝蔓拖沓、表述游离所可望其项背。

当时的中央警官学校教育长李士珍给此书做序,特别指出中国过去之治狱,"多以心证济物证之穷",于是就不免苦打成招,就不免敲骨吸髓,就不免武断卸责……他认为,这乃是侦查科学和法治精神两端,为刑警工作之命门。否则,"冤狱无获伸之门,积重难返,驯使良善为鱼肉,公廷为怨府。"可见,刑警之任务在破案,但世界上最优秀的侦探,也有破不了的无头悬案,总不能为了破案,而用臆断代替证据和侦查,那样一来,就和刑警的工作精神背道而驰了。

毛文佐先生的初衷,乃是为法治时代立心,为科学运用请命。他说,"犯罪未觉,既觉而未捕,既捕而证不足,则暗数增焉","暗数"——他的担心就多了,办案贵精确明辨,"以不学无术者司之,操切擅断,则囹圄多枉曲之人,棘林多夜哭之鬼。"这些办案可怕的方面,他考虑极为周详。

那么刑侦之最关键之背景在于什么呢？毛先生也在序言中重墨点染,刑侦得宜,则秦镜高悬,方始不为空话。燃犀烛怪,奸宄无可遁形,"曲直自无枉错,用知暗数之大,冤狱之成,其弊乃在侦查之人,而非在惩罚之法。亦即在法之用,而非在治之具也。"这也就是笔者前述关键不在取消死刑与否,而在刑侦之得宜与否。

在毛先生的书中,不难看到他深曲的苦心。

养成动脑筋的习惯,破除想当然的恶习。

读书增进人文修养,屠沽操刀,以宰行政,那是国民的悲哀。长此以往,也是国族铩羽的不祥之兆。因这一类头脑狭隘者得为司法行政之主轴,则稍具思想之有为可用之士,便思效乘桴浮于海之故事,收声敛迹,或明哲保身,或隐忍做人,甚至远走他国,以期自保头颅。如此则小人道长,君子道消,国族精神势必陷落困顿,不能自拔。社会之黑暗状况,由此加深加剧。其所影响大处,传统思想,斯文扫地,自由之花,蹂躏无余。文明消退,情形至为可虑。

刑侦人员毕业的最后一课应该是人命高天的认知。认识不到这一点,不能谓之毕业。

作者毛文佐先生,当时任中央警官学校刑事警察系主任。曾在美国留学研习刑事侦查数年,他的这本书,有开创之功,盖于此之前,中国刑案,重视司法警察,而刑事警察制度还在草创发轫阶段,蹊径独辟,开辟草莱,极为珍贵。当时日本飞机常来轰炸,他们的教具也随警报搬进搬出,就是在防空洞内,他也不倦地和学生探讨。

我看的这个版本,是民国三十三年(1944年)商务印书馆的刊本,为重庆手工纸即草纸印刷,整整六十年过去了,纸页尚完整,字迹尚清晰,悬想当时国破山河在的情形,真有难为前人努力的感慨。

(五)

近年在全世界享有盛誉的"活的福尔摩斯"李昌钰先生,所践行的,正是毛文佐先生强调的破除"暗数"的科学精神,以及常识和良心。他的座右铭:至诚信义。即须葆有最起码的道德底线。

辛普森前妻被杀案、9·11恐怖袭击、台湾3·19枪击案……李先生均介入调查之。

他曾回答记者:"美国警察问:'Dr. Lee,那么多的案子,您是怎么找到证据的?'我说:'我归纳了7种简单方法……站着看、弯腰看、腰弯深一点看、蹲着看、跪着看、坐着看、各种方法综合起来看。'"

他还强调:在美国,特别是做鉴识工作,必须清除潜意识,让物证说话。比如辛普森案,辛普森是黑人明星,被害人尼可是白人,由于种族矛盾存在,案发后,80％的黑人认为,辛普森无罪,而80％的白人却认为是辛普森杀了尼可。社会大众期待真实证据,所以我们只能让物证说话。

李昌钰简述他参与调查的那桩世纪奇案——

1994年6月12日深夜,一桩命案传遍美国。辛普森是当时最红的体育明星,他的前妻身中8刀,她的男友、黑人侍者身中27刀。很快,警方认定凶手即辛普森。他们的证据是,现场有辛普森5滴血迹、一只手套,警方还声称,已经找到了第二现场,即辛普森家。因为那里也有一只血手套、一只血袜子,等等。

"他的家人请了美国最好的律师团,又向我发出了邀请。"

"按照警方的推断,辛普森要在30分钟之内,刺人35刀,连杀两人,再跑回家脱了衣服洗澡,出门上车去机场,按照常理,这太不可能了。我进行了仔细的取证和检测,结果发现,现场留下的辛普森的血迹里含有防腐剂,又发现,警察从辛普森身上提取的7毫升血样,少了1.5毫升,据此,我们提出了办案警察作伪证的报告。"

"法庭调查长达9个多月,辩论持续了5天,当时,我还担任着康涅狄克州警政厅厅长职务,破例出庭为辛普森作证。洛杉矶警方原本搜集的100多条证据从而变得疑窦丛生,辛普森最终被无罪释放。不久,洛杉矶近400名警察因作伪证受到处理……"

毛文佐:《刑事警察》,商务印书馆1944年版

苦涩的辩护

王龙为周作人辩护见于《王龙为周作人补充辩护书》(《审讯汪伪汉奸笔录》下册,凤凰出版社2004年版,第1430页),乃首次公布的详尽材料。

1946年夏天,南京高等法院检察署以汉奸罪起诉周作人,律师王龙对周作人颇具同情,且念同学之谊,出为义务辩护,而对嫌怨有所不辞。

辩护书首先说他"沦陷期中,受命留平,保持校产,虚与委蛇,抵抗奴化",是为定性。又道其尴尬处境:"丧乱中得知堂之援,而苟活以有今日之显达者,亦多不敢复援知堂"。这就是王龙出场的背景。

他的辩词关键之处:

......

从一个故事说起。园丁老周,是五世同堂、荒园老屋的故仆。他尽了半生的筋力,流了不知几许的汗,把主人的荒芜园地里种了很多花木,收了很多果实,还牧着一群可爱的羔羊。某一年大盗来了,守门的退了,主人临走时匆匆托付手无寸铁、囊无分文的老周说:"你要看在往日的情分,替我保守这前人遗泽的产业。"老周忍泪送别说:"只要老命活着,主人一切放心。"在这大盗盘踞的悠久岁月中,老周心中牢记着主人重托之言,忍辱负重,听他呼牛呼马,为奴为仆,贵之贱之,受骂受打,总是鞠躬尽瘁,降志辱身,万死不辞。有几个同事的忠仆被盗捕获将欲加害,老周皆一一设法为之缓颊得全性命。好容易眼巴巴的守候了将近十年,寇退主人返,看看全部家产、帐册、宗谱一点没有损失,看看一群迷途的羔羊仍能回到母羊的怀抱,而不曾认贼作父,主人点头微笑,老周顿忘了十年苦楚。老周除吃一碗苦茶外,还是家徒四壁。这时左右一般太平归来、三头六臂、聪明伶俐、趋吉避凶、打落水狗的人们七嘴八舌的说:"老周不是好人,赶快送进衙门,他既未打退强盗,又未远走天涯。强盗喊他周老大,他岂不是尊大了?喊他周老官,他岂不成了官吗?他是通敌,他是奸细,他是应当吃官司。"大家听了,谁也不敢多嘴说不是,恐怕血口喷人,惹祸上身。老周放下了手中一杯苦茶,抬起头来看了看青天白日,向主人黯然道别,就捕下狱。于是众口同词,老周的姓名上增添了"巨奸"、"大逆"许多头衔,只有他的妻儿,狂呼着冤枉,还有他的知友,深切的怀疑。

王龙接下来的辩护举林肯、颜之推、太戈尔(泰戈尔)、爱思坦(爱因斯坦)等人言论行止来反证当时教育并未奴化。再引教育部长朱家骅的报章公开言论为证,"朱教长勖勉各教职员说,今日证明华北奴化教育整个失败,其功当归诸于各位教职员先生的身上"。行政院秘书长蒋梦麟复首都高院函,以证保存北大校产的现实状况。"复员后点查本校校产及书籍,并无损失,且稍有增加,附校产及书籍增加清单。"

北大校长胡适、教授俞平伯等14位人士为周作证:"曾有维护文教、消极抵抗之实绩。周作人系从事新文化运动有功之人,其参加伪组织并非其真实心愿。"周作人曾极力营救的文教及地下工作人员,也出场为其作证。

结论,"周作人为保全北大校产受命于危难之际,临难不敢苟免,既无寸铁,又无三军,虚与委蛇,降志辱身。……综其生平,恬淡无竞,开文艺之先河,明儒者之正统,至于希腊文学,更如广陵散矣,所愿为国惜才,放归山阴故里,俾得从容著作,恭颂天下太平"。

辩护词写到如此程度,端的是叹为观止了,一者文学性强,入了正题,有好作品的感染力;二者和事实紧密依托,说理透彻。辩护词的前半,老屋故仆的譬喻是关键。经典、形象、生动有趣中大有苦涩的意味。其说服力是靠调动读者感性来起作用的说方式,使听者获得自行发挥的空间,层层铺展;但也有类比推理的意味。

史上司马迁为李陵辩护,惹来大祸临头。别将李陵远征袭击匈奴被俘。当时朝中官员多察言观色,见风使舵,先前称赞李陵的英勇者,风向一转,附和汉武帝,司马迁则就事实为李陵辩护。先从李陵的为人、孝顺、信义,视部队如己出,乃真国士。说他孤军深入,也算尽责。其所不死,想来必有所将报答于汉室。

司马迁所辩,有些是常识问题,常识的重要就是无须为其辩护,所有的事情都是理所当然的,由常识推导出深刻的道理。但也因此触怒当道而引火烧身。

在这精妙的辩护词中,王先生已将道理说得淋漓尽致,甚至说到极限。虽无大助,却也略有小补。周氏处徒刑由十四年改为十年。周作人依然对判决不服,但也无济于事,被押往老虎桥监狱服刑。

周的悲剧,一是强权之下,那稀泥般的强权,对社会的个体,松紧度大不一样,处处漏洞,了无头绪,二是关系裙带社会,对人对事,充满双重标准多重标准,或竟无任何标准,只是随心所欲,如此惩治汉奸,方方面面,都不能服人。大汉奸则因种种关系逸脱,或经验关系得法,或手握部队,于是摇身一变,人五人六,风光八面。这种情况之下,生产汉奸的土壤依旧存在,只要一有风吹草动,他们就会应运而生。周作人这样的老书生,就成了他们的"化外之民",声援受阻。所以为他的辩护,自然就很重要了。

当时对汉奸的惩罚,处于一种"设计对白"中,引发各方怨怼,遂在情理之中。汉奸中人,一种是因胆怯贪婪而率先软化,一种是双重标准的受害者。那些早就预备琵琶别抱的登徒子,政治骚胸全裸的混球,反而如鱼得水。

乱世政治不上轨道,民生孔急憔悴,还是一言难尽。所以便是支配社会的天经地义的道理,都会被弃置不顾。此际,深明大义者,直可称之为圣徒,息心忘机者,也算大贤。

专制社会,总是摧残士类,无所不用其极;侵略者的心术,为着控制人民思想,也向知识阶层发动毁伤之战。在乱世中,随波逐流的知识分子,为求出路而附敌,除极端丧心病狂者外,大多在人格上就矮下半截。就算他们本心不干坏事事实上也无劣迹,但在道德上却无法站稳脚跟,这是在审讯的详细问答之间不难窥测出来的。而王龙的辩护,只想辩冤,决不像某些依附者转欲邀功的念头,所以他的这篇辩词,很有水平也很可一读。

王龙:《审讯汪伪汉奸笔录》,凤凰出版社2004年版

滑稽突梯的苦恋与解构

毛彦文的《往事》(百花文艺出版社2007年版),新近推出,拜读之下,吴宓当年的苦恋的情事得以从另一端掀开帷幕。

但这本书带来的失望远远大于早先的期望。

全书二十万字,只有少数几段文字值得一提:

1961年8月从温哥华搭乘海轮回台。9月2日,船抵日本横滨卸货。"我们旅客上岸观光,日本人模仿能力很强,处处模仿美国,百货商店货色应有尽有。服务周到,7日到了大阪,停两天。这回看见日本战败后恢复之迅速,重建之惊人,又佩服,又心惊。这是一个了不起的民族,仍是我们的强邻,我们中国人争气奋斗,迎头赶上,与之并驾齐驱,否则屈辱的历史仍将重演"(第134页)。"我在西雅图华盛顿大学从事中国大陆问题研究时,曾看到一本英文的大陆杂志,登载许多在大陆有名学者的坦白书。内有吴宓的一篇,大意说,他教莎士比亚戏剧,一向用纯文学的观点教,现在知道是错了,应该用马克思观点教才正确。当时海伦气得为之发指。人间何世,文人竟被侮辱以致如此。吴君的痛苦,可想而知。传吴君已于数年前去世,一代学者,默默以没,悲乎!"(第56页)

其余则很勉强。

民国的名媛,被吴宓的日记——所记录的单相思,渲染得望如天人。看他老先生的文字,想起古代的美人。但毛氏更有奇绝之处,这个现代的褒姒、张丽华、貂蝉、杨贵妃……是留学归来英文通晓,是洋气熏陶的大美人,那还得了啊!他称她为"海伦"。

他的柏拉图之爱,就是他在《吴宓诗集》组诗中烘托的"吴宓先生之烦恼""吴宓苦爱毛彦文,三洲人士共惊闻。离婚不畏圣贤讥,金钱名誉何足云……"倾慕、怀想、痛苦,无以复加。到了1937年底,熊希龄病逝于香港,吴先生得知消息,他还想再续前缘,"深为彦悲痛。万感纷集,终宵不能成寐。于枕上得诗'忏情已醒浮生梦'"。

吴宓的日记记录了当年他的迷恋,其记叙隐晦煽情,更增神秘。他的那个意中人被他闪烁的文字渲染得好像深不可测,他的意识、心情,在哪个时段,为之风雨飘摇,连根拔起。读者以为这个海伦,必定是像洛神赋中宓妃一样的一流人物,必是国色天香、风姿绝秀,华茂春松、翩若惊鸿。这次书中放置了百十幅照片,尤以晚年的居多。她年轻时的样子,脸部线条较生硬,到老来面部更缺亲切感,勉强可算中人之姿。吴宓先生的审美观该受诘问,他的文字该打折扣,他的五迷三道,真是哄死人不偿命哟。

书中涉及吴宓的一文,通篇讲述她对他是如何的没感觉。

吴宓始终以海伦称之,她对吴宓略无半点感觉,决不加以青眼,对海伦二字却颇领情,怡然受之,实则有点唐突古人了。

全书乏善可陈,陈谷子、旧芝麻、婆婆妈妈,文字倒还清通,叙述的事情却干燥乏味。读之期望值迭受打击,剪彩为花,终非活色。

她的记述,多为生活流水账,说起来她经历的时代,那是怎样的波澜迭起,风云变幻啊,那样一种宏富多姿,到她笔下,变成死水一潭,按说就是她所记录的流水账,生病啦、吃药啦、这个亲戚生小孩啦、哪个亲戚买什么衣服啦,也可剪辑出时代的投影来,但她摇笔写来,却是线条生硬、表情僵死的一堆,真是头发长见识短,糟蹋了好题材。

看了她的辩解,委实要为吴宓的单相思叹息。吴先生的单恋,到了何等不管不顾的地步,而彼心里全无半点相许的意思。相反,她嫁给了花甲老头熊希龄。这是人性的弱点,没什么好奇怪。现今幼儿园的小女生,都知道长大要嫁入豪门,还说"豪门就是有钱的老公"。

吴宓梦之、迷之、恋之、思之、赞之、许之……到了佛家所说的不可思议境地,真是胡为乎来哉。

《老残游记》第十三回,写老残在一家风月场,和一女生恳谈。那女生从她们女孩子的角度,对文人学士的审美观颇有指斥。她说,客人常有题诗在墙上的,其作品,大约不过两个意思:体面些的人自谓才气博大,天下人都不认识他;次一等的人呢,就无非说那个姐儿容貌何等出众,同他怎么样的恩爱。"我说一句傻话:既是没才的这么少,俗语说得好,物以稀为贵,岂不是没才的倒成了宝贝了吗。这且不去管他。那些说姐儿们长得好的,无非却是我们眼面前的几个人,有的连鼻子眼睛还没有长的周全呢,他们不是比他西施,就是比他王嫱;不是说他沉鱼落雁,就是说他闭月羞花。王嫱俺不知道他老是谁,有人说,就是昭君娘娘。我想,昭君娘娘跟那西施娘娘难道都是这种乏样子吗?一定靠不住了。"

她们见多识广,说话颇有比较,结论很有重量。这段议论,真实得近乎残酷。拿来观照吴宓先生的情事,一样适用,于其审美意识,具有异样的参考作用。

毛彦文:《往事》,百花文艺出版社 2007 年版

民权声音之回响

三四十年代，王造时、储安平等对国政的不上轨道，民主的遥遥无期颇多泣血之呼，痛心疾首之语。

除此纯知识分子对民主的吁求以外，军政界大佬、名人也有极具眼光者，于民主的重要性、迫切性说到点子上，而成万古不灭之论。

李烈钧先生1933年11月24日致蒋介石函，尝谓"南京设施鲜能适合团体，洽人民公意也。本党马上定天下，必欲于马上治之，天下人岂能尽戮？……斯时救济之法，仍以迅速解放人民言论、出版、集会、结社诸自由，使在法律、政治上受平等待遇，斯实为集智聚能安内攘外之根本要着。即国民党本身，亦不必迫之使离，强之使合，否则天下纷纷，何时定耶？"

五天后李烈钧先生在上海对报界发表公开谈话，仍重复强调这个意思，并进一步说"重视人民言论、与其应享之权利……使得自由组织政党、发抒智能……"如此，则中国未始无望，真正的"民国"，或可雄立于天地之间。惜乎专权者心胸狭隘，一意孤行，结果国事徒见治丝益棼、日暮途穷而已。

烈钧先生早年入同盟会，凡辛亥之役、二次革命、护国、护法，俱追随孙中山先生左右，屡建战功，深得中山信托倚重。每次他往谒孙先生，孙先生必起而迎之，以其读书极富、私德极佳，而谋国之忠、忧时之切，尤不负时代嘱托；是以获中山先生重视，而其言论与践行理想之功德也引致民众之爱戴与敬意。

《唐纵日记》的作者1949年去台湾，日记遗落大陆，1992年由公安部整理，群众出版社刊行问世。其中，也颇多有关民主宪政之通透认识。1941年1月20日记:"我昨天和布雷先生说,社会在动了,青年们的苦闷和怨望,在无数事实中显示出来。"1944年2月22日记:"各方有志青年,咸不满现状,抗战临结束,政府如勇敢接受人民不满之情绪而加以强烈之改革,则人心归于一统,而天下定,否则必有分裂而发生剧烈之变动。"1944年5月7日记国内民众情绪极不安,议论蜂起,是因为"一:生活困苦,烦恼充溢,二:风气日坏,贪污日多,政治弱点日益暴露。三:因委座之权力在形式上事务上日见集中,而在实质上(如对大员顾虑多而不能加以法律)日见降低"。

此类观察议论在其日记中数见之,可见当时中国,在民间与廊庙,对民主建设的认识,人心决非一片漆黑。孙中山先生对民主民权的追求与承诺,在他去世后作为一种精神遗产散落分布,其势也并不见弱,惜乎机缘一失再失,恶劣的偶然因素一再发作,多次错过极为可贵的历史黄金时期,国政国体大骚动大流血而元气丧尽,距健康安宁日远,民族生命几陷绝境,与世界文明潮流之趋向更形隔膜。后来读史者,搁笔长叹,又能如何呢?

唐纵:《唐纵日记》,群众出版社1992年版
李烈钧:《李烈钧集》,中华书局1996年版

天王诗一瞥

一般帝王,即使凶狠暴虐,也还可以不去惹他,此所谓惹不起,躲得起。因其意义在管制人的身体行为,所以古人颇有依托山庄别业,松松活活过了一辈子的;另同样一种教主性质的人物,那就躲也躲不起了。秦始皇不特收天下兵器,铸为金人十二,他还更有损招,即是烧书,即是清剿人们的思想。那可就不只是瞩目人的"身体语言",更密切注视人的"意识形态"了。清代晚期的洪秀全洪天王洪教主,就更是受了一种变态的"激情催化",不特"经史诗书尽日烧,敢将孔孟横称妖",他更恨不得将人的"脑髓"、"思想"抽空团聚起来,由其"严加看管"。他一方面烧书——要将人的思想"漂白",另一方面又意欲将他莫名其妙的天王"诗文"塞进他人的脑袋,给天下人的思想"抹黑"。他写了几百篇这样的诗歌、文章。今日读来,更叫人啼笑皆非。如"人妖分别在真假,假些是妖真是人,假些极贱真极贵,假些该砍真该升。""一个作校是妖魔,一个认真跟爷哥,天大福气在遵旨,敬天敬主威风多,"又如"自今为妈不虔诚,大犯天条须奏明,为二怠慢也一样,见病不理不饶情。"俱引自近代史资料丛书的《天父诗》。

读这样的诗,真是"大白天活见鬼",谈什么"意境"、"格调"、"比兴"……那是自讨没趣。他的整部诗作五百首,没有一首不是这样的呓语、谵言、发烧者的怪话,神经错乱的不经之谈。唐德刚先生以为知识分子对其望望然而去的重要原因,即是"天王"的文字,"其荒诞固无待言,其鄙俚之辞,亦酸人骨髓——哪个张良、陈平、王安石……吃得消呢?"洪天王这个既无文采更无学问的土塾师,本来他自己对自己都是大有"信心危机"的,再加上为了他的"政治股票"的上涨,乃对自身未解决的心理问题"强行平仓",结果"怪力乱神"变着法子来妖言惑众,从佛、道、耶稣中乱摘词汇和偶像,愚夫愚妇或有顶礼膜拜者,而这样的胡来胡扯,哪个知识分子愿意或者敢于向他"看齐"呢,所以能跑的都跑了。最可怜的是四凶专权时代,半吊子的野心文人肆虐华夏,没谁有能力牵制其妄为,左道旁门猖獗,样板戏类"文艺创作"独尊,士类荼毒,宗社丘墟,只有极少数的智识者如马思聪等侥幸跑开,其余死的死伤的伤,无复人样了。

洪秀全:《洪秀全选集》,中华书局1976年版

攻城略地直捣黄龙
——《廖燕全集》的深透

廖燕,一个一生布衣的在野文人,以今言之,则边缘化也。他的视野非常高阔,但他长期被文学史忽略。他嗜书如酒徒之嗜饮,徒步从韶关至广州求借读书;也略有出仕的机会,他自动放弃了;也曾参加反清复明的部队,备尝艰辛,未能大成,仍嗜书不止。

旧时文人,不少是好人。对生活并无太多要求。假如精神自由一点,社会多少讲究一点游戏规则,倒也无枉一生。但是专制的肆虐,是一种无止境无人性的东西,所以,灌园抱瓮,莳花种菜,甘于淡泊的背后,不免流露一种失路之悲。或在乱世转徙苟活,或在被控制的时间里面消磨,生命的意义打上负数的标记,令人长喟不已。

廖燕的墨迹今尚存,观之,但见劲挺中不乏含蓄,有的笔画也相当开张,揖让之间似可触摸到他的孤愤、他的锐眼。真可谓,观书老眼明如镜,论事惊人胆满身。

《性论》首句,"天地一性海也,万物一性具也。天地万物皆见役于性,而莫知其然……"也是漂亮、惊艳、有震撼力的句子。来得很陡,而很抓人。

他的不羁,他的狂放,以思想深度为底蕴。为古今腐儒难以望其项背。

《管锥编》第234页,钱先生此文梳理专制之害,从先秦提领至明朝。末尾且发挥说愚民者自欺欺人,最后自将其愚信以为真。专门拈出廖燕《二十七松堂文集》卷一《明太祖论》:"明太祖以制义取士,与秦焚书之术无异,特明巧而秦拙耳,其欲愚天下之心一也。"

那确历来罕见的奇文——

  天下可智不可愚,而治天下可愚不可智。使天下皆智而无愚,而天下不胜其乱矣。……夫庸人乌能扰天下哉?扰天下者皆具智勇凶桀卓越之材,使其有材而不得展,则必溃裂四出,小者为盗,大者谋逆,自古已然矣。唯圣人知其然,而惟以术愚之,使天下皆安于吾术,虽极智勇凶桀之辈,皆潜消默夺而不知其所以然,而后天下相安于无事。故吾以为明太祖以制义取士,与秦焚书之术无异,特明巧而秦拙耳,其欲愚天下之心则一也。

  秦始皇狙诈得天下,欲传之万世,……以为可以发其智谋者无如书,于是焚之以绝其源……且彼乌知诗书之愚天下更甚也哉?诗书为聪明才辩之所自出,而亦为耗其聪明之具。况吾有爵禄以持其后,后有所图,而前有所耗,人日腐其心以趋吾法,不知为法所愚。天下之人尽愚于法之中,而吾可高拱无为矣。尚安事焚之而杀之也哉?明太祖是也。

  自汉、唐、宋,历代以来,皆以文取士,而有善有不善。得其法者,惟明为然。明制:取士,惟习《四子书》,兼通一经,试以八股,号为制义;中式者录之。士以为爵禄所在,日夜竭精弊神以攻其业,自《四书》、一经外,咸束高阁,虽图史满前皆不假目,以为妨吾之所为。于是,天下之书,不焚而自焚矣。非焚也,人不复读,与焚无异也。焚书者欲天下之愚,而人卒不愚;此不焚而人不瑕读。他日爵禄已得,虽稍有涉猎之者,然皆志得意满。无复他及;不然,其不遇者,亦已颓然就老矣,尚欲何为哉?……

  此文透露的信息是,人性如何被奴化、被淡化、被弱化、被非人化、被平面化、被边缘化,在此轨道上长期运行变成一种不自觉的自觉。他们各得其所,完成了对人性的摧毁控制,专制的种种甚至变成了基因,在现代社会间歇性发作,多处形成溃疡难以愈合。

焚书之术生产奴才,以制义取士捆绑性情,被奴役着却以为自由着。所有这些病症都是一个总病根,那就是专制之病。其甘心被愚,愿为其操控,无非是利欲、权欲期待着回报,自愚是愚民的前提。上得其轨道之人,权力欲都极强盛,而其本质是不读书的,但对算卦、看风水、驱邪的浅层文化倒情有独钟。他们对古代大学者的思想、学说与历史价值惘然无知。这些官僚仅仅贴着智识者的标签而已,乃识时务的行尸走肉。

论文字的组织、驱遣、文气的流贯……他当然不是唯一,但论及识见的深透,直达背景和后台,那就道个"多乎哉?不多矣"啦。不平之鸣甚多,而挖掘出个人普遍性的人生悲剧,及所造成的深层原因,同时就有文士由衷推崇:议论多发前人所未发。他的见解,确为江山文藻增色多多。

他的《高宗杀岳武穆论》,议论也是别开生面。他认为岳不是秦桧杀的:"观秦桧答何铸高宗其欲杀武穆者,实不欲还徽宗与渊圣也……实欲金人杀之而已得安其身于帝位也"(第10页)。他当时的文友有谓:非具二十分胆识,谁敢如此下笔!可破千古腐儒之见。

他对明清鼎革之际的上层变乱,痛心疾首,拆其病象病因,"在庭诸臣,忠奸不一,议论朝更夕改,率无拨乱反正之才,强敌压境,辄一筹莫展。及幸寇退,则骄语富贵,党同伐异,甚至揽权纳贿,无所不至,其习牢不可破……"(第296页)他的《张浚论》则阐述专制制度的致命陷阱,"从来奸人害正人"、坏人与无限制的君权相结纳,"其恶亦渐肆,其后遂至于穷凶极暴而不可救止……"

他笔下的反清复明的志士,处境悲凉,遭遇无形网络,密密匝匝,只有绝望,难以冲决。"古君子往往有以轩冕为桎梏,入山惟恐不深者。此岂其得已者耶?然人生至不得已而隐,已非人情,况并欲泯其名而不使见称于世,则其苦有孰甚于此者……"(第306页)

他的诗歌,写景则悲壮痛切,镶嵌在景句中的悲绪不是摇落,不是斜卧,而是像强劲的海潮一样,激荡汹涌,不依不饶地扑将而来。他的一首律诗说,"胸藏五岳隐难平,浊酒堪浇取次倾。满目烟云供异赏,一天星斗寄奇情……"(第503页),又说,"满目干戈天局促,长途风雪客凄其。五更马上吟残月,独木桥边访古碑"(第527页)。和他的各体文字一样,蒙络因清醒的痛苦产生的沮丧。

他的眼光,强劲的穿透能力;他的思索,简劲的逻辑推导能力;他的追踪,陡劲的全程打击能力,古典作家中实属少见。自然,他也因此而备显孤独。

人总是要寻找发泄的通道出口,民主的制度,则在恒定的游戏规则中,尽可使精力释放,"该干吗干吗",一切有所安顿归依。而不论秦始皇的暴烈、明太祖的伪狡,走后总要引起这样那样的麻烦,循环不止的是非颠倒错乱,祸乱相寻。

廖燕的结论,也是说到底了,无以复加了。作为这一可贵思维的延伸,再走一步,那就到了林则徐、郑观应时代,相当多的一批知识分子,因西风东渐,而透彻反省,向民主制度三致意焉。那是士人真正的自觉,他们着眼国家基本制度建设,力图从压迫者手中获得自由。他们的认识来自对专制祸害的刻骨体会,而他们傲岸独立的认识,甚至使很多后来的知识分子相形见绌。即如当世,曾见地方文化头头,也写所谓作品,不少系其标榜有骨气、葆个性之文人,于官场真真假假总有抗官的态势,清高的做派。然试一涉及欧美新闻领域甚或普选体制,其"辨证思考"则来矣,往往愤然做高亢状,说是大洋彼岸也有新闻纪律,也有检查,云云,不知其为权利所在。如此大势不明,使廖燕复生,当喟然掌掴之。

廖燕长期为文学史忽略。而此类文学史,数十年如一日,仅以鼎鼎大名者作模棱鉴定,读之使人昏昧不明,尤可恶者,使不明真相之后来青年,以为中国文学仅此而已,其摧颓先贤一至于是。

实则那些被忽略的作家,不乏深邃的智慧和思想,乃至经天纬地之文,廖燕最为典型。他之被忽略?并非后世批评梳理者吝惜笔墨,实因基础训练所致,及手眼、能力、水平所限,见宝不识,智不及此。令到古人创造湮没无闻，有的甚至因长期冷落，物质载体如书籍等的朽坏，而永远归诸风流云散，这对文化香火的传承，是何等惨痛的损失啊。

《管锥编》对此状况，仿佛放出千万只救生的小艇，在茫无际涯的洋面上穿梭施救，将要灭顶者拯起搭救，上得岸来，复加以理董之重塑之，使以新貌面世。

像钱锺书这样在时间的隧道里面攻城略地，使淹没的古典作家再现重光，这样的鬼斧神工，无远弗届，这样的一视同仁，"访贫问苦"，裨使野无遗贤，设使古典作家起来投票，恐钱公所得选票，将是一个惊人的数字。

廖燕:《廖燕全集》，上海古籍出版社 2005 年版

用文字肩住美和自由的闸门
——傅增湘《藏园游记》印象

20世纪90年代中期,收得《藏园游记》一书,每于颓唐之际接读,辄耽于其文字的雄深雅健,而迷醉不能自拔。

最先拜读的是《光绪戊戌旋蜀舟行日记》,这是他逗留北京考试,从少年到青年,首次返川的行路日记,满纸故园之思。既多古典式细腻刻画的笔触,更时有印象式的笔墨予以调和;舟泊陆行,一路风尘,以移步换景的山河风景为经纬,穿插市井风貌、生活方式,地方人物的人生沉浮,劳顿、忧伤、惊喜之余,还有一种近乡情怯的清空和孤寂……那是诗的泥土,也是烟火人间的泥土。一部游记,层次极其丰富而又分明,味道深醇,读之令人心情低回不已。

他这部文集虽以游记为名,实为自然地理历史之人文考察。所至之处,往往因战火时间摧残,日就废弛,名胜古迹,荡然无存,所仅存者,荒冢一坯、破殿一院而已。或者,冢墓祠宇,大半剥落,碑记不存,基址杳然,致古人之遗迹湮没无闻。凭吊感慨,不胜今昔之悲,带出时间深处的悲辛和哀愁。

作者之伟力,乃在以政治文献考征、推导原故实,甚至也从樵夫牧童碎语中索取隐约信息,加以抽萃,大可昭当代而传来世。

《南岳游记》:"人家往往错落涧谷间,时见瀑布悬于对嶂,声势殊壮,惜不知名。道旁边杂花怒放,红白争艳,足慰岑寂。行二时许,微雨飞洒,山径荒凉,无可驻足。"通篇都是这样神完气足的文字。

在此篇的末尾,他也比较日本对山河地理的研究,说他们无论怎样的重岩绝巘,都力求修路通车,花费巨量资金而不恤,对山上的庙宇、文化遗迹、林木的渊源，都要详尽的编为志书，视为国宝，供人观览赏玩。

他写游山，地方志是他必要的参考书。除此而外，更有他的现场观察、比勘、描述，对驻地山人或居民的访问，使其游踪带有饱满的人文因素。而且他的登山也是不辞劳苦，无论怎样崎岖的险道，都要设法周览，使其盲区扫荡无遗。

先生为中国现代藏书家、版本目录学家，号藏园居士，四川江安县人。光绪二十四年中进士，授翰林院编修。辛亥革命以后，曾任约法会议议员、教育总长等职。1927年任故宫博物院图书馆长。藏书积至20万卷之多，为中国近现代藏书大家，他也是中国地学会创建者。

他的文字，气韵丰美，整体元气浑噩，简重严深。而他的悲情，叙述文字带着衰爽的风声。对于残迹种因之解读，触目惊心，常令人辄生悲叹。流失沉没的时光碎片透射出的人性亮点与旧闻遗骸。描述自然生态，尤为穷形尽相。遣词造句，似乎深入物象之血脉骨髓。其对气氛的造设，最注意干湿浓淡的急剧变幻，实更有寻常遣兴文字所不到的重量。甫读之下，仿佛为其文字所一把揪住，动弹不得。其文字之魔力一至于是。

《游中岳记》显示，这里所保存的魏晋六朝的碑碣数量既大，质量也高。"所足惜者，沧桑递变，陈迹咸湮，访古之兴虽殷，而揽胜之情多沮。盖由于流泉畏缩，林木荒枯，以至胜水名山，黯然无色，而寺宇之倾颓，古迹之芜废，犹其末焉者也。……少林一曲，岳庙周垣，差具葱茏森秀之姿。其他故址，皆委于荒榛残砾之中，使人望之气索……弥望荒凉，牛山濯濯，求一合抱之木，蔽亩之阴，而渺不可得。"

《登泰岳记》则是山川形势和地理细节、人文遗传总的梳理。其中写到普照寺，即随笔点出其自唐至清的变迁，又说："昔宋思仁尝谓寻泰山名胜，屐履殆遍，唯普照寺一区，山环水绕，茂林修竹，野花幽芳，山禽噪杂，虽山阴兰亭之胜不是过。余等方自穷岩绝涧涉险而来，忽睹林泉秀蔚，山水淑清，心目俄然开朗。"

"出过坊下，见有鬻泰山松者，松身高尺许，而枝干横出，鳞鬣苍森，大有摩云之势,因取数盆载之。暮返济南,大雨亦随车而至,似挟岱顶之云以俱归也。"

《塞上行程录》将山川态势、人物风貌、地理沿革、宗教变迁、边疆垦殖、民生经济一炉而烩之,大开大阖,大处劲拔从容,细处细于毫发。这是他晚年的游记,六十多岁的时候,因边疆地方史志部门的一再坚请,重修《绥远通志》,欲请为总纂,盖以志稿体例、结构、文字……非有如先生之宏通博览之人总摄其事不可。此篇笔力不稍衰。有趣的是,不管在省会还是区县,地方长官、银行经理、驻军长官、报社总编……各各风闻前来,接洽宴请,请益访谈,可见当时大学者的亲和力及学术分量。

在此人烟稀少的绝塞之上,先生也记录了多处苍润之境,"山外芳原百里,绿杨如荠,恍然如置身龙井之间……","两山夹耸,巨涧纵横,车即沿涧涉水而行,赭壁青林,时见野花四发,连冈被垄,皆紫萼黄英,山容益形秀丽,忘其为关塞荒凉也。"

王维的诗,可以说是谢灵运山水文学和陶渊明田园文学的折中;傅增湘游记,则可谓《游褒禅山记》之类纯文学和徐霞客地理游记文学的综合品。《洛阳伽蓝记》文章时空交错迭映,更增迷乱悲情,《水经注》描绘水道景色而多历史遐想,洵为旷世杰作,此皆地志之大成,当中最多黍离的悲情。《南方草木状》呢,则是旁观的风俗记录,文字较客观,几乎是不动声色,多记依附于地理的人事。如说《水经注》是顿挫的组曲,则傅增湘游记是衰飒的长调。

书中对自然的皈依,乃是对自由观念的认同;迷恋山水的投入,加深了精神的向往,和对山河风月的追随体认。文字的摹写,和画师的心曲相似,他刻画山水的眸子,也勾勒山水的体貌,传达整体的气韵。而山水受伤的所在,亦往往是人的悲情所寄。饱受摧残之地,其气息也使文字携带阴郁苦重的气味。历史、生命、美与真的毁灭、邪恶的泛滥……有机吸纳文字的涌动之中。文字的容积感,既不嚣张也不突兀,然而暗中蕴藏巨大深厚的情感力量,再现历史的渴求。仿佛古典知识分子追求自由的基因,长期积淀,至此密集透露此种信息,它再现的自然物象镌刻上一种艺术价值和永恒性印记。

　　先生沉醉于孤本秘籍的赏奇析异之中，古籍目录版本、校勘之学，多发前人所未发，其成就一时无两。余嘉锡说："藏园先生之于书，如贪夫之陇百货，奇珍异宝，竹头木屑，细大不捐，手权轻重，目辨真赝，人不能为毫发欺，盖其见之者博，故察之也详……至于校雠之学，尤先生专门名家。平生所校书，于旧本不轻改，亦不曲循，务求得古人之真面目……"

　　他老先生为人处世平易谦和，但他的文字端的是洪波涌起，深具内在爆发力。山川和人文遗迹的追述记忆，形诸笔墨，重塑历史风月、自然万籁。多篇大型游记，文字繁复而自由，厚重如础石。那是超自然的光影，以及诗化的叙事性、沉思的抒情性。他的游记重现历史的惊心动魄，使历史的空间更为深广，而意象的条理和艺术价值由此加密增重。

　　　　傅增湘：《藏园游记》十六卷（十六开仿线装大字本仅印1200册），印刷工业出版社1995年版

抗战时的汽车传奇

今日的私人汽车,大多因了油价的攀升,很多人不免"马达一响,其心恐慌"。然而,马达一响,黄金万两——这句话,在抗战时期却是耸动视听的,在当时的公教人员听来,却又五味俱全。无数的人,生死皆系一方向盘,那时的司机,就有轮胎特权或曰方向盘特权,他们是那个特殊时期,最下层江湖中货真价实的贵族阶层。故其言行、生活、举动,均为一般社会人众艳羡不置。所以曹聚仁感叹他们竟然为教授、将军所侧目,厉害吧。

曹聚仁带点儿夸张口吻的纪实行文,确很唬人。

曹先生笔下,司机创造了乱世男女的新纪录,他说他们是一群滚地龙,"气煞了教授,恨煞了将军"。在路上,住房要最好的,还要最先满足他们,食物他们优先;男女之事,他们甚至可以用故意抛锚的办法来解决。在战乱时期,一个小镇,突然就会变成沙丁鱼匣子,"没有门道的话,除非变成司机的临时太太,否则没法到重庆、昆明去"。司机们在这方面也很放肆,好像在做末日狂欢。所以曹先生说司机和女人的故事,写出来简直是一部不堪入目的禁书。可参见《曹聚仁回忆录·乱世男女》。

实在也是,乱世之人,没法不变成现实主义。但跟司机从业人员的素养也有关涉。抗战时期的飞行员,尽多才、德、识俱佳的有为青年,他们和侵略者激战,很多人血洒长空,化为一缕青烟;而在地上的司机却反之,他们忙着变相勒索、吃回扣、运私货、搞女人……一个司机甚至向他说,你们做新闻记者的,可怜!我们一天的钱,够你们用几个月了。曹氏那时是战地记者,是战区司令、军师长们的座上客,尚如此侧目于司机的牛皮。可见他们很拽!

曹聚仁的书不足之处是判断有问题,出偏差,可他又很喜欢议论。好处在细节庞杂,来源于他生活的亲历,为第一手记录。他的记录也很广博,虽然深度不够,但信息量是很大的。

抗战八年中,人民抛弃家乡,丧失资产,生活压迫,空袭惊扰……苦不堪言。一些人却奢侈、荒淫、凶暴。汽车司机也把那一点儿的特权,用到极限。中国基层社会,一盘散沙,效率低下,于是更加痛苦不堪。重庆陪都,汽车增多,专门修路,以利于汽车阶级。张恨水对汽车经济的观感,有时评《同胞们努力买汽车》,予以深婉的讽刺。

下层民众、知识分子坐得起车、轿的很少很少。公共汽车,倒还可以考虑,但君不闻乎张恨水先生所说:"城里的公共汽车,挤得窗户里冒出人来。下乡的汽车,甚至等一天也买不着那张汽车票。"所以他进城,从南温泉到市区十八公里,经常是走路!但是马路上也有阔人的漂亮汽车,风驰电掣,雨天故意溅人一身泥。

至于从沦陷区出来,沿湘赣路走到大后方,妇孺往往徒步数千里。九死一生,血泪滋味。这样的镜头我们可以想象!倘若侥幸能坐上大货车,已不啻上上待遇。

若说汽车司机自身的生涯、悲喜,是如何的野犷放荡,那就要看《新民报》名手程沧(程大千)的《重庆客》了。他以汽车司机悲剧命运为题材的《十二磅热水瓶》最为诙诡,观之对人生有震撼之感,不异冷水浇背。那时的司机说到底,其人生也仿佛独木桥上舞蹈。

在程先生的冷静的叙述中,大有惊悚的味道。小说大意是——

重庆至贵州的公路上的一家小食店。一个疯了的前汽车司机走来了。他在门口盼咐堂倌:摆碗筷!没人应他,他自个儿命令到:"炒猪肝,鱼香的,放辣点。再来一盘八块鸡,一碗豌豆烧猪肠……"

那人一面叫菜,一面选择座位。

走堂的把抹布往肩上一搭:

"炒龙肝,炸凤凰,全有。只是我们要卖现钱。"

"放屁。"那人大怒:"挂账和现钱怕不是一样。"

他用手掏他空无所有的口袋……他脸上的表情,……一种惶惑的笑,又类似于哭。

"哼,要是我的十二磅热水瓶运出来了,你就给我磕一百二十四个响头,也休想我走进你倒霉的饭店。"

他自负地说。得到的是满堂哄笑。

原来这是一个汽车司机。他先前阔得很,长途运输货物,沿路数不清的小站点,每个站他都弄得有一个老婆,他花钱如流水。他俯视挣扎求存的芸芸众生。可是一天他被日本军队包围了,抓到营房关押。放出来后就疯疯癫癫了。一天开车路过奈何桥,他偏就睡着了,自然,车翻了。从此失业,也疯得更厉害了。

一个月后作者又返回那小店,见那司机衣装更加褴褛,在和掌柜吵架:

"哼,要是我的十二磅热水瓶……"

掌柜的不等他说完,就抢着说:

"我磕一百二十四个响头,你也不会来了。"……

曹聚仁:《曹聚仁回忆录》,北岳文艺出版社2001年版

华丽缘？华丽冤！

胡兰成一生都是在卖：卖他那点货色，他那点庸才、浮才、歪才，以及那一点点的清才。先是在中下层社会卖，后来靠上汪伪政权，勉强挤进那动乱的时代里的不伦不类的上流社会。可怜肚子里那点墨水，捉襟见肘，心术不正，卖得那样可悲可鄙。

胡兰成的散文近时被挖掘面世，尤其是《今生今世》等自传作品，给一些人鼎力推崇，以为发现新大陆；实则，扫却尘封则有之，文采文笔却谈不上；此人散文，浮、轻、浅、乱、生造词汇、别扭句法、表述走样，读之不爽。

又有人说，他之为汪伪政权的宣传部次长，乃其文笔为汪精卫所激赏，是发掘人才的佳话，此说可哂。汪在辛亥革命时期，乃《民报》主笔，一时政论文之雄杰，有文豪之喻。胡兰成那左支右绌的文笔，想去比肩，那还差得天远地远呢。实际情况是，伪府开场冷清，人才奇缺，百端拼凑，乌龟王八，一时沉渣泛起，胡氏遂得以因缘际会，在乱世中抛头露面，最后为时代的巨浪所涤荡，成为无足轻重的泡沫。

胡兰成这本书若要说它是奇书，只是在时间概念上才成立，因为难得一见，故数十年后的今天人多好奇。思想的灌溉则说不上，文采的审美享受也几乎等于零。

古人所谓"诉穷声中断送多少豪杰"。他的出身不幸在生活的底层，在板荡的时代，一个心地不良的青年，在艰难的挣扎与窥视中，四面楚歌，终于下水。胡兰成，原本在内地当初中教师，落魄潦倒，至眼睛重病而无钱医治，生活不易维持，遂百计逃往香港谋生，在那里认识了汪伪的要员林柏生。汪伪开张竟跃为中委，任伪中宣部次长；后在南京又和林柏生争权夺利,发生重大矛盾,乃向日本人打小报告,为此被伪政治保局拘禁过。出来后辞伪宣传部职,投靠特工头子李士群,任《国民新闻》杂志总主笔。常常著文攻击周佛海,李死后,反又投靠周系统的罗君强,后来罗君强亲笔回忆曾对其予以资助,使其有资源主编战略刊物《苦竹》月刊。旋由日本人选派汉口《大楚报》社社长。战争后期他观察战争风色,又想和蒋集团拉关系未遂。抗战胜利,丁默村那样的特工头子都被拘捕转年即被审判枪决,而胡兰成则比其他所有汉奸都狡猾,逃得无影无踪——先是乡下,后辗转台湾,避过追索期,活得人五人六的。

在他得意的时候,情感的玩弄,几乎是他的家常便饭。从武汉的护士,到什么秀美,什么小周,到张爱玲……滥用情加用滥情,张爱玲到美国后他在台湾,大约是穷极无聊,涎脸勾引,十分露骨,终碰钉子。当然还有吴四宝的老婆,吴四宝是伪特工总部的最大打手,杀人如麻,吃喝嫖赌、绑票包烟,无所不为,生活极为糜烂肮脏。后来他便与吴四宝的女人做了一处。据《汪伪政权》中亲历者张润三的回忆,胡氏和张爱玲同居的时候,林柏生派的人唆使他的老婆多方闹事,醋海兴波,满城风雨。

文学作为一种艺术形式而言,需入于法度再出于法度,方称高格。胡氏视法度为无物,他的心本不在文学上面,所以他的作品实在也可说是没有心。笔下技术捉襟见肘,词不达意,而屡屡生造,结果是他的文风跟他的人品一样不可信。他的文笔远不如同时的金雄白等人。总的看来,其叙述毛病在于文法的扭曲、文辞的生造、文句的支离。

余光中先生说他既不是什么张(爱玲)迷,更不是什么胡(兰成)迷,他说胡兰成的理想"既不事生产,不食烟火,不与庶民为伍,却志在天下"(《青青边愁》,第263页),余先生尤其讨厌胡氏对日本的态度,已是二十世纪七十年代中期,胡氏仍在散布关于抗战的风凉话,所以余先生很恼火:这"天大的谎言,只能代表胡兰成自己,他和敌人保持了特殊友善的关系,就可以污蔑整个民族的神圣抗战吗?看来胡兰成一直到今天还不甘忘情于日本……"

伪中宣部由日本派遣军总司令部报道部直接指导。林语堂论汉奸,有警句:"日本军人开棺将此辈陈腐尸体暴露于世",知彼辈为傀儡,为政治生活所淘出之渣滓,亦明矣。胡氏为日本军部所奴役,为正义的阵营所鄙弃,于是做人自由全失,一番畏首畏尾,首鼠两端,融会在文字中,那一种造作,谁也受不了;没想到胡氏却沉溺成癖,曲终人散,终生不改。所以读他的书,先是可笑,继而可鄙,最后只有可恶了。在他表达的怪圈中,对话、叙述别扭而淤塞,欲振乏力。因为是后来的作品,所以对整个抗战期间的作为,他都经过了精心的检测——尽量为他自己开脱,所以别说什么文采与思想,就是在他叙述中将要述及的史实,也常常倏忽之间就拐弯,就消于无形,而狐狸尾巴也就纤毫毕现。以汤浇雪,但知雪化,不知汤更不复为汤矣,故其如意算盘,终究剪彩为花,终非活色。

《社会科学报》(2005年8月25日)有一文"华丽缘"(作者署名河西),说胡兰成是文学史亟待平反的作家,说《今生今世》的开篇写得"如点点璀璨的水珠,隐没在诗意的河流中了","虽说以风流自诩,又何尝少了真情的流露?"又说胡的身上有李渔的影子,其用情不专是旧文人通病,苛求不得。因而,作者从对胡氏抽象的仇恨,到逐渐觉得"也都不那么面目可憎了"。

笔者倒恰巧相反,对他先是不恨,因为对这"奇书"有所期待也;然而一旦拜读之下,疑问和厌恶不打一处来,什么华丽缘啊!华丽冤还差不多吧!

不以人废言,旧书当然可以挖掘。但发覆这样几十年前的老调,总该满足一点审美的期待吧,但事实是失望的。胡氏为人为文,趣味十分低下,不惜随时倒戈,投机献媚,乃朝三暮四之典型,与之相配的是浮泛阴诈、庸俗草率的用笔。他的这种习惯如古人所说的"劝不得":如狗相咬、贫病吃参,等等,都是必然要做的,一意孤行的。

按说像他那样的经历,虽极不光彩,但躲避了极刑审判留下活口,总也可有充量的感慨,不料通篇就是"载妓随波任去留"的故作高雅,寡人之疾,自命得计,以诡诈为风流,以轻薄为浪漫,不辞仰攀之耻,故其文字坠于野狐禅,万劫不复;最终沦为闻之刺耳、观之刺眼的寒碜,如坠地狱,佛也救不得。

胡兰成:《今生今世》,《中国文学史话》,中国社会科学出版社2005年版

由着性子来

清末民初的文武之间,距离和分野的痕迹都不大明显,有的武人文采甚佳;相当数量的文人,也时时葆有武装行事的气质。

那时候的人,在行为方式上,就很少有忍气吞声的。

佯狂玩弄世中,他们甚至可以说携带相当分量的暴力倾向。

杨笃生北京骑毛驴看书骂人,连死都是由着性子来,《南社诗话》判断,"湖南志士好自杀,而自杀尤好沉水"。譬如陈天华、姚宏业、杨笃生等,皆然。笃生遗书给吴稚晖:"有生无乐,得死为佳。"说得透辟、简捷无以复加。1911年8月初,他在英国利物浦海口投大西洋死。陈天华则在孙中山和黄兴面前,有时无端地就大哭起来,他在日本海滨投海。

章太炎本已自承疯病,但他更指康有为病狂之极。他给谭献写信,说康有为想当比皇帝还厉害的教皇,康有为的目光直而亮,狂悖滋甚,分明是精神病的症状。

还是在戊戌变法之前的《时务报》时代,章太炎参与康、梁办报。很快矛盾就起来了,根子当然在学术思想的歧异。此前谭嗣同也来,并形容梁启超即贾长沙、章太炎为司马相如,没有提到章的朋友麦仲华,麦很不高兴。先是写文章斥骂,再是当面不愉快,再就打起来了。因章骂康派为教匪,而对方回骂他为陋儒小狗!康派的梁作霖就说,当初在广东的时候,有个孝廉骂我们康先生,就在大庭广众之下,不是被我们打惨了吗!打!由梁启超等带队,一伙人来到时务报,咆哮叫唤,一番拳脚,砸向章太炎和麦仲华,章也不示弱,予以反击。章太炎的《自订年谱》说那些人来打架,未说梁启超亲与。但据金宏达的《太炎先生》一书说,梁启超还挨了章太炎的一耳光。此事发生后,章太炎便离开上海,移师杭州,为的是康梁仗势欺人,恐怕又要打起来。

章氏性格简诞狷狂,惹了他还得了吗?好谈政治,好作幻想大言,多不切于实际。所以常常做出令"高级食肉动物"极端头痛和难以收场的事情。袁世凯其势方炽时,他给袁写信,口气好像训斥孙子似的。末了居然说"书此达意,于三日内答复"。章先生对同一阵营也骂,骂吴敬恒:"善钳尔口,勿令舔痈;善补尔袴,勿令后穿"等语,形容刻骨,诙谐抵于恶毒。有一次,竟骂蔡元培为法国人,非中国人。

事实上章先生一生是不甘寂寞的。民国肇建,钟情军阀如吴佩孚和孙传芳,动辄发通电表示政治见解,1914年春,他被袁世凯骗到北京,陆军执法处长陆建章派宪兵监视。章先生得知,遂操手杖挥打,宪兵逃窜,章曰"袁狗被吾逐去也"。长时羁滞北京,等于无形监狱,意志郁郁,一次约见袁世凯,久不见其人,大怒,挥杖击毁招待室器物,扫数以尽;且跳脚大骂。他到街上吃饭,以花生米佐酒,去花生蒂时,大声说,"杀了袁皇帝头也"。其事杂见于刘成禺《洪宪纪事诗本事簿注》。疯、癫、狂、痴,倒也加深了他的思想的味道,这个恣睢放纵、豪气干云的"民国之祢衡"!

清末老中国儿女的精神岁月,最需要青年的激烈来修葺滋长。党人多激烈,党人中亦多青年心理及生理上的青年。失却了这种激烈的青年,则一切专制极权真可以万世长存,桀纣就不用出奔和自焚了。叶圣陶论中年人的生活方式,对其老成安详,圣人样的搭起架子,颇多惋惜和哀怒,"一个堪为士则世范的中年人的完成,便是一个天真活泼爽直矫健青年的毁灭。"(《未厌居习作·中年人》民国28年版)"青年"的内涵,正容纳生命热烈真实的意义在里头。1907年梁启超赴日本东京演讲,观者逾千人,梁氏开讲方谓"我国必须立宪,现在朝廷下诏立宪,诸君应当欢欣鼓舞……"话音未毕,宋教仁、仇鳌、张继等同盟会员四百余人起立,张继且高叫"马鹿!狗屁,打!"挥杖欲击,梁启超无奈,望后门疾走逸脱。接着宋教仁上台宣示革命宗旨,全场掌声雷动(参见《辛亥革命回忆录》第1卷,中华书局1961年版,第442页),其后《新民丛报》已呈一蹶不振之势。从直观的意义上说,亦可谓是"青年"对"中年"的胜利。这颇合但丁老师维其略的"避开惰性说"——设若精神不随肉体堕落,则可望越过一切困厄险阻(《神曲·地狱篇》二十四节)。

同盟会的学者,奔走革命,浪迹四海,荆棘载途,备尝困厄。然其一番率性的行止,往往不请自来。

雷昭性的文章看其标题就知其是由着性子来。《英雄乎奸雄乎》、《激烈和平不可偏废》、《咄咄狗党之毒心》……一九一二年初,奔赴临时大总统府秘书处就职。但他极端嫌恶南北议和的气氛。他看不起袁世凯,曾著文《咄咄袁奴有何总统资格》。等到以袁代孙的大局已定,他一怒之下,飘然而去,深入杭州孤山问梅去矣。刺杀五大臣的吴樾,他的朋友赵声,乃新军中的革命党,其诗题如《双擎白眼看天下》,直承白眼看鸡虫的路数而来,特别形象地表达了他们那一番由着性子来的心曲。

苏曼殊,他的诗歌,以及以浅近的文言小说,描述青年男女的爱情悲剧,真是哀感顽艳到极点,他一度还研习兵法,练习手枪射击和炸弹技术,准备参与武力起事。他也曾提起手枪扬言要刺杀清廷官吏。刘文典是刘师培、苏曼殊的学生,他后来行事,也都是典型的由着性子来。

抗战军兴之前,张学良丧师失地,马君武先生写了"赵四风流朱五狂,翩翩胡蝶最当行。美人窝是英雄冢,那管东师入沈阳",那首传播一时的讽刺诗。

今天有人撰文说,此事涉及侵犯个人名誉权:照现在的行情,张学良、赵四小姐、胡蝶小姐等人是肯定要状告马君武的,这场官司打定了,法院不但要马君武在各种报刊媒体上公开道歉,肯定还要付出一笔不菲的精神损失费。而且,张学良当时位高权重,而马君武仅仅是广西大学的校长,如果张学良真要修理马君武一番,恐怕也并不困难。

这说法荒谬到令人喷饭。马是同盟会元老。后为避清廷缉捕,一度流亡德国。辛亥革命后,任南京临时政府实业部次长、北京临时执政府司法总长、教育总长、广西省省长等职。1926年任广西大学校长。他曾经是孙中山的秘书长、同盟会章程八位起草者之一,同盟会广西分会会长。其地位的比配,全然不是上文所说那么一回事。当年,张学良的爸爸还虔诚地想去给孙中山当卫队队长呢,学良要想修理马君武,不是"不困难",而是相当困难,不敢也不能!况张氏为当时全国舆论叱骂中心,他要起诉,真成了一个笑话。

其实,马先生就是由着性子写诗。民元前十年,在日本,梁启超、章太炎等组织反清复明纪念会,日本当局威吓,梁启超等纷纷退出,马君武乃最后的坚持者。民初,他怀疑宋教仁倒向袁世凯,在南京临时总统府,"宋以是质马,而亟批其左颊,马还击,伤宋目。宋入病院,旬日始愈"。(参见《胡汉民自传》)1917年初,在国会讨论对德宣战的会上,马君武等人为反战反独裁之中坚,但政学系骨干李肇甫却赞成对德宣战。马君武大怒:"放狗屁!"说罢举杖击打李肇甫。

早期同盟会居留日本的时候,苏曼殊天真,而马君武较真。一次论诗,马君武为苏所屈,"转羞为怒,急起,奋拳欲殴曼殊,曼殊茫然。杨沧伯起而排解,始已"(见《南社诗话》)。

晚清时节,中国实力已落后日本,但文化人的精神尚相当充实。这决不是什么精神胜利法,而是学术传承、精神光辉的底蕴深厚。所以平江不肖生的《留东外史》,写那批留学的知识分子对日本人喊打喊杀,对其教训敲打,或者拔剑雄视,纵谈天下之事,都来得那么自然真实,决不像民国后期军政界亲日派的畏日如虎。学者文人们胆气干云,叫骂打架随心所欲。事势迫之,不得不然,说到底为时代环境所许可。像章太炎的蛮闹,袁的姿态虚伪总还摆得蛮高,只以淡然的口气说:"彼一疯子,我何必与之认真也!"仿佛在显摆他袁世凯的肚量,实则关键在环境的制约,使其不得不有所顾忌。辛亥元戎学者们的后面有会党的强大精神奥援。倘若章太炎是一无派无援的书生,恐怕就没有他这些真实的演出了。不同的派别在吞吐,在融会,在抵消,在交错制衡,即大有牵制的效果,而非一个领袖一个主义定于一尊。所以一肚子的不合时宜不择地而喷涌。他们桀骜不驯、才气横发;他们气焰颇炽、吐落肝肺。试想在格别乌(克格勃)那样的机制当中,在盖世太保肆虐的社会气氛里面,在齐奥塞斯库的军警监控之下……刻意的折磨,令人生不如死,然后粉碎阁下的信念和意志,消灭信仰;如不放弃,予以毁灭性的打击,直到生命最终消失。那么,阁下的肉体皮囊或许都不知何处去了,还有什么自由思想,又哪来酣畅淋漓的使酒骂座呢?

其后数十年,近百年的时间里,因特殊的时代气候,"性子"这个东西,只在极个别的人身上发作,在亿万臣民那里,则扫数以灭。当然也有极罕见的例外。沙予《依然一寸结千思》,回忆干校时期的钱锺书先生,在那气氛酷烈的运动中,钱锺书先生表现出对受害者的极大同情和置一己利害而不顾的大无畏气概。年轻的研究人员放心不下刚刚出生的孩子,情绪沮丧。钱先生安慰他,说如万一有意外,他会托人把孩子养起来;年轻人极为震惊。沙予说:

> 当时,栾贵明兄和我,也被打成516分子,而钱先生对我们的关爱,更胜往常。每次买西瓜,他总是嘱贵明兄代买,买回后切成两半,两人坐着共享……但两人并坐共享,无疑会被视为明目张胆的反革命串联。孟繁林兄出于对我的同情,每次买瓜总与我并坐分享。当然遭到军工宣队警告。
>
> 但钱先生对此置若罔闻。那时我们借宿明港驻军一兵营内,一个大房间住了好几十个人。一日三餐从食堂领回饭菜后,大家多搬着可折叠的小帆布椅(俗称马扎),坐在各自的床前吃。钱先生的床位在最东头,我则睡在西头。钱先生每次打开他家人从北京寄来的熟食罐头,自己留下一半,端着另一半,在众目睽睽之下,穿越许多床位,送来让我共享。我明知长者之赐却之不恭,但又担心他会为此受到连累。故不止一次对他说:钱先生,我的饭菜已足够足够的了,您留着自己吃吧。但他总是答以含蓄的微笑,放下罐头就走。

如此大丈夫胸襟,如此坦荡与磊落,不在乎时世的如磐晦暗,不为物役的自由精神,何等豪迈奔放,何等情味深永,直教人看得情难自已,恨不能飞入书中,与此豪杰浮三大白!钱锺书先生,正是所谓古之仁者、古之君子、古之士,浩然正气,一种宽阔磊落的胸怀,一种义无反顾蔑视宵小的气概。在先生的著作中,密布追求真理,不畏权势,不媚时俗的论断,正是那个时代所奇缺的珍稀的自由思想。在他的著作中,绝无对专制极权的半点儿阿谀畏缩,绝无半儿点甚至是违心的趋炎附势,更没有搭错车式的与强权蜜月的梦寐和蒙昧。这一点,当时的智识者经得起挑剔的,凤毛麟角而已。就先生著作的布局的经纬而言,同样是作了前无古人的超越,其博大精深、立体融贯,为市井侏儒从未见过。刘晓波《我看钱锺书》谓"钱学研究界的智商等于零⋯⋯读完《谈艺录》,里面除了东拉西扯和用牛角尖扎人外,不会给人任何智慧上的启迪⋯⋯《管锥编》压根就是有意卖弄,为读者设置人为的阅读障碍"。刘氏伧野粗狷,眼小面薄,搏噬鸥张,肆为诬谤之词,乃无识妄人之尤。其矮人观场的情形,正如古书《刘子》所说,二人评玉,一人曰好一人曰丑,久不能辨,夫玉有定型,而察之不同,非苟相反,瞳睛殊也。

甚至包括看书都是这样,钱锺书笃信也笃行书非借不能读的道理,他从资料室借得多还得快。某人参观他的书房后描述:他保持做读书笔记的习惯,钱先生有书就赶紧读,读了总做笔记,无数的书流进流出,家里没有大量藏书。钱锺书说:我不喜欢藏书,不断地处理书,虽然经常把看完的书送人,还是堆积得太多了(参见吴泰昌"我认识的钱锺书")。这当中,大有对自由理念更深微的表达。

在那邪气盛行、戾气弥漫的时节,钱先生的作为,本于上苍,发乎道中,自上而下包揽人世,弥散纯正博大的人道精神和渊源在天的对生命、人性和良知的慈悲关切,这可说是辛亥时期自由心性的变种和转移,他由着性子,一路走来,"在众目睽睽之下,穿越许多床位",像悬崖上的雪莲花一样,珍稀可贵,甚至令人初见之下,不敢置信。他以稀有的大智大勇,开辟解脱黑暗枷锁的道路,诉诸人的天性和良知。

乐观、坦诚、谦和,葆有铮铮铁骨,在万马齐喑的肃杀中绽放自由的奇葩，这是一个指标，一种伟岸的道德感召力，正是后人向他表达敬意和感铭的根本所在。

姚奠中编著：《章太炎年谱》，山西古籍出版社1996年版
刘一秀编：《一寸千思》，辽海出版社1999年版
雷铁厓：《雷铁厓集》，华中师范大学出版社1986年版

美人记忆和喋血悲情
——《板桥杂记》断想

到了晚明清初的时候,社会矛盾更形尖锐,出路更为逼仄,人生挤压感剧烈。而志士文人的精神层面极度的敏感,诚所谓闻鸡生气、见月伤心!他们和美人的故事,也在他们表达异议诉诸反抗的同时搬演着。对美的敏感和他们求自由的心情形成一物之两面,而美的毁伤灭顶,也促使他们坚定地踏上反专制的路途,无论那路途是怎样的崎岖险峻。烈士肝肠、美人颜色,化为外在的芗泽静好,内里掩盖着怒火培植的铁血之花……

余怀《板桥杂记》就是这样的奇书。《板桥杂记》、《陶庵梦忆》、《东京梦华录》一样有着自恋式的伤感,实因亲历,所以钩沉时间里的金沙银屑,记忆有如镌刻。这是一部风月佳丽的精神速写,一部烟花美女的形象勾勒,她们在鼎革时代的身世态度,她们的言行举止……

女孩子们的聪明、慧黠、气节、谈笑风神……诸般行止,和作者那一类文人颇有惺惺相惜之处,他在采撷回忆的同时,深深地注入了自己的情绪。而其命笔的背景,实为摆脱精神幽囚的心理外射。

《李大娘》深于时间感,陷入幽深渺茫的历史追忆,《顾横波》则力突当下缠绕的痛苦。鼎革异变的时代,扭曲的胸中块垒,一抑再抑,往事潮拍,却并不在时间里结晶,感慨郁郁,形诸笔墨,自有别样的飞动与沉重。故作者自言:

《板桥杂记》何为而作也?

余应之曰:有为而作也。

他可以说是复社的积极分子,南明亡国前曾参加虎丘之会。1644年春,明朝灭亡。其后,在偏安的南明,马士英及阉党阮大铖,煽构党祸,打击东林和复社人士,南京遂为党争中心。余怀与志士起而搏之。他回忆说:"余时年少气盛,顾盼自雄,与诸名士厉东汉之气节。"(《同人集》卷二)其后,他往还于江南一带,在江湖上联络志士,以图大举。晚年事无大成,乃隐居吴门,著书为生。

志士过时有余香,南京是志士喋血的场所。

余怀说,"(南京)衣冠文物,盛于江南,文采风流,甲于海内"。到了鼎革的时代,曾经的快活林,也异变为他们的血泪坊。遭逢巨变,前后左右的希望都已堵塞,剩余的出路可能是虚假的、憋屈的,也可能是变态反常的。声色犬马、畸形繁华,经历世变而有一番揌楚的锥心痛绝,人间的悲凉惨遇,和政治的不上轨道,经过沉淀,超越文酒笙歌的表面形式,而有大寄托。

在他们之前,有宋代的谢翱,他是文天祥的幕僚,南宋亡后,也是往来东南江浙,和一班遗老文人组织"月泉吟社"和"汐社",从事抗元的事体,早些年他曾经倾家资募乡兵前往投效文天祥。文学活动既是掩护,也是悲不能禁的追怀。然而大势也难以扳回了,所以他的作品益发的文句炫煌,音韵雄壮。在余怀他们之后,更有辛亥革命的文士,和会党联手,一方面征歌选色,一方面暗谋大举。这是一条痕迹明晰的传统。

经济学家张五常引用费雪的理论,认为利息高于零,其原因在于,消费者不耐烦,急于享受,急于消费。

古人的生命价值理念中就有利息的观念。李白说浮生如梦为欢几何?生命也是一种消费,或曰消耗,在自然的意义上是消耗消磨,在社会的性质上则是消费。

但生命的本质却是脆弱的,经不起消耗的,如遇兵燹乱世,干戈扰攘,国破家亡,那生命的利息就出奇的高昂,支付利息只有以生命本身为代价,那就最令人扼腕,而这种情况往往不以人的意志为转移,系外在的不可抗力造成,所以慨叹也特别深郁。

一个老婆婆在乡间的田埂上遇到苏轼,说他昔日富贵,只是一场春梦。

生命是一场大梦,个体生命存于世间短促的几十年,只是梦的显影,然后化为原子消散到宇宙中,则是梦的归宿。朱湘说富贵繁华入了荒冢,梦到深处味也深浓,则是看清了人生消费的虚无而无力挽救之,仍以虚无来处理那无法支付的利息,这当中密布社会性和人性本原的冲突。当然,最后都是同归一"梦"。

而余怀的文字,渗透着血化时代的惨沮悲情。美人记忆,与国难家仇相交织焦炙,狭邪艳冶,貌似荒唐,个中兴衰感慨,也言在此而意在彼也。

美的毁灭,情怀念想的执著念头,一者倍觉虚幻,前尘如烟,难以坐实,仿佛剪彩为花,不堪把握;一者过去种种,美人颜色,名士肝胆,就在眼前,挥之不去,驱之还来。较之寻常回忆,更有一番分量和质量,那是打掉牙齿和血吞的重创……

余怀:《板桥杂记》,上海古籍出版社2000年版;青岛出版社2002年版

从志士到巨奸：汪兆铭一生与暗杀结缘

汪精卫当年以行刺清吏轰动全国。后却以对日退让政策激起前进青年的公愤。1935年11月1日，国民党在南京召开四届六中全会，会毕，全体委员下楼合影。以晨光通讯社为掩护的暗杀者潜入采访，由孙凤鸣执行，向汪连发三枪，击成重伤。1944年因枪伤迸发死去，起自暗杀，死于暗杀，也是他的宿命罢。

汪兆铭于宣统二年二月二十一日午夜，谋刺摄政王载沣，地点选在什刹海边的银锭桥。此前已谋划两三年，事机极缜密。他以为革命党行事，不能以一般运动为满足，并且这些运动多在海外展开，而于内地是较少声响，这时不但立宪派人物颇多攻击，就连革命党之大手笔章太炎先生也颇有微词。此前一年，同盟会内讧，革命气氛顿形低沉。因此濒临北上之前，汪兆铭作为孙中山先生的助手，留信给中山先生，略谓："盖此时团体溃裂已甚，维持之法，非口实所可弥缝，要在吾辈努力为事实之进行，则灰心者复归于热，怀疑者复归于信。"因事实之影响著于天下，即便是攻击者，也当"愧怍之不暇"。胡汉民与中山先生等同志欲阻其行，终未果。

当辛亥革命之前数年，汪兆铭就与同忧之士黄复生、喻纪云、曾醒、方君瑛、黎仲实、陈璧君等组成一小型暗杀团体。其中喻纪云是化学实验专家，他与黄复生担任炸弹制造。武器包括日本日野大尉发明的三十六响铁枪及自动炸弹，曾以小猪为牺牲目标，启动电门试验。原定刺杀西太后的外甥端方，后以其人在清室尚算比较开明者，故转而选定刺杀载沣。惜在当年二月二十三日所埋炸弹因有新掘土痕而被消防警卫队窥破,当局顺藤摸瓜,终在三月七日把汪、黄二人捕获。捕后尝有长达4000余字的历史供词,指斥立宪之虚伪,倡言革命之必需,恣肆汪洋,回肠荡气,为同志推卸责任,而揽之于己身,并抱定必死的决心,期以振起中国,为"后死者之责"。他曾有诗谓:"慷慨歌燕市,从容作楚囚。引刀成一快,不负少年头。"颇传诵一时。

当时国内外舆论,以为汪精卫必死无疑,一般顽固官僚,原也作此主张。后由警、政多方要人会审,尤以肃亲王认为立宪时期杀一志士,除迫更多党人铤而走险以外,别无好处。遂改为终身监禁。盖清廷当时心理上已为革命党所慑服。黄克强先生认为,人民在迫不得已时,方可从事暗杀之道。汪兆铭、黄复生在革命党内起重要作用,又以稳重著称,所以此次暗杀实属唐突。清政府留之不杀,算是聪明。如开杀戒,崇拜他们的血气方刚的青年就会以血还血地进行报复(参见《黄兴年谱长编》,中华书局,第157页)。后因革命形势飞速发展,次年(1911年)武昌首义成功,数月之内,光复达十五省之多,而汪氏也在这年9月16日获释。

汪氏民国纪元前两年行刺摄政王载沣案在刑部狱中两次亲笔供辞——

其第一次供辞有云"复在南洋各埠演说,联络同志。继思于京师根本之地,为振奋天下人心之举。故来。又自以平日在东京交游素广,京师如宪政编查馆等处,熟人颇多,不易避面,故闻黄君(著者按:即黄复生)有映相馆之设,即以三百元入股,至京居其处。黄君等皆不知精卫之目的所在,故相处月余。后见精卫行止可异,颇有疑心,故映相馆中有人辞去。"意在为同志开脱。

第二次供辞有云:"谈法理者,每谓君主仅国家之最高机关,有宪法以范围之,则君主无责任,而不可侵犯,故君主立宪,未尝不可以治国,此于法理则然矣;以事实按之,而有以知其不然也。大抵各国之立宪,无论其为君主立宪,为民主立宪,皆必经一度革命而后得之。所以然者,以专制之权力,积之既久,为国家权力发动之根本,非摧去此强权,无以收除旧布新之效果……宪政体,则民族主义与民权主义之目的,皆可以达,而战争之祸,亦可以免,诚哉言也!或有虑此为不利于满人者,不知果不言立宪则已,如其立宪,则无论为君主国体,为民主国体,皆不能不以国民平等为原则。谓民主国体为不利于满人者,非笃论也。或有虑此不利于君主者,然以较诸鼎革之际,其利害相去当如何?历史所明示,不待详言也……上之所言,于国内现象,略陈之矣。至于国外之现象,其足使中国一亡而不可复存,一弱而不可复强者,尤令人惊心怵目,而不能一刻以安……由此言之,则中国之情势,非于根本上为解决,必无振起之望,及今图之,其犹未晚,斯则后死者之责也。"这一次供词达三千余言,论述立宪的作用和中国的现实,以及革命的迫切,俱言之成理,并就各国历史演绎发论,条畅劲挺,耸人视听。

汪精卫乃一介白面书生,眉目朗然,如玉树临风。清末民初之际,他倡言革命,雄辩滔滔,为《民报》主笔,极得孙中山先生的信托。银锭桥事败被执,将责任尽揽己身,而开脱同志,不啻党人佳话。即在清廷当局,亦为之敬畏不置。后来为了和蒋介石争正统之位,竟千方百计逸出轰炸区去给敌人叩头,前后悬殊如此天差地隔,真是一龙一猪,南枝北枝都是他了。他之费尽心机做了儿皇帝,这种可怖的变态心理,足供心理学家作样板研究了。

张恨水先生的作家朋友纳厂(庵)从前有一篇论人物评价的文章,其中说,"声伎晚岁从良,一世之烟花无碍;贞妇白头失守,半生清白俱非。"其言十分沉痛,借来评骘汪兆铭,也甚恰切。

《徐志摩日记》,1918年10月1日。记述他和一班文友,如任叔永、朱经农、莎菲女士、胡适、马君武之属,在西湖活动,随后往钱塘江观夜潮水。任叔永向他介绍了汪精卫,这是徐志摩和汪兆铭的第二次会面。这一次他感受更深了,怎见得呢?"他真是个美男子,可爱!适之说他若是女人,一定死心塌地的爱他。他是男子,他也爱他!"

查汪氏年谱,这时节,他任护法大元帅府代理秘书长,九十月间,他正在上海杭州一带活动,遂得以和志摩等见面。志摩仍嫌不足表达他对汪氏的爱戴,描述其气质:"精卫的眼睛,圆活而有异光,仿佛有些青色,灵敏而有侠气",吃饭的时候,十个人挤在一个小船舱里,品尝地方风味,"精卫闻了黄米香,乐极了。我替曹女士蒸了一个大芋头,大家都笑了,精卫酒量极好,他一个人喝了大半瓶的白玫瑰。我们讲了一路的诗,精卫是做旧诗的,但他却不偏执。"这一段时间,他们都在浙东一带活动。又过了十天,即十一日,他又记述,张君劢向陈衡哲大献殷勤,胡适见之狂笑,而马君武呢,"大怪精卫从政,忧其必毁"。这种忧虑来得令人惊奇,因为日记是见面活动的当天就记录下来的,仿佛有一种可怕的预感。果然,二十余年后,他投向日军的卵翼。

志摩日记数十年未单独整理,史料价值甚见珍贵。而其对汪氏的印象,好到无以复加,从外形到内在气质,节节赞美,尤嫌不足,又借胡适之口,异化性别,想到婚姻上去,即令知其不可,仍表态爱恋一如既往。这叫人想起陶渊明的《闲情赋》,那种无法遏制的想念。这是为什么呢?探其究竟,一者汪氏外表俊拔挺秀,更兼有魏晋人物的高标出尘的风采,如松如竹,矫矫不群,望之俨然。一者汪氏文学词采华茂,诗词独辟蹊径,气韵充溢,生面别开,论天赋论学力,俱无可挑剔,一者汪氏更有烈士的行藏,以一地道文人,而曾经做出惊天动地的事功,流血五步,慷慨而为刺客,龙骧虎啸,睥睨山河,吐落肝肺,潇洒滑脱;综合事机,当世殆无有能当之者。故其身负当时青年的梦想和期许,蕴涵时代趣味圭臬的紧要诸方面。于是他得到徐志摩近乎失态的赞誉,也就不出意料了。

后来汪精卫脱离重庆,到达香港,重庆方面看这个中央政治会议主席有不可挽回的降日之心,乃以激烈的暗杀手段对付。汪氏以当时中国第二号政治人物,置国危民辱之际,厕身敌国翼下,忘情于父母之邦,到底无法博人宽宥。军统特务一路穷追,发展成惊动一时的跨国刺杀,但毕竟是由政争胜负未晓而来的惊慌失措,适见其小丈夫心志。倘汪氏承续他早年革命的志节,使清明在躬,志气如神,凛然示人以不可犯,则即如不仁不义者也不敢出此下策,军统敢以暗杀对付,确也证明他自身有不可弥补之性格缺漏。1939年1月,戴笠亲临香港指导,第一个遭其暗算,险蒙不测的便是汪系南华日报总编辑林柏生,他在下班途中,被人持铁棍猛击,此人头骨十分坚硬,昏死后不久复苏。其后,另一与之面貌相似的男子在他家住宅附近被击毙,当了他的替死鬼。汪精卫本人自1938年年底抵昆明,即借了龙云提供的飞机飞赴越南河内,而蓝衣社(军统)的暗杀活动,也即从香港来到河内。当汪的政治秘书曾仲鸣住在河内的都城旅馆担任内外联络时,即为蓝衣社分子密切包围。晚上则与汪氏一家住在高朗街二十七号——一座幽静的花园洋房。1939年3月21日,凌晨二时半,特工人员六人砍开竹篱,从铁栅栏爬入花园,以人踏人的方式,攀上门窗,再以钩索爬上三楼层檐,开枪击中站在楼梯的卫士,又在厨房门口击倒二人,遂冲到曾仲鸣卧室房门,将门砍破,时曾氏夫人方君璧女士已闻声起视,即被一枪射中腿部,特务旋即向曾氏做密集扫射,行刺者以为被刺者为汪精卫,见目的已达,于是急忙遁去。这时当地军警和汪氏卫士已开始反击,经一阵追射,捉获重庆方面杀手若干人。当时逸脱的行动组特工头目王老侨,后在上海被汪系特工捕获处刑。其后汪精卫所撰《曾仲鸣先生行状》中,关于他切身经历的暗杀有一对比,充满悲音哀调。"呜呼,余诚不意今日执笔为仲鸣作行状也。当二十四年十一月一日余在南京中央党部为凶徒所狙击,坐血泊中,君来视余,感甚,余以语慰之。此状今犹在目前。乃今则君卧血泊中,而以语慰我也。余当日虽濒于死,而卒不死。乃今则君一瞑弗视也。茫茫后死之感,何时已乎?……"曾仲鸣弥留之际,说了几句话:"国事有汪先生,家事有吾妻,无不放心者。"其妻方君璧,是革命元勋方声涛、方声洞之妹氏,从小看到两位兄长追随中山先生为国奋斗,受到影响,锐意问学,志节坚定,廉正节操,早已养成。她虽未死,亦身中三枪,她有什么错呢?顶多算嫁错了人罢,亦遭此厄运。

蓝衣社的跨国暗杀,源于蒋介石的授意,民国后期李宗仁先生多次讥弹蒋氏,他最反感的就是蒋的这种动辄使枪弄械的江湖习气。

金雄白著《汪政权的开场与收场》对此事的叙述节引可参考——

　　高朗街二十七号住的人很简单,除了汪氏夫妇、曾仲鸣方君璧夫妇以外,仅有朱执信的女公子,与汪氏的秘书陈国琦等数人(陈为陈璧君之侄)。那里的房屋,是两开间的二层楼,楼上向街一连两间,较小的一间,是汪氏夫妇的卧室,较大的一间,是曾仲鸣夫妇的卧室,白天就作为汪氏会客起居之所。而行刺他们的人,却处心积虑地早已有了周密的布置。在汪氏寓所的对面,于汪氏抵达河内以后,赁定了一所房屋,朝夕有人隔街向汪寓遥窥。他们见到汪氏每天在这较大的一室与周佛海等聚谈,而且里面还有床铺的设备,因此推定这必然是汪氏的卧室了。

　　一九三九年三月二十一日的午夜,所有汪寓的人,早已熄灯就寝。有人就从花园后面逾垣而入,撬开楼下的门,摄足登楼,直抵曾仲鸣卧室之外,卧室门是玻璃的,至卧榻的位置,行刺者也早已在隔街看得很清楚,所以行刺的人把卧室的玻璃门击破之后,即将手提机关枪伸入门内开火扫射。首当其冲的是曾仲鸣,他在开枪以前,已听到有人登楼的声息,刚好起床察看,而无数的枪弹,就直接命中在他的胸部,尤其腹部给打得弹洞密如蜂房,当场倒地。曾的夫人方君璧(女画家,曾在港日开画展,现侨寓法国。)也身中数枪,幸而躲在床下,虽受伤而所中尚非要害,得免于死。最幸运的是朱执信的女公子,她闻到枪声,急起躲在门后,那里刚好是一个死角,乃得平安无事。刺客听到室内的倒地声、呼号声,以后除了呻吟声以外,一切又归沉寂,以为任务完成,汪氏定已命中,遂携枪下楼准备离去。而睡在楼下的陈国琦,已闻声上楼赴救,刺客在黑暗中看到人影,再度开枪轰击,陈国琦被击中腿部受伤倒地,刺客们乃得以从容逃逸。而汪氏夫妇,因为睡在隔室,虽受虚惊,未损毫发。

虽然这行刺的一幕,结果是误中了副车,但所给予汪氏精神上的影响很大,他认定这是重庆特务人员所为,而绝不是私人的仇杀。汪氏本患有严重的糖尿病,自从中央党部被刺中枪以后,一弹尚留体内,益发容易动肝阳。经此刺激,更引起了他很大的冲动。尤其曾仲鸣是个最亲信的部下,他的姊姊曾三姑——曾醒,是同盟会的老会员,与汪氏夫妇有深厚的感情,而曾夫人方君璧又是黄花岗七十二烈士之一方声洞氏的胞妹。基于这两种渊源,汪之对曾,一向视同己子,……仲鸣之终于不起,实给汪以无限的悲伤与刺激,所以行刺案件的发生是民国二十八年的三月二十一日,而汪在同月二十七日就发表了一篇题目叫"举一个例"的文件,(即国防最高会议记录,已见上文。)虽然表面上在证明他的和平主张,曾经最高国防议会的正式通过,而最主要的目的,却是为了曾仲鸣之死,对中央起了绝大的反感,激使他有自组政府之意。汪在河内时就说:"曾先生临死的时候,因为对于国事尚有主张相同的我在,引为放心。我一息尚存,为着安慰我临死的朋友,为着安慰我所念念不忘的他,我应该尽其最大的努力,以期主张的实现。"在这寥寥几句中,已充分表现了汪氏的内心。行刺一幕的祸闯大了! 本来已预备赴法的汪氏,因此而打销原意,曾仲鸣代汪而死,竟直接促成了汪政权的出现,这是人谋之不臧呢? 还是造化小儿在暗中作弄?

汪精卫受此惊吓,经过一番东躲西藏的巨大周折,方于四月二十八日逸出河内,辗转抵达上海。其间充溢着与政治斗争有关的间谍战、神经战的神秘氛围。后来上海的报纸追述了一个细节,说是汪精卫在河内暗策逸脱的时候,常在郊外河边钓鱼,每天总有一个人经过他的身旁,每次都要揩鼻子,普通人用手帕,这人用纸,太阳西沉时分,有人细心拾起纸团,"汪先生能逃出河内便是这些揩鼻纸的功劳,这些纸便是联络的记录,利用钓鱼的时候,在街边交换情报,这用意是相当周到的"(上海每日新闻1940年12月4日)。

汪精卫从一个奋身谋炸清廷亲贵的激进分子,后在政坛上屡遭暗杀,他是怎样一种心态呢?我们站在历史研究的立场看他一首律诗,不难窥得个中些许隐情(其诗做于军统跨国暗杀之后)。诗写得很好——

> 卧听钟楼报夜深,
> 海天残梦渺难寻。
> 木楼欹仄风仍恶,
> 灯塔微茫月半阴。
> 良友渐随千劫尽,
> 神州重见百年沉。
> 凄然不作零丁叹,
> 检点生平未尽心。

军统历年暗杀的用意,大多是适得其反的,它往往更把政治对手完全推到势不两立的地位,更加弄得纠纷不绝,干戈相见。果然,汪氏在上海建立的特工机构极斯斐尔路76号,和军统特务在国际大都会上海杀得血雨腥风,闹得本来就处于沦陷区的苦难人民更加鸡犬不宁,让人喟然而起"兴,百姓苦,亡,百姓苦"的无尽感慨!

徐志摩:《徐志摩日记》,上海远东出版社2004年版
雷鸣:《汪精卫先生传》,上海书店据1945年旧版影印

曾氏传记三种评骘

观曾国藩传记三种,各有千秋;夜读听潮,渊然隐有所感。

王定安的《曾国藩事略》采用浅近文言,一气呵成,他那端严的幕僚笔法,简洁素朴,叙述到位,虽无小标题节制而不觉其冗长。何贻焜之《曾国藩评传》,也用浅近文言,而多采民初自日本等地引进的新词汇,叙述详尽,表达婉转,句意深入,文章稳健而有逶迤之势;萧一山之书,已是白话论文,却时采文言词汇,句子有节制,故其吐属也相当的妥帖,解析复杂历史脉络,深入腠理,尤有随时拔起的精彩之论,峻峭突出,绝无冷场,读之有观止之叹。

(一)

史家萧一山先生的《曾国藩传》,写曾国藩救世的宏愿,具体渗透在曾氏保存中国文化遗徽的苦心之中。对他大加赞誉的人,只恨美词难尽;大毁之者,焦点又在吾祖民贼这一点上。但以洪、杨非驴非马的文化、胡作非为的杀戮,人人得而诛之,所以他实在不必对毁伤他的人负责,而在清廷专制的大框架之下来保存国粹,则其救世的宏愿,也就不免大打折扣。悲哀的是他只能在此矛盾局面之下存在。所以,真正又要民族、民主的革命,或至少不在客观上为专制延长寿命,又要克绍中华国粹——那就只有等到孙中山及辛亥党人的出世了。

从民族革命而言,人有不能原谅曾国藩的地方,可是骂他的章太炎,也不得不承认他是大英雄,"曾左之伦,起儒衣韦带间,驱乡里服耒之民,以破强敌……命以英雄诚不虚"(《检论》)即曾氏建军的发轫,不过是保卫乡邑的初衷,"非敢赞清也"。萧一山先生说,"国藩是为文化而战,自不能以民族大义责之。彭玉麟始终不愿做清朝的官,即有羞事异族之义,并劝国藩自主东南,英人戈登也劝过李鸿章,他们为什么都不敢做呢……可以知道几千年君主专制政体之下,一般人的忠君思想是如何牢不可破了"(《引子》)。

萧先生着力论述,曾国藩挽救了满清是没有疑问的,但满清并不能救中国,满清本身也是不可救药的,但曾国藩为什么还要去做呢?"曾拼命把满清的命运挽救了,中国的旧文化也算保住了,这就是他的经世事业吗?……他的宗旨是治世、是救人。"明亡于清,不可能是曾氏的责任,清朝统治了二百多年,"一般人的忠君思想是任何的牢不可破",萧先生引章太炎说曾国藩的"不敢赞清",而以异教忿礼指斥洪、杨,"足征曾国藩是为文化而战"。

第二章写他以经世之礼学为依归,养成道德学问特殊的造诣,证明他的事功,他的中年中兴功业,晚年的退守,都和早年的学养慎独工夫密切相关。他的一生的归结在于礼学:即经世之学。笔者以为此一礼学实有制度之要义在里头。"古代的著作极简单,分科更不详,经世是寄托在历史学中的……大儒是经世的通才,是博通的、综合的,以礼为归……曾国藩在史书里面,不仅推崇杜佑的《通典》,而尤推崇司马光的《资治通鉴》。"故在第三章,谈曾国藩的时代,他的经世之礼学,发挥中庸的文化精神,以期把握时代。从孔子梳理到顾炎武,并对后者深致敬意。而曾国藩对顾炎武视为泰山北斗,万古金声;并读陈卧子诗集,向往之至;这些都是抗清的大家,国藩的心曲可知了。故其剿捻剿洪、杨,可知是对社会、民间、文化负责了。萧先生考出了国藩伟大成就的学术背景,他以儒生治兵,戡平大乱,维持中国文化的传统赖以生发的背景——那些极细微关键的地方。至于辜鸿铭《张文襄幕府纪闻》卷上说曾氏之佳处、之不可及处在不排满这一点,则相当可笑。

在以经世之礼为中心的前提下,自尊与自憎的情感对立,消极与积极的观念的冲突,对于极矛盾的环境的应付,也因之尚觉裕如。

萧先生引其家书"吾近于官场,颇厌其繁俗而无补于国计民生。惟事之所处,求退不能"(第六章)分析其政略,"国藩开始发表他的政论,完全是站在人本主义的立场"。

萧先生并比较湘军、淮军的根本不同。着眼在三端,一为大将的学术气质,一为将领之出身,一为对事功的理解及其期望。湘军多大儒,公忠体国。淮军将领多出身微贱,气概远逊。湘军的彭玉麟更是杰出纯粹的学者;淮军如刘铭传等则为盐枭……"无怪乎袁世凯以一文武都不成材的人可以传淮军之绪,这不能不说是国家的不幸。"后又从"军民财"三权分立与否来谈两军的性质差异。国藩在世时,是使三方互相牵制,防范拥兵自重。但他身后,总归无可奈何花落去,难以羁控的局面则出现了。

> 淮军本是湘军的支派……何以后来国藩尚不能指挥如意而不得不请鸿章兄弟出来帮忙?……看见李鸿章开始就把淮勇造成他的势力,与湘军扩然大公的精神已迥然不同。所以湘军虽是私有军队的起源,而淮军才构成私有军队的形态。后来袁世凯以淮军子弟,传其衣钵,就变成清末民初时代的北洋军阀,割据国家,阻碍统一。贻祸不浅。(第十章)

厘清近现代军阀祸害之起源,缘于专制。处处漏洞,百端补缀,错舛百出。近时学者洋洋自以为得计的论调,说什么要告别革命,指军阀混战之源头在孙中山,观萧先生的梳理,其说可不攻自破,同时也照出今之学者寡情不学的紊乱。

(二)

《曾国藩事略》作者王定安长于史志文献学,长期任曾国藩幕僚。后曾任山西布政使。辑撰有《曾文正公大事记》、《曾子家语》、《两淮盐法志》、《平回纪事本末》、《彝器辨名》、《三十家诗抄》等著作15部,煌煌300余卷,涉及面甚广。

王氏《曾国藩事略》,卷一以简略笔墨叙述其乡间童年生活。引国藩自述"余年三十五始讲求农事,居枕高嵋山下,垄峻如梯,田小如瓦,吾凿石决壤开十数畛而通为一,然后耕夫易于从事。吾昕宵行水,听虫鸟鸣声以知节候,观露上禾颠以为乐;种蔬半畦……凡菜茹手植而手撷者,其味弥甘……"

"君子居下则排一方之难,在上则息万物之嚣。津梁道途废坏不治者,孤黎衰疾无告者,量吾力之所能,随时图之,不无小补。若必待富而后谋,则天下终无可成之事矣。"这一段话,可视为曾国藩行事立身的总纲。著者置之书前,不为无意。

王定安《曾国藩事略》,其原始文件实在是一种有机穿插,使事迹显明。此书相当于一部大型列传。盖其结构袭用列传写法,唯篇幅特长而已。以过渡说明文字连缀官方文件,来做事实铺叙。全书实自其编练湘军开始,叙其事功,而于此前,仅以数页概括。他回乡前,任兵部、刑部、礼部等副职,因母丧回乡,正值太平军大举扫荡之际。遂就近练兵。当时太平军水师强盛,在长江中下游迭陷郡县,"衡阳廪生彭玉麟故有名,公一见器之……治水师自此始。"

叙事脉络清晰,出省作战,水师之起来,事出偶然,回乡奔丧,因而就近剿匪,因事势而扩大。其大员,相继出场者,乃是彭玉麟、胡林翼、左宗棠、李鸿章……

书中大量引用了皇帝的上谕,这里面很多是清廷在惊慌失措的情形下对曾国藩的驱使。而在萧一山先生的书中,则阐明,曾氏针对上谕、军政和用人等,也都有具体的批评,"糊涂虫的清廷,却天天催他出兵",他也明确指出朝廷虚骄不实的流弊,"满廷疲泄,相与袖手,流弊将靡所底止,这是多么大胆的谏言啊……在专制时代,帝王生杀予夺,假如没有大仁大勇的精神,真不敢道只字"(第六章)。就是在这样的情形中,为数不少的官员不仅仍在鬼混,反讥曾国藩多事,谤议横生,而使其有退隐的念头。

清廷的焦急恐惧历历见于各种文件之中。严厉督促曾国藩出兵。其间,曾国藩忙于水师之后勤和布控,动作或显迟缓,而清廷恨不能毕其功于一役,有时其口吻近于无赖。"言既出诸汝口,必须尽如所言,办与朕看……"有时隔着甚远,也不管三七二十一,"着迅速前进,毋稍延迟",总是希望他不要将任务的艰巨作为逃避的借口。至有胜利,则立即封官许愿,奖励各种高级工艺品。

1861年,清廷令曾国藩统筹东南四省军务,"所有四省巡抚、提镇以下悉归节制",就在次年春上,他即有辞官的心态:"现在诸道出师,将帅联翩,权位太重,恐开斯世争权竞势之风。"

至1862年,多隆阿消灭了少年将军陈玉成,彭玉麟攻金柱关,"贼于烈焰中冲突而出,积骸满渠"。春夏之交,彭玉麟"闻国荃孤军深入,恐为贼所乘,急调水师策应……水师于狂风巨浪之中排炮仰击无少休……逼垒纵焚,火光烛天……群丑扑火溺水,横塞江流"。这样的情势下,上海外围的中等城市又有重新陷落的,对金陵大营的攻扑也相当猛烈;"贼连营数十里,大河之港俱设浮桥……"战场态势的艰苦险状可想。即令来投降者,也多视之为诈,随即斩之,真可谓一夕数惊。1863年,仍有洋人投入太平军营,广置炸炮,这时是李鸿章部队在沿江严密搜索,彻底切断其枪炮来源。这时候,朝廷对曾国藩的命令也益形急迫。尽是务须如何、不许如何、尽快如何、不可如何、万勿如何、着即如何、不得稍存如何……这样近于气急败坏的口吻。

战事激烈,胜败反复。水师及陆军的后勤、财政、武器制造、特务、军法、调查所……种种事务至为繁杂,要保证出兵的接应,故曾氏也有辩解。保卫武昌时因出师不利,清廷愤怒谴责,其苦衷,有时又不惜言之谆谆,借以倚裨,此中尤见剿灭难度之大。而最初,书生从戎,曾国藩也是在摸索中指挥战争。逐渐养成调度有方,军略冠绝一时。大约打了三四年之后,才指挥裕如,如臂使指的。

而国藩直弟国荃,无论攻克哪座名城,几乎都用地道轰裂之法。

"公弟国荃昼夜围攻,克此雄都。是为肃清东南之始"。甚至克复江苏其他中小城市亦如此。收复南京,则用地道地雷轰炸,配备云梯猛攻,开穴反复达三十多道。终在1864年7月19日那天,"霹雳一声,轰开城垣二十余丈,烟尘蔽空,砖石如雨,贼以火药倾盆,烧我士卒……群贼抵死巷战",战况异常激烈。

曾国藩与其他大员的微妙关系,在来往函件中表达得淋漓尽致。如朝廷命李鸿章率劲旅支援曾国荃,以会攻金陵。曾国藩上疏乃称李为大吏,苦战之际不便调请。攻克伪都之功,牵涉太多,故李鸿章也来之迟迟,曾国藩又为之说项"李鸿章平日任事最勇,此次稍涉迟滞,决无世俗避嫌之意,殆有让功之心臣亦未便……"客气话之机杼,古人表达之到位一至于此,也真可叹为观止了。

本书的文笔虽简古,但也有曲折婉转的战争故事,如李秀成间道潜入苏州指挥并神秘脱逃的前前后后。叙述时有生动形象可感之处。"接见诸将,均有憔悴可怜之色,昼则日炙,夜则露处,面目黎黑,虽与臣最熟之将,初见几不相识……"引用他晚年日记,"每思作诗文,则身上癣疥大作,彻夜不能成眠……精神散漫已久,凡应了结之件不能完,应收拾之件不能检,如败叶满山,全无归宿。"说明问题,极形象而得宜。书末对战争前后时间、空间的总结,也有不动声色的深沉历史感。

梁启超在《中国近三百年学术史》论述纪事本末体史著时尝谓:"最著者有魏默深源之《圣武记》、王壬秋之《湘军志》等……壬秋文人,缺乏史德,往往以爱憎颠倒事实……要之壬秋此书文采可观,其内容则反不如王定安《湘军记》之翔实也。"对王氏甚为许可。

(三)

何贻焜先生的《曾国藩评传》,正中书局1947刊行。乃是他在北平师范大学读书时期的作品。何贻焜抗战时期任衡阳师范校长。早年毕业于湖南大学,后考入北平师范大学文学院研究生。

该书以相当的篇幅做曾氏起来之际的时代背景,做大幅渲染、烘托、论证,为曾国藩的思想、生活找出总的依托和根据。于中年生活着墨尤多。细至身体疾患,苦闷心情,戎马生涯,师友学行……加以总结评述,故其人全貌出而视野宽。

其论曾氏思想之第三期,乃奉命练兵,痛愤当时社会因循苟且的风气,倡导"用法尚严厉,不拘泥于儒家德治之说。此为曾公思想转变之第三期"。何先生引曾氏书信:"三十四年来一种风气,凡凶顽丑类,概优容而待以不死。自谓宽厚载福,而不知万事堕坏于冥昧之中,浸渍以酿今日之流寇。""二三十年来,应办不办之案,应杀不杀之人,充塞于郡县山谷之间,民见乎命案盗案之首犯,皆得逍遥法外……乃益嚣然不靖。"此仅就焦点问题而言,实则社会治理毫无章法,体制紊乱,漏洞多多。这是十分痛切的社会批评。

这实在是相当深刻的。盖以专制王权,对恶徒有所倚赖,利欲熏心之徒并不破坏他的统治根本,他并可借此等坏人抵御民间和知识分子的民本价值观,以作制约张本,自以为巧不可阶,事实上却大面积破坏社会之平衡,无告之小民,乃成统治者施政的牺牲品,恶徒与官僚的利益不断扩大,如此腐败遂趋全面糜烂,几乎无官不腐,官民对立日益严重,不仅威胁社会安定,且业已经造成经济的长期低迷不振。曾国藩实在看到很深的病灶,乃是其痛苦之所由来。

对专制社会的结构性坏损,曾氏即有擎天之力,也难以挽回了。所以论到其晚年,为物议之中心,曾氏的忧郁就澎湃而来,"且觉有所兴作,易获咎戾,于老庄之旨,颇多默契,唯自立自强之道,仍以儒墨为依归,此为曾公思想转变之第五期。"如此连绵剥笋,论述深入而大见精彩。

全书详尽铺排,分二十余章。有时代背景、早年生活、中年生活、晚年生活、思想体系、教育思想、哲学思想、政治思想、军事学识、文艺批评等章节。

文艺批评,强调其历史眼光,此外,治家、养生之方法,俱各为一章,其完备如此。

《思想之渊源》一章,特别拈出曾氏书信"静中细思,古今亿万年,无有穷期,人生其间,数十寒暑,仅须臾耳!大地数万里,不可纪极,人于其中,寝处游息,昼仅一室夜仅一榻耳!……事变万端,美名百途,人生才力所能办者,不过太仓一粟耳。知天之长,而吾所历者短,则遇忧患横逆之来,当少忍以待其定,知书籍之多,而吾所见者寡,则不敢以一得自喜,而当择善而约守之……"

其实这可视为他思想之总渊源。盖其悟境之高,因其宇宙意识之强烈,哲学思想之深沉,人生认识之通透,其悲天悯人也由此生发。

《个性》一章,则从其天分、材质、为学路径……入手,挖掘其个性形成及发展,严肃、谦虚、忠恕……之外,特拈出幽默一节,以为曾国藩之性格中固有深藏之幽默风趣。即在后世研究家之范围,也属特出而见个性之论。

第二十二章,系研究后人对于曾公之批评,则别有价值。此系同时或后人各界名家针对曾氏评价之要点摘录,量奇大,至有两三万字。公正的或偏颇的、稳重的或激烈的、持正的或有趣的、恭维的或大骂的,无虑数十家。但不妨照见其为中兴人物及世界史上有声有色之人物。其间也有像海外回来的容闳这样的特殊身份:"余见文正……精神奕然,体格魁伟,肢体大小咸相称,方肩阔胸,首大而正……眸子作榛色,口阔唇薄,是皆为其有宗旨有决断之表征。"很是捧场和恭维;这和王闿运日记里面所说,甫见曾氏,觉其有疥疮抓痒,以为是受刑之相貌,则可说相映成趣了。

作者阅读大量曾氏诗文、杂著、奏稿、史传、诸子百家尤其宋儒文集……为详尽解剖,不惜采用多头排列之法,分类剖析,将传主一生繁杂的言行人际关系学术思想条分缕析,使笼统之事象而有依归;每章又将分析之结果予以综合,在综合中予以批判,而得会通之旨。总观即为鸟瞰之势,分看又得解剖之细。史料铺排之多,实有浩大详尽之观,好处是提供全面洞察之便利,然全书毕竟因其体格庞大,在读者接受方面,或也有顾此失彼之嫌,殊失优游不迫之旨。

(四)

萧一山先生的书中,在写曾国藩编练湘军那一章中,专门插叙了几个关键人物。一是江忠源,湖南新宁举人,郭嵩焘在北京介绍给曾国藩认识的。他早些时候为了保卫家乡,曾组织乡村丁壮用于防御,这是湘军最早的依托。

还有一个关键的人物,即罗泽南。萧先生说,"他的道德学问,确实是有数的人",很早养成明道救世的精神。"后来湘中书生,从戎拯难,立勋名于天下,大半都是他的学生……况他老先生又亲自领兵出马,大小二百余战,克城数十,最后还是战死的呢"。

罗泽南,著有《西铭讲义》、《小学韵语》、《读孟子札记》……等书,后人辑有《罗罗山遗集》。从湘中的宿儒到血战的名将,他是一个不可忽视的人物。他是出身耕读之家的湘军元老。早年常以松香照明,或借萤光攻读。应科举之余,他也习武善拳术。早在咸丰元年,太平军围攻长沙,他就脱颖而出。稍后罗泽南与塔齐布并称,成为曾国藩的左右手。力挽狂澜,屡著战功。曾国藩回乡奔丧时,他已编练有少量湘勇,遂以之为基干,以道义相号召,再行招募,稳步扩展而成。

练兵等于是阐扬了他的目标,从此,他将不断面临如何兑现的挑战。

王定安《曾国藩事略》,大体上是战报的说明连缀。里面对此特别人物——罗泽南,用笔妥帖温恭。看他书中大量引用的皇帝上谕,其批示之严厉,督战之急切,难以遮盖的浮现于字里行间,有时更是急不可耐到气急败坏——差不多是耳提面命的敦促曾国藩出兵迎战。

湘军和太平军的战役战斗,双方胜败之机常常是命悬一线,其阵地阵营在激战中,打得随时都可能全盘崩溃,防线也随时可能松动。双方的大将,相继阵亡,双方无论怎样善战的名将,都有失手败北之可能。

这样的局面之下,也有令人惊讶的奇迹出现。那就是罕有的名将罗泽南的出场,每有关于他的战况战报,几乎都是胜利,破贼、退敌、挥师突进……仅就此书所记载,他是湘军方面的福星福音,对方的丧报丧期。似乎无论怎样的危机他都能突破,无论怎样的困局他都能化解。

"罗泽南破贼于城陵矶","罗泽南率师北渡","罗泽南克通城县","泽南破贼于贵溪"……攻击九江之时,曾国藩乘坐的指挥舰被太平军包围,仓皇突围中文卷荡然,曾氏欲自裁,又是罗泽南调小艇接入其军营得以脱险;各大小将校,均有败绩,独罗泽南出马,总能转危为安。他又是很有战略眼光的,"罗泽南上书陈利病,以为东南大势尤在武昌,乃可控江、皖,江西亦有所屏蔽;株守江西,如坐瓮中,无益大局","请率部……东下,以取建瓴之势……必俟武昌克复,大军全注九江,东南大局乃有转机。公(曾国藩)深韪其言"。"泽南因自义宁单骑诣南康谒公,面陈机宜"。

如罗泽南者,实在是罕见的孤胆英雄。其所作为,总是秉持良善信念,致力疗伤。南昌告急之际,来者是太平军悍将石达开,又是罗泽南远应危局,清廷掩饰不住兴奋,"石逆贼党虽多,一经罗泽南痛剿,即连次挫败,可见兵不在多寡,全在统领得人"。

钱基博的《近百年湖南学风》说,"泽南以所部与太平军角逐,历湖南、江西、湖北三省,积功累擢官授浙江宁绍台道,加按察使衔、布政使衔。所部将弁,皆其乡党信从者,故所向有功。前后克城二十,大小二百余战。"

1853年江忠源、吴文镕相继阵亡,随后收复武昌,又是用罗泽南奇计,清朝廷喜心翻倒:"获此大胜,殊非意料所及。"两个月后,还是罗泽南"破贼于孔陇驿",这年年底,水陆官军进攻九江,又是罗氏指挥首战大捷,随后太平天国反扑,分割官军于江中多段,曾国藩指挥船被围,也是暗中换乘小舟入罗泽南营地,仅以身免,曾国藩羞愤交加,第二次要投江殉节,罗氏力谏乃止。

1854年岳阳水战,"师船不能回营,为贼所乘",竟然有十来个将领阵亡，又是罗泽南"破贼于城陵矶"。

随后，仅在一个月中，罗泽南"破贼于贵溪"、"剿贼于景德镇"、"连破贼于梁口，鸡鸣山等处"……包括太平天国凶悍战将石达开，在1856年的秋天，裹胁农民，挥大军飙窜于江西各地，来势异常凶猛，各地迭发警报，又是"一经罗泽南痛剿，即连次挫败……"

罗泽南和彭玉麟有相似的地方，"彭玉麟前乞假回衡州，闻江西紧急，间关徒步，行七百里抵南康，公见大喜……"罗泽南上书陈利病指出第二次收复武昌的战略，更加重他力挽狂澜的责任。巨眼卓识，有神龙不见首尾之妙，遂奠定东南战局之转机，"泽南因自义宁单骑诣南康谒公（曾国藩），面陈机宜"。

一罗一彭，各如一傲然的骁骑，踽踽独行在杀机四伏的驿路之上。

他们以孤胆英雄的道义担当，于艰难困苦中着手成春，无数次赖其一举扭转颓势。坚毅的文化道统的维护，孤独的时世艰难的思索，需要生命与巨量的鲜血与死亡来完满这迂回的沟壑。

杀人手段救人心，这是以沸止沸……辛亥革命期间志士韩衍说的杀机沸天地，仁爱在其中。心灵中另有一场不见硝烟的战争，时势增加了太多的变数，如果没有文化的介入，战争就不可能停止。

文告之间，看得出战事的激烈反复。武昌欲克未克之际，"江西八府五十余县皆陷于贼"。也就在武昌将克之时，罗泽南阵亡了。

最后的武昌之战，时值大雾，城内太平军敢死队突出，实施无序拼杀，部队顿形混乱，泽南左额中弹，拖延二日死于军营中，年50岁。他终于倒在饱受战争摧残的陆地上。在浓密的大雾中，名将之花凋落，这擎天的巨柱，是否感到了有生以来的如磐的压迫，非人力所能左右的不可抗力，那并非全然来自太平军的人生的负担？中枪后延医的一两天时间里，他是否有过放弃的念头？相信人生的压力，在此时，绝非寻常头脑所可想象。书生将军，秀才元戎，放手一搏，顿挫成意想不到的强硬和铁腕。如鹰隼愤然振翼，慨然出击。突如其来的大雾似乎是一种宿命，好像要卸下前所未有的人生困局，以及肩上绵延文化生机的担当包袱。梦幻泡影,化为乌有。

(五)

赞誉曾国藩的人,其总着眼点在于,曾氏出将入相,手定东南,勋业之盛,一时无两。俞樾是他的学生,进士后复试,就是曾氏阅卷,大为激赏。他人有谓其文先已作好,曾国藩力驳之,遂使入翰林。那时诗题为:淡烟疏雨落花天。俞樾首句为:花落春仍在。以为诗歌所表现的气场和寓意简直无以复加,乃加以拔擢(见《春在堂随笔》卷一)。

又因俞樾锐意著述,曾国藩有联语说他:"李少荃(鸿章)拼命做官,俞荫甫(樾)拼命著书,吾皆不为也。"其实曾氏既做官又著书,但他说的也是实情,真正的意思是,对此二者不上瘾,能控制也能中正把握之。

总起来看他训练的部队,精神焕然一新,战力强劲,配备火器,成效远远超过清廷常备军,他以彭玉麟等组织的水师,又是机动性能相当强的两栖部队。

湘军的成功,历史家都承认。萧一山先生以为其要点在有组织有训练有主义,骨子中保存着我国乡民固有的诚实和勇敢。对兵员,严格按规则保障后勤物质供养,而对带兵的营官,总需其为孔孟的信徒,也即还是读书人。曾氏说:"近世之兵,屡怯极矣,懦于御贼,而勇于扰民。"湘军之建立,无论战斗力还是精神面貌,都和当时的绿营官军、土匪、游民暴民俨然区别开来,而成异军突起的劲旅。

整个儿的情形,可说是读书人打不读书人,大读书人打小读书人,智识者打无赖,士大夫打泼皮流氓……从双方指挥官的出身学历可知。太平军的将领,出身草野,游荡打劫,自与学术绝缘,岂有彭、胡、罗、江……的气概?

战况的惨烈,稍一疏忽,可致全盘皆输。即看似必然,实亦大有偶然。故萧一山先生书第八章直接用曾国藩的感叹做了标题:金陵之役,千古大名——"全凭天意,岂尽关乎人力"。将各地的战场都算上,几乎是三日一小打五日一大打。苍山如海,残阳如血。其残酷程度、激烈程度,都非常人所能想象,谓之血肉磨坊洵不为过。经常是战况胶着,死伤惨重。洋枪洋炮也出现了,有一种洋炮,虽然笨重,但落地开花爆炸,杀伤力奇大。

直接到安庆收复之后,仍有其他名城如杭州等地陷落。战事之艰苦,也造成人心的内伤。李秀成老老实实作几万字的供述,以求免死。最后曾国藩找出各种理由,在南京就地正法。实因战争异常残酷,而恨之入骨。杀人一万,自损三千。何况面对如此能干的天国干城。曾国藩留下李秀成不解送北京,就地处决,实有酷烈厮杀造成的战争恍惚。

"谁知道不特三年不归,简直花了十二年的时间,不特万人不够,简直动员了三十万人,金甲貔貅,死者半之,才得成功。可见天下哪有那么容易的事!要不是曾国藩的老谋深算,则清政府只有瓦解一途了"(萧一山《曾国藩传》第七章),这里面有诸般出乎意料的地方。

他的对手是洪秀全,落第的小资,一个精神病依赖者,起事前神经达至虚幻而超常的敏锐,他以僭越的途径取得半壁江山,较世袭制下的君王更加残暴无情;僭主通常都乘民族国家之危而起。因社会危机为其膨胀创造了契机并提供了舞台。危机也为超常的暴力提供了部分的令人无法拒绝的理由。

太平天国,那也是该来的肯定要来。"水旱天灾,官吏贪渎,一般农民憔悴呻吟,这不是革命爆发的大好机会么?"他们的檄文也说得是"慨自满洲肆毒,混乱中国,而中国以六合之大,九州之众,一任其胡行,而恬不为怪,中国尚得谓有人乎……"社会矛盾加剧,各种危机重重滋生,专制的政体,不可能确保长期的社会安全,因为暴政暴民并未失去生长的沃土。

专制引发的祸患如同洪水,一旦宣泄出来就难得回收。太平军初起,挟前所未见的爆发力,在疯魔般的蜃景煽动力宰制推动下,如饮狂药,陨石般冲向全国,伴随大规模的毫无理性的杀人,农村赖以生存的传统社会结构,予以毁灭性扫荡。洪天王,如果不是最大,也是历史上空前的特大杀人犯、纵火犯、盗窃犯、抢劫犯。杀害大量无告小民,好像切瓜砍菜。这个罪大恶极的屠头,野心则随时膨胀,目的并无半丝高尚。无辜百姓成了他好色狠毒、神经错乱的牺牲品,猝不及防、防不胜防的付出毁灭生命的惨重代价。抛尸沟壑、千里荒芜,造成民间深重的灾难。并不是洪天王那一套有多高明,而是社会处处漏洞,人生看不到希望,甚至求基本的活命而不可得,于是久旱望云霓,洪天王因缘际会,也就得逞了。

就算官府是阁下不共戴天的仇敌,阁下要挖他的祖坟,索他的性命,总有一定的办法定点清除,以求冤有头,债有主,复仇才有所依归。然而洪天王根本变态、根本自卑、根本屠头,越是如此,他越是嗜杀、越是毫无目的的残忍,天王被围到最后关头,天朝本来荒谬的信仰和精神世界发生灾难性的崩溃。秀全本人饮药自尽,十几层厚布裹尸,死了还实行可怜的可憎的布礼,寻求荒谬的保护,以为躲藏层层包裹之中,就可躲避冤魂的追剿,以求阴魂不散;到他饮药的时候,也真是"大丈夫说不出来就不出来",那样一种心理了。但是躲了初一,也躲不了十五,还不是被鞭尸、戮尸、铲尸……

曾国藩说,"军之胜败,时也,时未为可,圣贤弗能强,时可为,则事半而功倍",瞬息千变万化,其安危在呼吸之间。洪秀全起事,蹂躏多省,地方糜烂,曾国藩以书生毅然练兵肩大任。功成之后,日夜忧危,敛退谦抑,意量之宏深,非寻常可窥。

"洪秀全既以宗教迷信埋没了种族主义,曾国藩为拥护民族文化而反对他,不仅在道理上可以说得过去,而且也是合乎一般民众的心理的。据说洪秀全围攻长沙时,左宗棠去见过他,劝他标识孔教,以《春秋》攘夷之义来宣传,洪秀全没有听从。可见士大夫对于汉族的耻辱,并非不知道,谁愿意做民族的罪人呢?只是洪秀全学识太差,又不懂得社会心理,装模作样,满嘴神话,弄得老百姓看不惯,士大夫还能寄以同情吗?我们对这一点要相当的原谅曾国藩。何况结果,在实际上已不啻把满清政权转移在汉人手中,为后来民族革命莫大的助力呢?……"

(萧一山《曾国藩传》)

祖雨宗风,满是不堪记忆。当年的凌辱与血腥杀戮,致令盗寇满中原。故排满为九世复仇,此也符合春秋大义。是和追求天赋权利、有生以来之自由、人类平等的诉求结合在一起的。因当年打压杀害的惨烈,而不得不潜入地下,再度的反抗,就有一个酝酿、生长、爆发的过程。在曾国藩时代,还未完全破土,必待孙中山及其助手出,方才有公然的大举,以超越的大智慧从根本着手,解除轮回式的被奴役的宿命,来造成宪政治国的构架和雏形。

辛亥革命起来,先以"驱除鞑虏"的民族主义口号为纲领;但等到民国肇建,采用的却是善待优抚之法,而绝非如太平天国妇孺俱屠。这是史上未有的共和精神,失却这种宽容,很难走向真正的共和。美国的南北战争,北方打的也是解放黑奴统一国家的大旗。两军相对,杀伤颇巨,一旦南军言败,不仅不诛降将,不罪附逆,后台资助者也不问罪,也不责罚。如此民族精神和向度,洵堪奠定真正的终极目标:民主制度。

(六)

曾国藩的时候,虽然令后人扼腕,但他的行为,又是符合这个自然生长的过程的。试比较早前的岳钟琪对曾静的处理,国藩到底进步得多了。"默观天下大局,万难挽回。侍与公之力所能勉者,引用一班正人,培养几个好官,以为种子。"(《曾文正公全集·书札》卷十二,《致胡林翼》)"今日所当讲求者,唯在用人一端耳。"(《曾文正公全集·奏稿》卷一)

"窃尝以为无兵不足深忧,无饷不足痛哭;独举目斯世,求一攘利不先,赴义恐后,忠愤耿耿者,不可亟得,或仅得之,而又屈居卑下,往往抑郁不伸,以挫,以去,以死。而贪饕退缩者,果骧首面而上腾,而富贵,而名誉,而老健不死,此其可为浩叹者也"(转自何贻焜《曾国藩评传》)。

对社会弊端的根本认识,锥心痛愤,故其伟岸,不仅作了晚清的柱石,更在政治思想达于对人本的考量,对人的处境的追问。事实上,如欲澄清吏治、扶持社会正义,其要件端在得人。而专制体制的本质,又在对于人性的杀灭,其所依靠者为暴力镇压和奴才文化,道德因素的滥用令其等于虚设,除了使百姓产生不切实际的幻觉,不可能带来实质性的社会进步。明君贤臣,只是昙花一现,其恶果循环不断。此际除了保持文化的传承以外,体制必与世界潮流接轨,否则无法可想。曾氏深深窥见了帝王专制的病灶病因,但他开不出药方或隐约觉察药方当为何者,而不敢开示。这在他那一代杰出的知识分子,其头脑和心思,跟他们所依存的背景是一对深沉的矛盾。

他的治兵思想,和他的哲学思想密切相关,战后裁军,那确实是来真的,裁撤善后,俱回原籍;而在征募之初,就是有业者多,无根者少,"求可为善聚不如善散,善始不如善终之道",而他本人在战后,心力交瘁忧劳成疾,"困疲殊甚,彻夜不寐,有似怔忪……"(王定安《曾国藩传略》卷四)。

庄子说圣人不死,大盗不止。在后世的专制国,就更是如此。盖因专制所实行者,为逆淘汰机制,人间良善与才智之士在社会上总是没有市场,在政治上没有空间,而阴险恶徒,翻云覆雨品性下贱,因而嗜杀成性,这些人相当得势,而民众的代价就大了。恶徒尽量获得占有空间,进而以圣人自命,僭称王号,借以骗塞天下耳目,实则与小民争锱铢之利,赶尽杀绝,精神勒索,无所不为。故曰,圣人不死,大盗不止。所以曾国藩氏既不能彻底反抗,则必空间越来越小,最后还有可能死无葬身之地,于是他选择急流勇退。

他在人生晚期,讨捻军时,已有力不从心之态势——当然不完全是生理原因,他述说观点,已无先前的威重斩截;而指挥部队,更有心事重重的样子。所以当时社会舆论隐然期其自主东南,就人才、武装、大势观之都有可能,至少打成个"三国演义"是没有一点问题的,然国藩不为,后来其天下英雄半入幕的部曲也都渐渐灰心了。人心的承受力很有限啊。

他的病，一半以上是心病，他的力不从心，更多的还是一种困惑。实际上，无论慈禧皇权，还是洪氏天国，对之都是半人半兽难缠难解的实体，两者各有各的不可理喻。

无论他的文化传承怎样的渊厚，心性如何的正大，一时也竟束手无策。他的沉重的疲惫感，实在有着渊深的脱离之念，他虽以清廷为主要"股东"，但其观念隐约已有马放南山之势，纷至沓来的事务，越来越无从措手，主观上不值得为其效力之念昂然抬头。

但他以他的履历，这种脱离之念当然不可能发展为实际举动，反而衍生如磐心病，竟至忧郁成疾，他的脱离之念，就以牺牲老命的代价为最后之结果。

"与洋人交际，其要有四语，曰言忠信，曰行笃敬，曰会防不会剿，曰先疏后亲。"（《曾文正公全集·书札》卷十八）对外交际，薄物细故，他主张不必计较，唯事之重大者，则当出死力与之苦争。其态度、心理方法都与林则徐有很相似的地方。曾氏在天津办理外交纠纷时，为洋人说句公道话，同时也违心处理民望甚高的地方官员，引至各方怨恨，而导致他心中的觳觫，非言可喻。

萧一山先生说，曾国藩遣散湘军，用心很深，也有讽刺李鸿章的淮军之意。而且，解散以后，湖南人郁闷惨切，相率加入会党，这是在为渊驱鱼。"我们并不是故意找理由为曾国藩辩护，从全盘历史上看，他确实有他的机括，他的辞节制四省之命，一方固然要防外重内轻之渐，同时并有与贤才共天位之意，天下的事情多么繁赜，尽一个人能包办得了么？……这种恢廓的思想和豁达的态度，真不愧为中国文化的代表人物，也可以说是理想人物了。"

何贻焜：《曾国藩评传》，正中书局1947年版，

1990年代影印收入民国丛书第一套

王定安：《曾国藩事略》，重庆出版社1998年版

萧一山：《曾国藩传》，海南出版社2001年版

惊险百出的柔性艳情
——张恨水先生的《平沪通车》

《平沪通车》,张恨水先生的名作。时代背景乃1935年前后。

银行家胡子云携带巨款,乘坐火车由北平赴上海,他具有一副政客的体貌(白晰乌须而态度稳重),正做着醇酒妇人的春梦。他在餐车邂逅没有买到卧铺票的绝色女郎柳絮春,乃聊之,竟然有远房亲戚的瓜葛。他见色起念,百计接近,不知女郎早有预谋,多番转折后,从他日思夜梦的虚拟幻境进入实体操作,当夜便做一处,度过火车上的浪漫春宵。次日旧情重温,晚上到达苏州站时,停车较长时间,当银行家醒来,火车已将抵上海,他的巨款早已经不翼而飞——游戏已经结束。颠鸾倒凤辉煌胜利之后,立刻就暴露了它的本质——骗术。银行家傻了,随后他疯了。又过了几年,穷愁潦倒的他又在苏州站遇一女流,像极柳絮春,他触景生情,追了上去……

火车车轮滚滚,而情节也随之吊诡谲奇。这么一个柔性、艳情的故事,写得惊险百出,笔力不稍衰。其叙事风格是稳重大方而波澜迭起。

主人公闲情横流,放肆尘想。对其艳遇益发坚信不疑。女角对其控制,也如机床齿轮之咬合,严丝合缝,动弹不得;最能迷惑人的九尾狐狸精,或如运用阿斗,心算之间就钦定了他的天下。

江山可改,人性难移,在一个混乱冥顽的物质社会,若有西施王嫱倩影入梦,那多不是美目巧笑的欢好,而是白骨精剜心取命的利刃。胡先生一时糊涂,为一己的欲望所牵制,而击毁在对方人性贪欲的遏制之下。

恨水先生的叙述笔法,有这样一种魔力,<u>丝丝入扣</u>,绵密紧凑,而又一波三折；每每有那关键之点，端的是针插不进，水泼不进。拆白党的女角，似乎也丝毫没有佻达不雅的作态，女角的诱惑过程，她的破绽好像微风掀起的衣襟，亦藏亦隐，很快又是夜阑风静縠纹平，也即说，您发现了破绽、不对劲，但您却甘愿受骗——您发现了骗局却并不相信这是一个骗局，您把吴钩看了，把栏杆拍遍，也还是无人会登临意。他老先生这一支健笔，好像万吨闸门，肩住了宏深的水泊，不动声色，到了开闸的时候，只见万钧雷霆，咆哮而出，悲剧之不可挽回，由是定型。当中包含的洞察与解构，稳稳当当的立定在那里。写到女郎苏州下车一段，直是惊心动魄，好像身历一场大型政变一样，种种处心积虑的计谋重锤一样砸着人心。

胡子云最后疯狂了。他又来到火车站，又看到了和先前的他一样身份装束的大亨男子，正在及时地为那不相识的妙龄女郎大献殷勤。子云叫到，喂！你不怕上当吗？"然而天下上女人当的，只管上当，追求女人的，还在尽力的追求……"读者似不能因有惨痛之一面，而忽略其有教育针砭意义之一面。西方有句谚语，说：你骗我第一次，你应该感到羞愧；你骗我第二次，我应该感到羞愧。但对于一种深入骨髓的骗术，要后悔却噬脐莫及。

女人善敲竹杠，西方谓之挖金姑娘。至不惜以最欺诈之手段达至其目标，谋划之深沉、手腕之灵敏，恰与奸商的为富不仁、上下其手配为佳偶。风姿绰约，明目善睐，外在身段无限柔软，而内里同样硬狠心肠。是蛇蝎，谁近之则咬谁。此类人在社会交际中，所伤害者，为不同的个体，如在政坛上，所愚弄颠倒者乃是无数人间良善、无数的无告小民。巨奸大恶，和拆白党女角实在同一城府，同一手腕，只是前者玩弄生命，杀人无算，而美其名曰理想社会，幸存者之抚膺痛哭，并不能消泯其伤害于万一。所以专制社会，最是生长骗子的土壤，情感骗子和政治骗子一样出色一样生生不绝。他们运用了组织，控制了民众，渗透了社会的阵营，施用了毒辣的谋略，真是民族之极大危机，也是人类无比的厄运！反之，在民治民有民享的社会，由于有选举制衡等有效手段，政客无论怎样的狡狯,他都难以成为"挖金姑娘",他要有分外之想也可以,但得付出劳作和真情,还只有一分钱一分货;而人民,却能以最低的代价,享受到最大的艳福。

七十年代末期,我还在读高中,初次读此书,为其哀感顽艳所眩惑,久之难以释怀。

"呜的一声,火车开了,把这个疯魔了的汉子扔在苏州站上,大雪飞舞着,寒风呼呼的空气里,他还在叫着呢!"

张恨水:《平沪通车》,《张恨水全集》,北岳文艺出版社1993年版

印象最深的一本书

出版业的趋势,总是乱花渐欲迷人眼。若谓2004年印象最深者,可谓《刑案汇览》一书。含续编、新增共三种。厚如砖头的四大卷。收录1736年(乾隆元年)至1885年(光绪十一年)的案例合计7600余件。

集中看这些去今未远的刑事案件,心头老不是滋味。接踵而来的都是私通、杀伐、乱伦、纠纷、污染的侵犯,相互的摧残,兽性的爆发,自我的奴役,总而言之可谓人性盲动之大全。它们那样顽强,不受任何礼法的控制,它们多来自民间,因而是社会的直接写照。从它的侧面漏光处,也可看见官场的污浊,吏治的败坏。观桀、纣以来中国帝王,或罗马十二帝王以来的史书写真,同样的也是"不守礼法",动物性糜烂膨胀,实在可以看出人性和兽性相距近在咫尺,甚至就是一物的两面。民间和皇宫以及中间各级别的行政体系,人性自我腐蚀囚禁,社会空气压抑污浊,仿佛硕大的动物园。他们人性的污点本质若一。

人性盘踞着可怕的盲点,而帝王专制加深了这种盲动,极权社会则将其恶性发酵,而令人性善的因素丧失殆尽。若没有制度的保证,要想对上天保持敬畏,培养人类恢宏雍华的气度,只能是肤泛空谈。欲捍卫人的尊严和价值,制度考量乃是必由之路。

过去一年留下印象的书,还有《二十世纪的教训——卡尔波普尔访谈录》、《中国北方诸族的源流》(朱学渊著),以及黄仁宇的《大历史不会萎缩》,等等。

[清]祝庆祺等编:《刑案汇览》,北京古籍出版社2004年版

时间深处的怀想

"女病妻忧归意急,秋花锦石谁能数?"(元稹)"落红万点愁如海。"(秦观)"白发三千丈,缘愁似个长。"(李白)"无端篷背雨,一滴一愁生。"(清人句)贺铸更以"一川烟草,满城风絮,梅子黄时雨"状愁绪之无可排遣。愁之极境,前人已极言之。或闲愁满怀,或对景生愁,或因生存意志的怀疑,或以物质的困穷,愁雾弥漫,如影随形,挥之不去。

张恨水先生当动荡岁月,民元以后,风雨如晦,鸡鸣不已,军阀暴生,国无宁日,各地志士屡仆屡起,抗战以后,又辗转流徙,衣食住行的基本生存固成问题,书籍的奇缺,更使精神难得点滴寄托。《剪愁集》即写于这一漫长时期,遭遇坎坷,颇多难言之隐。彼时新文学已大倡,小说、戏剧、散文、语体诗,构成新文学主流。诗词之道,虽未堙没,然亦颇乏市场,新文学家更视之为远远落伍于时代的雕虫小道。更因北洋政府时代,老牌官僚政客往往把旧诗拿到势力场上作交际之用,与清客的媚态,相揖让唱和。而其本质,却是私欲内里,风雅其外的。就连吟风弄月、偎红刻翠都算不上,徒成其妄念贪心的装饰品。结果自然不免连累到文艺本身。新文学家固然有激使然,多弃之如敝屣,一般中青年文人,对它亦冷落,虽然他们不免有些旧文学的功底。其实就主因来说,委实并非错在旧诗本身。周氏兄弟、俞平伯先生的诗词作品其价值均不在他们的新文学之下。而郁达夫的大量旧体诗,近年见有论者以为其审美分量在其小说、散文、文论之上,亦可谓知言。恨水先生那样饶于老派情怀的文人,他的诗词、散文,俱为小说的巨大声名所掩,实际上他的旧体诗词既合于温柔敦厚的诗教,又能近接时代氛围,使个人品格与知识分子的怀抱相交织,同时亦将民间的疾苦,兴亡的情绪寄托其中。他的《春明外史》《啼笑因缘》《金粉世家》,虽以章回体名世,实际上也是章回体的《家》《春》《秋》,艺术价值和社会影响都并不在后者之下的。《剪愁集》之"剪",略等于现代文论中的宣泄、升华之说,故言愁即是剪愁。在恨水先生或婉转或直捷表达的种种深隐大痛之间,对于世风的转变,时代的激荡,民族的冲击廊庙与江湖(上层与民间),我们后人不能不为之啼感三叹,虽然逝水流光,斯人已杳,但古今人情不相远,意识形态固已一变再变,而时代的风烟余烬里,后人亦不难找到自己类似的影子或理念。

《剪愁集》可圈可点之处实在太多。固然说欢愉之词难工,穷苦之言易好,但身处怨愁困乏,在孟郊、贾岛这些古人,一变而为通彻的绝叫,在恨水先生,却在言愁的当中,保持了儒者相当的敦厚,愈见其沉痛悲凉,入骨的沉郁。他的绝句承转自然,无丝毫斧凿痕,妙在言语之外,是近乎天籁的那种。七律以其格局工整,可以写景,又可以传情,无如诗中最难学的就是这一体。恨水先生以渊深的旧学功底,天才诗人的情怀,笔下律诗亦多浩气流转,往往以血性语,直搔人生的痛痒。有时造意深远、措辞谋篇巧不可阶,仿佛字字露光花气,十分醒眼,有时又出以打油之体,类似白话,一看便懂,却字字非历过悲风苦雨,非大手笔大力量不能妥帖。忆昔十五六年前,我们这群毛头小子正在大学听教师讲现代文学史,无非说恨水先生是典型的言情小说家,也是轻轻一语带过,误人子弟,往往莫甚于课堂,实则就先生全集而观之,言情比重并不太大,往往在抗战以后,其各类作品,无不与民主政治、抗战建国有关,他的新旧兼备的思想,又使他养成愤世嫉俗、守正不阿的态度。罗承烈先生说,所有一般"文人无行"的恶习,在恨水先生的言行中丝毫找不出来。他一生写文卖文,对世道人心有绝大的启示,却无半点非分之想。因此恨水先生卷帙浩繁的作品达三千万字以上,而且都是站得起立得稳,从容不迫中透着泼辣犀利的,是现代文学中最经得起考验的丰碑,不可低估的文化财富。

"热肠双冷眼,无用一书生。谁堪共肝胆,我欲忘姓名"(《记者节作》），"一瓶今古花重艳，万册消磨屋半间"（《五十九初度》），"登台莫唱大风歌，无用书生被墨磨……都传救国方还在，早觉忧时泪已多"（《枕上作》），"百年都是镜中春，湖海空悲两鬓尘"（《敬答诸和者》）含义无穷，哀而不怨，然读之每觉泪下难禁。不读民国史，不足以读《剪愁集》，不思索当今社会，不足以尽尝剪愁之深意。"苍蝇还到冬天死，世上贪污却永恒。""官样文章走一途，藏猫式的捉贪污。儿童要捉藏猫伴，先问人家躲好无？"（《苍蝇叹》）"这个年头说什么，小民该死阔人多。清官德政从何起，摩托洋房小老婆。""谈甚人生道德经，衣冠早已杂娼伶。"（《无题三十首》）"久无余力忧天下，又把微薰度岁阑。斗泳友朋零落尽，一年一度是诗寒。"（《丙戌旧历除夕杂诗》）灵光闪烁的古汉语，在恨水先生那里得以出神入化的运用，旧瓶所装的是新酒，更可贵的是诗人正直敢言的人格本色。言志与载道两者的水乳交融，忧患的意识以批判的锋芒出之，使之成为一种别致的杂文诗。家国之感郁乎其间矣！今读《剪愁集》，绕室徘徊，不能安坐，益觉旧诗不灭的生命力。

"满长街电灯黄色，三轮儿无伴……十点半，原不是更深，却已行人断。岗亭几段，有一警青衣，老枪挟着，悄立矮墙畔。谁吆唤？……硬面馍馍呼凄切。听着叫人心软……"（白话《摸鱼儿》）浅近文言，古白话，现代白话，在恨水先生笔下，其表现力是惊心动魄的！大俗反获大雅。似随意实讲究，如这阙白话摸鱼儿，其尖新与朴素，奇巧与浑厚，下词之准，状物之切，情景的逼真，声色的活现，不可思议地交织在一起，不能不推为白话长短句的典范。

三十年代初虽然疮痍满目，乱象横生，文化人的生存尚有一席之地。等到四十年代，国破山河在，精神和物质都无路可走之际，国人仓皇如幕燕釜鱼，文艺的色调，自然也由另动多元衍为潦倒哀哭了，人真到了绝境，是很难幽默起来的。苏东坡以为文人之穷"劳心而耗神，未老而衰病，无恶而得罪"，是从作文那一天起，忧患即相伴随，几乎是先天的。不过以此衡量恨水先生，在言愁方面，却只说对了一半，他更多的是忧时伤世，自哀哀人。他对民间疾苦，有着近乎天然的感触。当然在创作的效果上倒是欧阳修序梅圣俞诗集所说"非诗能穷人,殆穷者而后工也"。事实上诗人与穷愁结缘,是自古而然的。只不过可穷者身,而不可穷者情志而已。狂者进取,狷者有所不为,旧时文人最多这两种,都可取。恨水先生却不是狂者也非狷者,他是堪为士范的贤者。旧道德和新思想在他身上得到奇妙的亲和融会。他的一生和他的全集一样,是一出漫长的传奇文,洋溢老派和正气,他是那种典型的老作家,重友谊,尚任侠,像长途跋涉的骆驼,这样的作家近乎绝迹了。他的小说,固是白话,而他的诗词散文,却在白话中浸透了文言气息,楮墨内外虽与时代共呼吸,忧时之士的苦闷,而他的心情,确实很旧很旧的——令人揣摸不尽的旧时月色!负手微吟一过,满心都是温馨和苍凉。这是因为他一肩是中国文学传统,另一肩是西洋文明,他的写作生涯回忆,说他年轻时产生过才子崇拜和革命青年兼具的双重人格。他笔下是传统纯正的中文,思致婉转,尺幅兴波。今天的文场,面对弥望的翻译体,那种像掺沙豆粥的文字,别扭拗口,冗长空洞,他们的初衷是要写话,结果却是不像话。古调虽自爱,今人不多弹!这样的情势下,不免令我们越发怀念恨水先生的文字空间,怀念那醇酒一样的,文字的陈年旧曲。

张恨水:《剪愁集》,北岳文艺出版社 1993 年版

民国篆刻说略

篆刻和书法一样,虽然都是因字写意,但刀、石的坚硬与纸、笔的柔软究系两事。起刀驻刃之间,更犹豫不得。就性质而言,是遗憾的艺术之尤。

民国几十年间,艺人辈出,篆刻家也如星汉灿烂。艺术都有移情作用,观印文字体,或瘦硬有神,或圆融洁净,或流畅自然,或春花袅娜,凝神注目,仿佛可以感到铁刀起驻,用力一冲的气机风致。想着这个过程,不禁动起感情来,那清冷的寂境也不觉其寂了。这个时期的篆刻艺术于古人是一个总结,却也在寻找发展的种种端绪。其所作固然是他们所乐于从事的工作,但更是以其创作才华,透过刀、石去表达个人之民族忧伤。

闲章虽著一闲字,而最能表明艺人心迹的,也就数它。古来闲章,虽然冷凝成一古物,它的内容力量却能无限放大扩展。民国刻家,对此也真是情有独钟。经子渊的"天下几人画古松",印风得汉碑的大气古厚,似见墨渖淋漓。吴昌硕"泰山残石楼"于古奥残损中见完整,齐白石"见贤思齐"大气磅礴,东西映带,交换垂缩,如长河落日,有一种戢翼长征,浩然不顾的神气在里头。黄宾虹"黄山山中人"则有老衲燕坐的静穆,李叔同"烟寺晚钟"则让人领会生命的流逝,仿佛和那烟岚钟声的飘忽是一物的两面,观其刀法的从容浑穆不禁惕然有思。至于运笔的方法,又自出匠心,长铗短剑,春花秋月,各各弄姿无限,俾抒素志。马一浮"廓然无圣"刀法稳健而多用修饰,每一画成,必下数刀,有月白风清之态,与齐白石的"我刻印同写字一样,下笔不重描。刻印,一刀下去,决不回刀"。取径万殊,而意趣也各异。

民国时期，社会动荡，风雨鸡鸣，知识分子艺术家如幕燕釜鱼，每多流离转徙。抗战爆发不久华北大片土地沦陷，寓居北平的齐白石贴出告示，"白石老人心病复发，停止见客"。其决不觍颜事敌的风骨也熔铸在刀笔纸墨之间。潘天寿抗战后为《治印丛谈》写的弁言尝谓"五月，敌人无条件投降，举国狂欢，史无前有，是篇可为寿私人抗战胜利之纪念品也"。国事蜩螗，艺术既成为人心的补偿，却也无一处不熏染时代的风雨气息。虽然时局动荡，艺术却极大发展，一方面聊避虎狼之害，一方面也是言志所需。到六十年代，四凶横行，艺术家惨遭灭顶之灾，作品投之炉火，用为炊事之薪，文士心血，化为一缕青烟，那才真正令人扼腕。

民国篆刻家中，其人往往兼有作家、画家、书法家、学者等各种身份，其大家如吴昌硕、齐白石、黄宾虹、经子渊、李叔同、马一浮、乔大壮、郁达夫、邓散木、丰子恺、瞿秋白、闻一多、张大千……而遭际最惨，要数乔大壮。他深谙法国文学及中国古籍，治学旁征博引，无不如臂使指。金石碑刻之学，更是冥追神悟，造乎其微，其智慧与艺术手腕，一时无两。四十年代后期，因秉性耿介，哀时抚事，内心痛苦达于极点。终于在1948年7月初，风雨交加之夕，自沉苏州河梅村桥下滔滔波中。他之所刻：物外真游。帘卷西风。十年磨剑。用刀诡谲，收缩穿插间疾涩并举，可谓新意迭出，罕有其匹。邓散木的"忍死须臾"，郁达夫的"我画本无法"，在构架心思上都有这种特点。

天生骨头太硬，弯不下腰去，亦不能披剃入山，这样的心迹，融铸在印文的转折行进缺落中，好像心中之曲化成了凝固的乐谱，别有一种苍凉凄楚。拿想象来补充现实，其丰神、其古意，要不外以血泪凝成一方方心灵结晶品。治印，虽看似冷硬，而艺术家的精力慧心，其不付诸流水或与荒烟蔓草同归朽没者，亦端赖于此。艺术在过去的时代，实在是知识分子无路可走而寻求寄托的无量法宝。修身齐家治国的道理，都在里面；人生种种尴尬悲酸，又何独不然？四十年代闻一多居昆明，虽然说刻印卖钱，而一种感慨悲歌的怀抱，也毕竟掩藏不住，无限回思之余仿佛也就听得见闻氏奏刀的遗响悲风,顿挫疾涩之间也就透着他的良苦用心呢!

孙洵:《民国篆刻艺术》,江苏美术出版社1994年版

瞿秋白不懂孙中山

1935年5月,瞿秋白被宋希濂所部三十六师捕获。从福建上杭解送长汀。至6月18日人被枪决,为时一个多月,其间,宋希濂和瞿秋白有过一次辩驳式的对话。

宋希濂说,贵部搞阶级斗争,导致人烟稀少,田地荒芜。有五百亩以上土地的地主极少,没收其土地解决什么问题呢?至于有几十亩土地的小地主,大多几代辛勤节俭,聊以糊口,与大城市资本家相较,有天壤之别。斗争小地主,致其家破人亡,未免太残酷。是故孙中山先生说中国社会只有大贫小贫之分,阶级斗争不适合我国国情,很有道理。

瞿秋白说:孙中山先生大部分时间生活在都市里,对中国农村情况,没有调查研究。我们革命是要消灭剥削,不管是大地主还是小地主,都是剥削阶级。有地主,就有被剥削的农民。你说的有些地方田荒人少,是因为青年人参加红军,劳动力受到影响,免不了的。

宋希濂说,你们在南昌暴动后,又在农村搞分田运动,以后七年间,江西省人口减少了八百万,阶级斗争,死了多少人!实在太可怕了。

瞿秋白对此表示怀疑,他说,在激烈的阶级斗争过程中,人员的死亡和人口的减少,总免不了。(以上见诸《宋希濂自述》,1986年中国文史版)

孙中山先生一生不断在美欧先进国家旅行、观察,大量接触西方古今典籍,故于中国问题,更深一层了解比勘。吴稚晖这类大学问家就是在接触中山先生后,亲聆謦欬,深配其横贯中西的学识和世界一流的政治理念。而且孙先生的平均地权的理论,也决不比瞿秋白所倡导的落后,其土地观念,源自乔治·亨利的《进步与贫困》,他提倡"单税法",

"无劳增值,涨价归公",即反对在现代化过程中牟取暴利和泡沫经济的"炒地皮"。唐德刚先生说,其间的奥妙,不是青年留学生如薛仙洲和八股专家胡展堂(汉民)以及"一夜就学会了日文"的梁启超所能轻易了解的。孙先生这位近现代罕见的革命绅士,他是将中国的现实放置于世界背景中比较,眼光全面,"笼盖四野",而非某些人的盲人摸象。瞿秋白的一席话,从性质而言,是理想化至于玄远荒唐,也许就年纪而言,还是童言无忌罢。他恰恰忽略了孙中山先生透彻了解中国社会的良苦用心,一心求变,求巨变,而不择手段,"新"得过了头,玉石俱焚,民生凋敝,百姓辗转就死,反而新不如旧了。其自夸,等于强辩。他所指责孙中山,那只能说是差之毫厘,谬以千里了。

宋希濂呢,他是职业军人,但因多少读懂孙先生的理念,再加上他所目睹的社会现实,所以其发论也很中肯,入情入理。然而,瞿先生一意孤行,怎么可能听得进去呢。孙先生的"耕者有其田"理念不是通过暴力毁灭社会,在设计社会手术方案时,对尊重生命,有着最大的顾惜和考量。但对于一种盲动的社会力量,真有些对牛弹琴之感了。

但在瞿秋白本人,其内心,也对他的人生旅程生发深深的思考,大祸来临之际,也促使他回顾非理性的种种作为,与其业已碰壁的种种初衷。所以毕命前大谈"中国豆腐,世界第一"(《多余的话》)乃伤时愤世之词,下笔别有阳秋。其间的复杂情味,真叫人欲说还休。

宋希濂:《宋希濂自述》,中国文史出版社1986年版

极细微处见不堪

1945年9月,中国接受日军投降,成为历史性镜头,象征历史的重大转折。在南京受降之前,尚有芷江受降。它是中日停战后双方代表的首次接触,目的正是为南京受降做准备。

盟军方面的代表萧毅肃居中,左为冷欣中将,右为美军中国战区作战司令部参谋长巴特勒准将。日方代表是今井武夫,为日本中国派遣军司令官冈村宁次的使节。今井武夫,毕业于日本陆军大学,长期在日本军参谋本部中国科工作,抗战爆发后,参与策划成立汪伪政府。后任日本中国派遣军总司令第二课课长、上海陆军部高级部长等职。战争后期任中国派遣军副总参谋长,襄助冈村宁次。

今井武夫证明,中国方面待他如真诚朋友,而不像对待战败国的将领。其中高参钮先铭少将态度谦恭,意在防止日军使节自杀。其余高参,以蔡文治为首,都对日本方面"表示深切的谅解","始终以武士道道德相待。"温暖、温厚、温情,怎一个温字了得!

更奇怪的是,参谋次长冷欣中将,他因为即将进驻南京,便在芷江会谈中,率先提出的,竟是要求日军以书面文件保证其安全。今井武夫先是吃了一惊,既而感到荒唐:以战胜国的高级将领,竟向战败国的使节要求安全保证,既无意义又不自然,甚至滑稽。今井武夫就说,"这种文件没有价值和必要,日军恭候阁下光临"(《今井武夫回忆录》)。多番解释,婉言劝慰,哪知冷欣还不罢休,"无论如何希望提供书面保证"。今井武夫当时心里嘀咕,以为国军八年中对强大的日军一直心怀畏惧,胜利并非自己取得,而是在盟军鼎力襄助之下才侥幸名列战胜国之一。最后反复要求多次,竟达成:回南京后当以无线电代替书面保证。

就后来读史者观之,冷欣的这种表现,一方面有大局的影响,如今井所说,胜利来得侥幸,所以没有荣誉感。一方面呢,也有他个人的性格因素在作祟。小而言之,个人胆气萎缩,与高级军官身份不符,与战胜国使节身份不符。大而言之,影响国际观瞻,降低政府威信,贻笑大方。再说八年以来,一线部队浴血鏖战,矢勤矢勇,精忠惨烈,流无数颈血,死无数生命,而赢得惨胜的曙光,结果在谈判桌上,高级参谋人员是如此的瑟缩胆怯;而大城市泛起的沉渣以不同的番号前往接收,浑水摸鱼,掠夺财产,遂使国民政府威信一落千丈,频露失败的先兆。

当时,何应钦手下的高参,似乎都对日军过分客气,以致对方陡生疑窦,既而鄙视。假如当时调用前线战将,如邱清泉、胡琏等人如何呢?虽说职各有其司,以其强悍、以其学识,以其风度甚至脾气胆气,足以圆满应付,而予国人荣誉感,而予敌方信服感。而实际上,中方列席谈判的人员中,尚有汤恩伯、张发奎、王耀武、郑洞国、杜聿明、廖耀湘、张雪中、吴奇伟等高级战将,不过他们似乎没有发表个人意见的空间。冷欣的做派,在他们心中究作何种感受,只有天晓得。

反观当时盟军的代表——美军巴特勒准将,对日军使节,就是一副凛然不可犯的正大姿态。他没有多余的话,只坚毅地强调,被日方俘虏的美军人员应受善待,要求俘虏记录完整无误;并且愤慨地说:日方对俘虏如有不法待遇,美方必将采取严厉报复措施。他们的谈判是事务性的,且态度强硬,较之中国高参,那种有感情的投入,真是天壤之别。

今井的回忆录中,还记载了前来芷江的途中,他和随员多人乘坐一架寒酸老旧的运输机,升空后竟发现机舱里尚有一挺轻机枪,遂赶紧投下,葬于洞庭湖烟波之中。进入常德上空时,六架美军战斗机将其包围,大约欲加威慑,在日机上下左右纵横乱飞,长达一小时左右。日方人员都直冒冷汗。这更是美方态度的形象表达。

抗战时期任工兵司令的马晋三老将军说过,日本文化是,曲无正调,食无正味,人无正气,花无正香。对其文化三昧之概括,形象准确而深入骨髓。这样一种文化长养的军队,当战败之际,胜利方对之体贴入微,其效果,必然是双重的滑稽。而其不买账甚至挑战的心理,必然是暗中又增一层;中国人素来有相逢一笑泯恩仇的预期,有以德报怨的传统,但在受降的洽谈会间,如此作为,实在沦于低三下四进而不三不四之魔道。而为敌人所鄙,为友人所惊,为国人所笑。

〔日〕今井武夫:《今井武夫回忆录》,中国文史出版社1987年版

卷三

知、智、欲、能的纠结和究诘

中国译界将巴尔扎克名著,统译为《人间喜剧》,据人民文学的新版本说,这是错了几十年的翻译失误。新版的中文巴氏小说总集,已将总标题改正为《人间戏剧》。他的一系列作品,是幻灭的悲剧,并没有一部是滑稽的喜剧。军事生活场景里的《朱安党人》,外省生活场景里的《幻灭》,爱情佳话则是惨剧……

而《驴皮记》则在哲学研究系列里,周瘦鹃早年编写的巴尔扎克小传,译为《忧郁之皮》,这本书在他的所有作品中是一个异数,就是在文学史上,其用意ненные笔,也是戛戛独造。

巴尔扎克以文学之剑征服巴黎和世界,有文学界之拿破仑之称。如高尔基读《驴皮记》时说,"当我……读到描写银行家举行盛宴和二十来个人同时讲话因而造成一片喧声的篇章时,我简直惊愕万分,各种不同的声音我仿佛现在还听见。"

忧郁的主人公在人生的绝境中偶然得到了驴皮。

"我曾原因为研究和思考消耗了我的生命;可是这种努力甚至还养活不了我,"陌生人回答,"我想来一次比得上王宫里的盛筵那样的豪华夜宴,我要有一次热热闹闹的配得上这个世纪的堪称尽善尽美的盛大宴会!我所有的宾客都是年轻人,都是有才智而无偏见的人,快乐得快要发疯!饮用的美酒要越来越浓烈,越来越醇厚,酒力之强烈,要足以让我们酣醉三日!这一天晚上,席间要有许多热情的女人来点缀!我要那狂热的、吼叫着的放荡之神把我们载在它那四匹马拉的飞车上,奔到世界的尽头,……"

原来他的生活很困顿。他迷恋巴黎最妖冶的女人。她有众多的情人。他追求她实质用了爱他的纯洁姑娘的辛苦劳作的血汗钱。

然而驴皮成就了他天堂般的生活。他恳求科学家延长驴皮的寿命,然而,水压机压力不大,化学溶液难以分解,就是炸药都无奈。

他得了肺病。他眼睛里燃着爱、求生的欲望,和美丽善良的姑娘诀别。姑娘看着驴皮随着欲望的增强而缩小。她想用自杀来换取他的活命,却只是徒劳……

驴皮的拥有者老头子,他也曾怀疑灵符的力量。

"您甚至没有尝试一下?"青年人打断他的话头说。

"尝试!"老头子回答道,"……您几曾见过人类能和死截然分开?在走进这间陈列室之前,您是决心要自杀的;但是,突然间一个秘密引起了您的注意,就分散了您要寻死的念头。孩子!我也像您一样,当时很穷,曾经讨过饭;尽管这样,我却活到了一百零二岁,而且,现在我已是百万富翁:不幸倒给了我财富,无知倒教育了我。我打算用很简短的几句话给您揭露人生的一大秘密。人类因为他的两种本能的行为而自行衰萎,这两种本能的作用汲干了他生命的源泉:那便是欲和能。在人类行为的这两个界限之间,聪明的人采取另外一种方式,而我的幸福和长寿就是从它那里得来的。欲焚烧我们,能毁灭我们;但是,知却使我们软弱的机体处于永远宁静的境界。这样,欲望或愿望,便都在我身上被思想扼杀;动作或能力都被我的器官的自然作用消除了……"

"就算是这样吧!是的,我就喜欢过强烈的生活,"陌生人说,把驴皮攥在手里。

"青年人,您可要当心呵!"老头子用难以置信的激动神情嚷着说。

驴皮包含着能力和意愿的结合,包含社会观念、纵欲和过度的欢乐,时间对人生的报复,生命的秘密原则,衰老和孤寂,坟墓里面闻所未闻的悲凉。

在人生的经历中,将财富、困顿,道德的外衣,奢华与享受,美女绝世的风韵和性感,醇酒、肉欲、灵魂,资本与贫贱,金钱的制约,权力、党派、法律,政治与生活的原则,自由与专制,一炉而烩之,融在大段大段的叙述和研讨中,在人生的消磨与消耗中,触目惊心地归于乌有,归于可怕的乌有。

个体生命有限的存在。精神的折磨,肉体的痛苦,慢性的报应,一般的痛苦。

金钱为所欲为凌驾一切的威力,甚至使宪法成为谎言。人间社会对大富翁已经无能为力,只有生命本身才可制约他们,"他们都是给自己行刑的刽子手"。

巴尔扎克特有的哲理经过驴皮的处理,变得更有分量,更为深沉可惊。

女房东的怜悯被看做是每天点滴的为人生所掘的坟墓。

"热情的长吻,没完没了的亲吻,声音震动巴黎,如同火灾的爆裂声一样。"以此引起人们的炽热的情欲。

19世纪法国全土的极详细的风俗史、思潮史,大革命后王党的暴动,帝政时代秘密警察的活跃,王政复古时代的贵族社会,金钱权力渐渐增高,集权主义的跋扈,都在此收束殆尽。

巴尔扎克笔下主人公所面临者,一是人性的本相,一是近代社会趋烈的竞争。前者如《管锥编》所说,西方诗歌里头感叹"喋血余生,无钱无食,褴褛如丐,千里归来,则妇初不闲旷,与不知谁何生子累累",这是人性的悲哀,莎士比亚的戏剧里头他对人性是没有信心的;鲁迅译阿尔志跋绥夫的《幸福》,断定那些为生活温饱所折磨的人,时常处在一种战栗之中。与惨烈的奔竞相交织,产业革命的同时,更多的婚姻车变成了灵柩,则人生所受压力更巨,人在人性的陷坑里也越来越深。类似清人蔡受《鸥迹集》所说"只有人欲烦恼",如此的感叹真是汗牛充栋。此刻,天理是好话,却也是空话、痴话,因为人欲是一种原始积累——与生俱来。

挫折多多,而令人生意趣索然。值此之际,悬鹄越高,冲突越烈,抑郁失意,无日无之。又越想在不生不死中突围。于是对驴皮的期待,情欲在原始层的沟通,也就是人性鬼魂附体般的社会历史根源。

"五四"运动时期,吴稚晖声言"人是得胜的精虫",这是欲的基础,而尼采说"人是患病的动物",则是能的变异,戒之在得的那个得就是知,而把欲望绞尽脑汁地去实现,则是智,知、智、欲、能,一环紧扣一环。

同样的突破的愿望,老庄或理学家是让步,所谓退一步海阔天空,巴尔扎克则是进攻型的突破,但结果殊途同归,痛苦加深而归于幻灭。相对于道家以及小乘佛教的灰身灭智,"利源绝则心清",巴氏的突破则是开发智慧——在"知"这一环节上加大加深力度,结果它的毁灭当然更烈更猛。从巴氏的描写,可见人的种属传承的束缚更加的桎梏深锁。

自然,从整体上透露的批判意向也更沉重。

知、智、欲、能,当然离不开女人二字,这是因为造物传种的安排,早在野蛮人的时代,妇女就是部落之间及部落成员之间发生战斗的主要原因。从竞争女人到比较纯粹的权利游戏,这就引起了野心的生长,到巴尔扎克时代,因为物质的便利,这种竞争更是到了风魔的地步。

美貌的愉悦感。肉体的生殖欲望。浓厚的获得欲。

"你看见这张驴皮吗,它是所罗门的遗嘱","二十万法郎的年金,这笔款子到手后,我的驴皮整个地缩小了"。用羽毛笔,按照驴皮的轮廓,画了一条墨水线,"他瞧了瞧那张驴皮,发觉它稍稍缩小了一点儿","他取过一把圆规,量一量这天早上他短少了多少生命"。

科学家用18世纪末期最先进的化学方式来研究它,用了强大的电流,其结果更证明其神秘不可知。

主人公花里胡哨而又惊骇万状的死亡方式,最后的意识里,残余的些许驴皮和早先的情欲极度的狂欢相混合,回忆与不甘在做最后的挣扎。

乃是其早年绝望中梦寐以求突围的投影。如其自谓"急欲品尝生命里甜蜜的东西",而将其哲学化、神秘化。他的《长寿药水》也是荒诞加浪漫,"长寿药水"的秘密,涂在尸体上,尸体就能复活并恢复青春,他相信他所溺爱的儿子会忠实地执行他的遗嘱:使他死而复生。最后的结果仍然是充满缺陷。不过如此的灵异对于人性仍然无能为力。

《驴皮记》中写社会纠葛达于顶点,社会越发成为强健者和权势者的游乐场。这些人群所构造的文明也排斥苦难、漠视苦难,充耳不闻弱者的痛苦呻吟,这正是文明的不幸。哲学的梳理,使意义更加明朗,却也加重了人们的孤独和疏离,于减轻痛苦,难以奏效。

〔法〕巴尔扎克:《驴皮记》,人民文学出版社 1982 年版

矫情

1921年4月,郭沫若赴杭州游览,在郊区见一锄地老农,郭氏诗兴大发,他看到老农"慈祥的眼光"、"健康的黄脸",情不自禁,他写道:

> 我想跪在他的面前
> 叫他一声:我的爹!
> 把他脚上的黄泥舔个干净。

虽说五四时期的浪漫派往往有顽童式的大胆、幼稚、天真、好玩,但甫读此诗,仍唬人一跳,继而是哑然失笑,是啼笑皆非。农友、工友,那时差不多成了左翼青年作家的图腾,劳工神圣,是后天,也几乎是先验地留在他们的脑筋里,这倒不完全是读者矫情,好像读诗也胆小,给几行文字唬住;就算拿去给老农本人知道,他不斥为神经病才是怪事。

所以外国古人说,诗人住在文字里面,可供人观赏,若是住在您的对门,那就有些闹腾,有点不妙;语颇解颐,也实出无奈。陶渊明的《闲情赋》说他愿去做那个没有出场的漂亮女郎的种种装饰,什么袜子、衣袋、衣领、袖口等,虽系软性文字,到底出于真情,葆有人同此心、心同此理的心理背景,所以显得动情而得体,也容易为人所领会;但假如他叫这个女郎"亲娘",并要去把她脚上的泥(或香汗)舔到干干净净,那就不免吓人兮兮,闲情赋恐怕也该改作闲扯赋了。

浪漫顽劣的诗人虽不可以常例常理究诘,但就算夸张,也应当在一定的心理基础之内。"白发三千丈",或者"一日上树能千回",状愁绪深郁,或生活情景,也是人同此心,可以渊然解会的;"扯片白云揩揩汗,凑上太阳吸袋烟",就不免流于滥扯了。故浪漫虽有文艺上的特殊效力,然夸饰到极端,一律地"半夜摘桃子,不管老嫩",就超过了弹性限度,那就不免陷入死棋死境死胡同,效力也就有限。"花如解语浑多事,石不能言最可人",敬仰农工,表达衷肠,非无途辙,非叫爹舔脚不可;当事人与旁观者怪而避之,只是诗人在那里大抒其情,就显得滑稽突梯了。

    郭沫若:《郭沫若文集》,人民文学出版社1981年版

《自然政治论》：自由的价值

霍尔巴赫是1723年到1789年间的人物。他写了一本书，叫《自然政治论》。18世纪法国启蒙思想界，他也是其中重要人物。

他的书读起来处处有豁然开朗的感觉。独出心裁、才智洋溢，叙述从容而有力。

真正的思想，并不因时代的推移而失却色泽，也不因世代的变换而漫漶其意义和重量。

虽然说，书中从"自然法"理论出发，批判当时国家制度、政府、社会、司法行政、外交政策和伦理道德诸方面，同时致意治国安邦的原则，企图建立起一个"理性的王国"。

其实呢，他这本书是在论述自由、专制与社会结构的关系，以及对国政和人生的影响。他是那样的敏锐，灼见迭出，精彩绝伦。对专制的为祸之烈，甚至不待《一九八四》或《通往奴役之路》之问世，而已痛入骨髓。

最精彩的是第五讲，论滥用国家权力，论无限专制的君主政体，向反理性的蒙昧主义、褊狭主义、独断的教条毫无保留开火。不夸张地说，几乎每一句每一段都是富有洞见的论断或分析。"人从本质上都是自己爱自己、愿意保存自己、设法使自己的生存幸福的；利益或对于幸福的欲求就是人的行动的唯一动力"。个人利益不仅是人的行为的动力，而且是伦理学必须予以接受的一个既定"事实"，是道德大厦赖以成立的基础。

阿克顿公爵的名言，权力趋向腐化，绝对的权力绝对地腐化。其意，霍尔巴赫此书中即有精警论述。专制制度祸害无穷，它毁灭一切公道原则。腐败无能的大臣你方唱罢我登场,严重折磨伤害社会,人皆为牺牲品。美德与才能往往向隅,而道德败坏、阴谋诡计则屡获君主垂青;国家政治是在执行刽子手的功能。

理性、自由、民主、仁爱的积极价值——他相信这是人类生存的永久价值。他断言,一己所希望得到的一切就是他应该为他人所做事情的标准,这里涉及自由、天性和社会契约的制衡原理。由此经验和原理来安放人的权利及制度框架。从这里,他也在不同的篇章里面厘清了自由的概念,自由和任性、为所欲为的本质区分,自由的标准应是整个社会的福利。

他推崇简明的政治原则,反对形而上学的概念迷途。其深入浅出之处,如谓,专制君主像顺之则喜逆之则怒的儿童,以一己之脾气颠倒毁灭一切。专制造成无知,而这正是社会恶习和灾难之源头。他论人类社会不平等的起源,以及克服不平等的方法,需仰赖制度设计。至于法律体系,它在专制政治条件下,那就会成为暴政的工具,暴君的赏识成为法官追求的唯一目标。反之,人民享受的自由越多,法治的空间就越大。

社会成员之所以道德败坏,原因在于社会有缺陷。科学、艺术、工艺、才智,这些都是自由的产物,在专制之下,他们都枯萎了,退化了。它们被用以歌功颂德涂脂抹粉。出卖灵魂的文学艺术于是以起。天才之翼被钉死,人民选择娱乐的自由也随之失去。反之,在自由王国里,这一切就会充满生机。

以不同的小单元,他论述了专制制度对风俗制度的影响,专制君主的麻木不仁,影响人民性格,专制制度的功效——导致自己灭亡以及东方专制制度的成因。他得出结论说,专制制度不能称为政体,为什么呢,因为它只不过是国王对不幸的人民恣意妄为的手段罢了。他反复强调这样的意思,国家的目的并非统治人,更非以恐怖羁人;相反,是为了使人免于恐惧,人间互不伤害。国家的目的,应以谋求自由、促进发展为鹄的。

霍尔巴赫这本书,其警策之处,和孟德斯鸠《论法的精神》、斯宾诺莎《神学政治论》、卢梭《社会契约论》各有千秋。斯宾诺莎《神学政治论》说"把意见当做罪恶的政府是最暴虐的政府,因为每个人都对于他的思想有不可夺取之权";"自由判断之权越受限制,则离天性愈远,因此政府越变得暴虐";在腐败的国家里,迷信的野心家不能容忍有学问的人,极得一般人的欢迎,以致他们的话比法律更为人所重视。霍尔巴赫则说"无知、谬见和谎言是人类社会蒙受灾难的真正原因"。虽就不同的侧面发言,到底英雄所见略同。

斯宾诺莎《神学政治论》说,统治者越是设法削减言论的自由,人越是顽强地抵抗他们。抵抗统治者的是那些受过良好教育,有高尚道德与品行,更为自由的人。

自由久被剥夺,人民全无保障,这样的境况,社会气息必定是压抑闷塞,暮气笼罩,沉沉如一盘散沙,所以,"反抗暴君政治的起义是正义的"(《狄德罗选集》第2集)。

暴政本身是盲目的,它容不得知识渊博的人民。暴君甚至对思想也总是力图实施暴政。霍尔巴赫则谓:"绝对权力是荒谬的,专制暴政和无政府主义一样,不能称为政体,专制君主和暴君是强盗、土匪,是僭位者。"

后来的民主国家宪法对先贤的思想即多所取法。如美国权利法案,第一条:言论、宗教、和平集会自由;第二条:持有与佩戴武器的权利;第三条:免于民房被军队征用……多阐发宪法与自由的关系。

所谓自然法,乃是作者对一种比较完善的政治形态的期待和设计,即自由生活方式的框架,以及自由的权利,它不是一种法律上的概念,而是一种政治概念。

外国的民主,固有传统,但也不是生来就有,某一阶段,其人生的严酷性,也并不怎么弱于中国,霍尔巴赫及《乌托邦》的作者莫尔,更早的伽利略,其遭遇至也极也。莫尔遭挖肾剖腹,霍尔巴赫遭波旁王朝迫害,著述不能在法国出版。他同样以善感之心,生多故之世,心事难明,所遇多舛,故对世象体察细微,对人生体验深刻,思想颖锐,善于消化,悲世悯生,痛绝怆楚。与其终极关怀思想之构成,正是一物之两面。

他的著作,论声名则《袖珍神学》为大,实则以分量而言,《自然政治论》优胜之,无出其右者。《政治正义论》等名著,意味也无此深沉。葛德文的《政治正义论》对政治制度多所论述,但在造成制度核心渠道的路径设计方面,就远不如霍尔巴赫清醒深邃了。他更多的是停留在道德与幸福的描述之上,而路由则为其所忽略;其实,路径的设计缺失,则美好的结果是无法达到的。而他反对权力,反对财产,主张分成许多小社会,人们在其中各取所需,和平共处……好是好,可是悬鹄过高,等于举手摘月,结果可想而知。

像霍尔巴赫这样推崇自由的价值的,中国历代文化人,其心迹追求,也斑斑可见。即此而言,尤合钱锺书先生所说"中海西海,心理攸同;南学北学,道术未裂"。

清末国粹派多是遂于国学的革命党人,致意古代的良意美法,并不一味醉心欧化。他们对比中西文化,断言"西政出于中国"、"民主中西相合"。晚清学者孙诒让所著《周礼政要》多所阐发"西政暗合《周礼》"的观点。他把周代三询之法与近代议院制,周代三刺之制与陪审制度……与近代政治比照,认为都有相合之处,据此提出西政符合"圣人之道"。刘师培的《中国民约精义》则论述"民主中西相合"说,刘氏并辑录历代名人论断百余条,着眼点在反专制的自由精神。

或以为此种比配枘凿不合,因两种文化隔膜甚深。但我以为其间的争论并没有什么纠结难化的。中国现代史的病根之一是:无法限制与监督权力的扩张滥用。所以最重要的现代化应是政治现代化,即科技、工农业等现代化之外的第五化。其余,国家故皆可取善而用之。他们字面上好像攀古援旧,实际上这样的比配已经是一种体认。在政体一方面,完全可以西体中用,中西之间可以找到共同的语义平台。中国传统文化中的内涵和体系具有专制的成分,但也有为自由的抗争。后者就是现代化可取法的精神资源。所以中国人不适宜搞民主的论调可以休矣,任何文化体系都能够产生民主,民主是全世界的潮流。如此,认清专制渊源和结构,方不致将怨气发泄到祖先和同行身上。在此基础上,以上比照并不牵强。像国粹派寄希望于中国古代文明,从中国古老的文化传统中寻找救世的药方,那倒是可以的。黄玉顺先生的《伊战思考》说——

> 我们从"礼"亦即制度建构开始追寻。在儒家词汇中,一切规范、制度,概称为礼……例如现代民主,也是一种制度建构即"礼"。自从"五四"运动以来,儒家遭致诟病最多的就是在"礼"的层面。但那却是基于一种严重的误读:人们把特定时代的专制的礼等同于儒家的礼的观念,完全无视儒家在礼这个问题上的更根本的原则:损益。……礼是一种历史地变动的、"与时偕行"的东西。如果按照儒家"礼有损益"的原则,那么,假如民主制度是当今最适宜的即"义"的制度,民主就不妨是儒家在当今条件下的制度选择。在儒家词汇中,"义"的基本语义就是"宜",一切制度建构的原则,都应该是"义"……

金圣叹与同时期的顾炎武、黄宗羲不约而同地抨击封建君主专制的弊病,倡言隐约朦胧的民主理想。金圣叹在倡言言论自由的同时,也主张文人的创作自由,黄宗羲《明夷待访录》系统批判封建君主专制制度,断言"天下之大害者,君而已矣"。已是那种金刚怒目式的批判君主专制的言论。中山先生晚年,向传统借力的心迹甚为明显。戴季陶先生解说道:"在思想方面,先生是最热烈的主张中国文化复兴的人。先生认为中国古代的伦理哲学和政治哲学,是全世界文明史上最有价值的人类精神文明的结晶。要求全人类的真正解放,必须要以中国固有的仁爱精神为道德基础,把一切科学的文化都建设在这一种仁爱的道德基础上面,然后世界人类才能得真正的和平,而文明的进化,也才有真实的意义。"就是这样的用意。当孙先生发动革命推翻最后一个皇朝,他的理想立刻获得社会各阶层的认同。

从孟子的"志士不忘在沟壑,勇士不忘丧其元",直到顾炎武的"国家治乱之原,生民根本之计"……无在不是一种分权的原动力,分权者何也?它正是宪政的础柱,自由的前提。欧洲的立宪国,最初政府也是百般阻挠,至于势不能支、力不能拒而后乃成。决无笑意写在脸上,而泰然分权与人民的。所以,宪政多由激烈时代人民争取而成,非由和平时期有司酝酿而成。中国历史,对知识分子,机缘之吝啬、专制的膨胀,两者交互,机缘则微乎其微,专制则恶性膨胀,故从来没有宪政的既成事实。但我们却不能因此否定自由与民权的渊源。

国粹派主张复兴古学,范围较孔学为大,乃是复兴诸子之学,即重新整理发掘先秦诸子思想。其重心在以自由批判为手段,以个体的价值为本位,以思想启蒙为旨归。盖当春秋战国那样的思想自由的时代,百家争鸣的真精神也就思想自由和学术独立的投射,郡县建立以后,思想定于一尊,"独尊"不仅钳制了人们的思想,且异化或毒化了诸子的基本意义,使之丧失了独立的地位和价值,成为专制的寄生物、钳制思想的工具。专权者借此掩盖集权或极权的企图。但历代更有这样的知识分子,对事势之所必至,洞若观火。唯因专制强大,自由思想、自由精神不是没有,而是长期处于劣势,未能造成三权分立之格局。但作为一种精神资源,对民主的渴望从未遭到毁灭,它和霍尔巴赫等西方贤达对自由的吁求与考量,在本质上是相同的。它亦别是一种传统,唯有发扬开掘之,自由的道路才不致衰败失落,销沉歇绝。先人的言论和眼光,也象征着他们追寻自由的勇气和胸怀。

〔法〕霍尔巴赫:《自然政治论》,商务印书馆1994年版

古代妇人之高见

《全后魏文》卷五十五,著录张氏文一则。张氏,国子博士高谦之妻。其《戒诸子》全文只寥寥数句——自我为汝家妇,未见汝父一日不读书,汝等宜多修勤,勿替先业。清《刘大櫆集》卷六记同时代一位妇人——程孺人,回忆她的父母早年,其父为诸生,家甚贫,攻苦夜读,其母刺绣佐之,"漏四下,犹刀尺与书声相和答也"。到程孺人长大成家,其丈夫也因科举不第而发长喟,孺人笑曰:"妇人且知命,岂男子顾不然乎?"

两篇文章,距数百年,涉及三代人,其中以妇人为主角,其见解如有神会,三言两语,即勾勒出两位开明而理性的妇人典型。虽然读书可能是出于摆脱生存困厄的考虑,但是整体的民族文化也就是在这样点滴和积累中形成。其中所包含的对智识的尊重,尤为难能可贵。唯有智识的发扬方能消除愚昧与狂悖,排斥无知的盲动和专制。文化的创造,科学的进步,那是现代化国家关注的焦点,这和读书、读书人、知识分子密不可分。教条的桎梏,是一种愚民政策,除了钱,余者俱不认,这样的民族程度永远低等。中国古时候的妇人即深明了智力资源的重要,值得后人致敬。世界现代化的进程,证明排斥——无论以哪一种方式排斥——读书人的社会是没有希望的。

[清]严可均辑:《全上古三代秦汉三国六朝文》,中华书局2000年版

《结婚》和《离婚》

真巧,现代文学史上有两部名作,书名就是两个对立的极端。一部是老舍先生的长篇小说《离婚》,一部是师陀先生的《结婚》。都是两位作家的力作,可惜识者不多,实在就有拈出的必要。

英国作家约翰逊在《莎士比亚戏剧集·序言》中以为,在所有的舞台上,最普遍的动力是爱情,爱情促使一切善行和罪恶产生,并且加剧或推迟了每一个行动。允称至论。屠格涅夫的《春潮》写男主人公的心量,假如她此时说"你跳海吧",不等她把话说完,他就会纵身跳到海里面去。

这种爱情固然也不难体察,很多人曾经有过,应当承认,这是心理状态,近乎严重的暂时性精神病,或曰坠入魔道也可。当然它是纯粹的。可是由所谓爱情发展而来的婚姻呢,情况就全然不同了。有那么多的龃龉、不幸、扞格、恶浊、艰辛,格格不入,同床异梦,就很难使人不生几分怀疑。师陀的《结婚》写1941年前后敌伪占领时期的上海,主人公胡去恶终于不能洁身自好,渐渐坠入一个罪恶的世界。他先是淡忘了他的纯洁的女朋友林佩林,继而迷恋不善的城市女郎国秀,他对国秀的情感,是对虚荣、占有欲和娶富家女人以得到经济保障的狂热,但在国秀心里却瞧不起他这个穷教员,利用之后,弃之如敝屣。最后他杀死了情敌,自己也被警方射杀。

老舍先生的《离婚》呢,情节不如《结婚》紧张,但他写的是日常最为悲哀的生活,虽然这种悲哀已经为人所习见,进而习惯。其内容是铺叙社会污浊空气中的小人物,为婚姻和职业所困扰的事实。在社会的这两大界牌面前,生活理想与否,就要看婚姻这个枢纽转动是否润滑。不娶妻,生存的问题尚不严重,可是又不为社会容纳。所以,老舍先生要指明的是,婚姻为助长那个社会敷衍风气的强大势力。在婚姻的泥淖中,小说的主要人物老李始终只是对社会作敷衍,他无法不这样,固然有性格的怯懦、折中、庸常,但更多的是由婚姻集中体现出来的种种社会问题:"他是衙门里的科员,那个大门好似一张吐着凉气的大嘴,天天等着吞食那一群小官僚。"

《结婚》的旨意在于点明追求安逸和享乐的人生倾向,但人人都又不免是悲怆大闹剧中的一员!《离婚》则以婚姻不幸的事实来绘就一幅灰色的社会和人生的图案。那是一种既不能搏斗,又不能深入生活的尴尬人生,要离婚,又要活下去,所以连离婚都不彻底,人就在这样种种不堪的庸常中消耗着他们的生命,这是多么可惊的事实!老舍先生珍爱他的这部作品,当时一个学生问他喜欢自己的那部作品,老舍就说是《离婚》,又问为什么,答曰:"你尚年轻,难于理解。"(见文汇报1992年12月9日)而这部小说的法文名字是《打下一条缝隙的樊笼》,封面上有一只小鸟在张望,神情颇为惶惑。作家的苦心孤诣也全然在其中了。

一些浪漫的诗人喜欢把爱情婚姻描绘成卿卿我我的亲热状态,这固然是一种生活,但没有感到吃饭之难,否则不至于说到婚姻爱情就轰然的拍掌叫好起来。世上最孤独的人,是谁呢?恐怕不外是那些结了婚,却没有爱情的夫妇。《结婚》和《离婚》这两部书,揭示的不止这点,还有性格的悲剧,社会的污浊,人性的弱点;婚姻既不幸,爱情更无从谈起,因为它根本就没有源头!

师陀:《结婚》,人民文学出版社2002年版
老舍:《离婚》,人民文学出版社1985年

书法妙喻之别笺

《太平御览·艺部》引前人譬喻状拟名家书法体势,具象可感。准确传神之外,别有一番风韵一番自在。激赏之余,为之笺证,非注释其出处来历。以古今杂书与之冥契道妙者为之再进一解,故谓之别笺。

"王右军书如谢家子弟,纵复不端正者,爽爽有一种风气"——东晋谢家子弟,身着乌衣,世称乌衣郎。以乌衣的整肃大气来烘托俊逸闲雅的精神情态。辛弃疾词《沁园春》亦以谢家子弟形容山态,"似谢家子弟,衣冠磊落"。唐代《选举志》谓择人之法有四:"一曰身,体貌丰伟;一曰书,楷法遒美……"若此似可见字知人了。

"王子敬书如河洛间少年,虽皆荒悦,而举止蹉跎,殊不可耐"——唐代李廓诗《长安少年行》"追逐轻薄伴,闲游不着绯……青楼无昼夜,歌舞歇时稀",即为这类少年写照。此言其书风行笔优柔寡断,匮于弹力而精神不振。以李廓诗证之,则其疲沓处,可跃然纸上。

"华欣书如大家婢为夫人,虽处其位,而举止羞涩,终不似真"——大家婢欲为夫人而未为夫人者,如《红楼梦》中袭人,多造作之态,每惹人厌。言其书艺虽有名而未能进窥堂奥也。唐卢纶诗"舞态兼残醉,歌声似带羞。今朝纵见也,只未解人愁",以其不似真,而未能解愁,固矣。

"袁山松书如深山道士,见人便欲退缩"——此言其行笔多收敛而乏弹放。《徐霞客游记》卷一:"攀绝磴三里,趋白云庵,人空庵圮,一道人在草莽中,见客至,望望然而去。"道人清隐,与外界人事隔膜悬殊,故见陌生人事,避之唯恐不及,这和武陵人误入桃花源"村中闻有此人,咸来问讯……设酒,杀鸡作食"恰好相反。袁氏书法之乏力,于此喻大可想见。其与活泼飞动之书风,自成两种极端也。

"萧子云书如春初望山林,花无处不发"——此言其书风烂漫多姿,如山花映发,攒峦耸翠,涉目成赏。如杜少陵诗"黄四娘家花满蹊",如明人甘瑾"莺燕东风处处花",声色移人,仿佛于墨韵中见之,难免"迷花倚石忽已暝"(李白)。似幻实真似奇实确,艺术里面满是梦呵!

"崔子玉书如危峰阻日,孤松一披,有绝望之意"——如《水经注》所谓"两岸杰秀,壁立亏天","回峙相望,孤影若浮。"自然造化之中,无所不有,姜白石论书法以为首需人品要高,人品书品实一而二,二而一。但书品又与心情关涉颇深,世事如波上舟,且日居苦境,即云霞满纸,能不慨然绝望?

"皇象书如歌声绕梁,琴人舍挥"——此言其意到笔到,笔不到意亦到,意韵迂转盘旋,笔势之外,尚有袅袅不绝之想。如钱起"曲终人不见,江上数峰青"是也;如白居易"弦凝指咽声停处,别有深情一万重"是也。此喻系视听通感,转喻其难言之风神。

"孟光禄书如崩山绝崖,人见可畏"——唐岑文本《飞白云书》谓"拂素起龙鱼,凤举崩云绝",此喻是说他的书法有弹力,飞动惊炸,内力弥满。但也可能用力过度,矫枉过正,故"人见可畏"。

"薄绍之书,字势蹉跎,如舞女低腰,仙人啸树"——晏几道"舞低杨柳楼心月,歌尽桃花扇底风",韩渥咏舞女"袅娜腰肢淡薄妆"。这是说他的字势柔媚,刘熙载论书法之书气当以士气为最高,若妇气、村气、市气、匠气皆不可取。一因笔墨跟书家之性情相关联,故此君书法实有所不堪也。

"萧思话书忝墨连字,势倔强,如龙跳渊门,虎卧凤阙"——字势忝连而倔强,似与瀑流相类,《水经注》卷三十谓"一水发自山椒下,数丈素湍,直注颓波,委壑可数百丈",差可拟之。钱锺书先生《管锥编》引王僧虔评萧思话书"风流趣好",则其变幻疏密,当有可观。

[宋]李昉等:《太平御览》,上海古籍出版社1994年版

"感士不遇"的联想

岁云暮矣,杂书数卷,淡酒一瓯,块然独坐浮沤堂,忽然忆起《感士不遇赋》来。恍惚间忘掉作者,搜索枯肠,再三不得。查《辞海》、《辞源》、《文选》俱不得,而《全上古三代秦汉三国六朝文》也一时难见踪影。懊恼中,忽见姜书阁先生之《骈文史论》,略事翻阅,得来全不费工夫。此不遇赋乃"老熟人"陶渊明所作,乃检出陶集快读一过。大有孔夫子"有美玉于斯"之慨。

随后在宋人章樵注本《古文苑》中索得董仲舒《士不遇赋》,其忧伤彷徨,进退失据,洋溢字里行间,作者的志行清正与世事的伪诈冲突不下,"末俗以辩诈而期通兮,贞士耿介而自束"。那是一种孤单——众里身单的感觉;那是一种矛盾——梦醒了无路可走;那又是一种彷徨——自家开不出药方。

司马迁的《悲士不遇赋》,即是在董仲舒文章的影响下写成。同样,也是希望以一己之志行感天地,疗世风,然而不然,世道之恶浊总是一以贯之,没有清明的希望,自然也不会有"好的故事"。"穷达易惑","美恶难分",生命是一种错误,"人理显然,相倾夺兮",人世如此的残酷暴戾,作者并无更好的办法,唯有长喟,感叹生不逢时,结果是顾影自怜。

陶渊明之《感士不遇赋》仰承前两家之文心,更为明确点醒智识者与时代的矛盾。赋序中施以重笔"真风告逝,大伪斯兴",对上古的怀念乃是对现世的绝望。鲁迅读陶诗咏荆轲,即认为陶公并不一味放达散淡,他也冲动刚猛;而此感士不遇,则更见陶渊明的深情哀悯。悲郁伤绝中,仍寄望"大济苍生",更且"感哲士之无偶,泪淋浪以洒袂",这种志士仁人式的胸襟血脉,曲折明灭,直到辛亥时期的智识集团身上,又一次大放光芒。

帝制时代知识分子的遇与不遇,着着关涉自济与兼济天下的人生。禁锢越烈矛盾越深,"不遇"的感喟越重。这条路虽然万分崎岖坎坷,常常是斗折蛇行的羊肠小道,往往会转瞬间不见了踪影,但也不妨苦心略有所谓之时,偶尔,深水蛟龙也会盖过浅池王八。即令不然,尚可"逃禄而归耕"(陶),或"遁迹深山兮登山而采薇"(董)。最苦的是,专制发展到极权时代,社会之正常结构整体崩决,简直就没有遇与不遇的讨论和彷徨的余地。在昔贤所处环境,时代对之是梳子;而极权时代,则一变为篦子,此时,就算"遇"了,也是"梁效"、"石一歌"、"丁学雷",或者郭老自承的"诗多好的少",心灵扭曲如麻花,甚至根本没有心,只是一堆肉,跟知识分子本色的区别就是死人和活人的差距了。凤凰已散,苍蝇乱飞,那就该做《感士形若槁木心如死灰赋》了。

[宋]章樵:《古文苑》,上海古籍出版社1993年版

山水闲话

老早的时候，山水之爱可以说还没有独立出来。屈原的作品中，那些九嶷山、不周山、昆仑山、咸池、兰皋等，都是他的心理重心之外的东西。他的心曲，还深深地寄托在他的上峰，还得不到他充分的理解，和真正的信赖，所以，屈原的心理，还是完全忐忑不安，完全无暇他顾的。他还在时时埋怨，"荃不察余之中情兮"，就是鲁迅说的"寄意寒星荃不察"那个意思。上边不当回事儿啊，怎么办呢，唯有涕泗滂沱了。这跟小男小女们的恋爱一样，因为痴迷，对方之外，那是什么也看不见的，也不值得他或她去看见。加上世俗流俗对他的冲击，则当山水美境之前，心无旁骛，就是这么一回事。所以，古木苍藤，明月流萤，月桂夜莺，川湖波澜，芳草兰芷，这些大自然的绝佳的美，他虽然看见了，也充量表现在作品中了，但并不是作为鉴赏关怀的主体出现，而只是一种副产品，一种烘托物，一种漠视，一种他的社会活动遭遇波折困顿的时候，顺带拉扯上的临时通行证。不具有完整性和专一性。这样进退失据的心理状态中，也端的是"百草为之不芳"了。

魏晋以后，山水诗文滋润发达，近古以降，山水画为艺术正宗，自然界的风景才成为真正的所谓山水知己，先天般的重视。而不是一种临时的安慰。这时他在乎的是山水本身，而非主子或上峰的一个眼神，一个动作。林和靖的和大自然融为一体，永嘉四灵的与山水同寒，虽然也不排除心有旁骛的时候，但其底蕴，山水是其背后总的依托，是其心灵的全部的最后的皈依，是其艺术源流的最终凭据。大概宋代以后，山水画已完全独立，蔚为大观，乃因文人的主流，已将山水之癖好，发展成类乎宗教的东西，成为社会冲突矛盾的避难所。同时，山水诗的数量也远远超乎他类诗歌。

六朝的时候,有的名士住在远郊,茅草疯长,掩盖了住宅,他们反而十分乐意,有的客人来聚会,当场奏琴,可是他说,这声音比四周的蛙鸣差远了。对大自然的钟爱,实在是对庸俗社会关系的一种逆动。是一种出走的冲动和实践,这和屈原的心曲,已很不大相同了。

从社会性的,比较狭隘的人与人之间的从属关系独立出来,人的精神自由、思想的解放才有实现的可能和通衢。当山水成了人的另一半时,鉴赏不但变得专业而且相当的技术化,这时候,也反而可能弄出一些事来。山水的兴趣培养起来之后,也有好玩的现象,好像画分南北宗一样,山水的鉴赏也分出地域的特征来了。唐代名士就极为鄙薄南方山水,但那接近一种先验的意气用事了。这是一种调侃式的专业点评,而像徐霞客那样的和山水融化成一体,那就可以说是比较的罕见。

徐霞客的地理考察记录,发现了过去没人记载过的地理现象。历经风餐露宿的千难万险,而不稍衰,也因其背景是不可救药的山水之好。但他加入了严谨的科学精神,和通常审美的高逸之致也有了区分。这部古代地理学上宝贵文献,我辈醉入其文字之中,跟古人直截醉卧自然,是一样的感觉,是一样的心曲。他游览到云南的时候,来到大江深崖边,"有一二家频江而居,山为风雾所笼,水势正湍而急。延吐烟云,实为胜地。恨不留被毯于此,依崖而卧明月也。"多深的感慨和留恋啊。

[宋]洪兴祖:《楚辞补注》,中华书局 1988 年版

[明]徐霞客:《徐霞客游记》,上海古籍出版社 1980 版

古人的现代性

人类万代繁衍，科技发展迅猛，日常生活大异于前。几千年前的神话与传说中种种变成现实，切近可感。科技推动的魔力不可小觑。但在时刻不停滚动发展的同时，棘手的难题也陆续暴露出来，来日大难，"君将哀而生之乎？"发展的科技不能同步解决这些问题，已是新世纪，这些问题仍令最尖端的科技束手无策。

譬如，引力强大、可吞噬一切（包括光线）物质的黑洞；巨大的太阳耀斑，其瞬间亮度是平常阳光的二十倍；地球磁场反转，磁场一旦失常，太空则发生粒子暴；全球疾病流行，生态平衡的破坏，可能出现强速而令人类毫无防范能力的病菌，如此即令微生物也可能毁灭人类；全球变暖，海平面不断增高，诸多城市将成水底世界；生物技术失控，转基因植物可能带来新的病毒；环境中的毒性物质，现已有世界诸多大城市空中含有大量的柴油发动机排出的微粒，它不仅致癌，而且破坏胚胎组织，减弱生殖能力。

据《参考消息》（2000年10月20日）说，1908年一块宽约200英尺的宇宙碎片冲入大气层，并在俄罗斯西伯利亚的通古斯上空爆炸，其所释放能量，相当于广岛原子弹的一千倍。天文学家估计，每一百年至三百年，地球就会遭到一次类似体积的宇宙碎片的撞击，体积较大者，杀伤力更为巨大。

茫茫宇宙，奥秘无限。

太空，辽阔而黯淡。浩瀚磅礴的相形之下，地球实在也只是巨浪颠簸者在"走泥丸"。这样卑微的角色，有限的体能与智力，也许人类发现的所有物理、自然规律，都不如这一条黯然神伤，那就是：人的结局，不是一个统一体，而是作为分子和原子发散到宇宙中继续存在。

古人虽不如现代人"见多识广",但他们中的杰出者,却葆有根深蒂固的隐忧,对生命本质的认识。他们善于倾听大自然深处发出的悲鸣和天籁极致的消息。"细推物理须行乐,何用浮名绊此生。"(杜甫)注目寒江,细推物理,智慧在雾霭云翳的笼罩中破晓而出。

"天地者,万物之逆旅;光阴者,百代之过客。"天才的李白如是表达,基于这样的认识,他常有感慨,"有时忽惆怅,匡坐至夜分"(《赠何七判官》),按说他的心性,和他的诗的基调总不是悲苦凄切的一路,而感慨却深郁难掩,以致常常对景生愁,如谓"燕麦青青游子悲,河堤弱柳郁金枝"。那真是悲从中来,先天先验的,挥之不去。

就算"一蓑烟雨任平生"的苏东坡,"想得开"仍只是其表层形态,内里还是"忧患不已",那是一种融入自然界的大忧患,他初到海南时,看海天茫茫,凄然伤之,何时得出此岛?转念一想,"天地在溃水中,九州在大瀛海中,中国在沙海中,有生孰不在岛者?……念此可以一笑。"这一笑,何等无奈。

这个意思,旧时诗人尽多表达,"蜗牛角上争何事,石火光中寄此身"(白居易),"闻道长安似弈棋,百年世事不胜悲"(杜甫),"凡物有生皆有灭,此身非幻亦非真"(辛亥党人),"区区一生,愿力无用"(郭嵩焘),"百年身世浮沤里,大地山河旷劫中"(佚名)。这样忧患漠漠、寄怀悲郁的透析解悟,指向一种意识的深渊,即人在大自然中的终极荒谬。奇怪的是,现代科技的滚动发展,并不能解脱这种悲哀于万一,反而分蘖出诸多新的问题,在加重这种思索;古人固不能明确预见今日科技的成就,但在人类命运的终极关怀上,却与现代人心情冥合,其分量,其深刻性,较现代人更为饱满。阮籍、岳飞、曹寅……直到魏源,这些古人都曾夜深徘徊不寐,除却尘役之劳,那就是人类面临的最终意义,被他们敏感觉察,而无可奈何。说无常,说万法皆幻,或有人以为绝对,但在古人的提示之下,生命因迁流不住只是当前,不是过去,也非未来,这样的认识,总大抵可以达成了。

〔英〕霍金:《时间简史》,湖南科学技术出版社2002年版

往事如烟
——赏味《郑逸梅文稿》

《郑逸梅文稿》,1981年出版的一册小书,是一部文言撰述的赏艺小品集。八十多页的篇幅,伴随笔者二十多年,时常拜诵,颇有蕴涵不尽的空间。

郑逸梅先生的作品,大多深于历史感、兴亡感。自辛亥革命以来,历经板荡,世变沧桑,人事代谢,感触殊深。郑公载笔其中,所谓尺幅千里,郑公足以当之,此尤见于他对时空的措置处理。

这本小书,大多是为友人前人著作、包括艺术和文字作品所写的鉴赏题跋。涉及碑帖、书画册页、扇面、诗卷……记下他的鉴赏鉴定的结论。尺幅寸缣,无不古艳斑斓,文字空间是那么悠长富含余味,文字的张力则那么完善充足。有的只是三言两语,他轻轻一染,点到为止,而意绪的蒙络是那样的婉转不尽。其言外之意,足以托举思维思虑的空间,而于文采,更有饱满粲然之效,也充分加强了短章小品的意味持久释放之力。读之固有负手低回的想望。

他是运用古典词汇的巨擘,虑周藻密,辞藻的精心甄别采择,至诸多绝妙好词,一经运用,词汇生命力顿显复活。那些看似死去的辞藻在他笔下获得新生,生成语词的全新语义,他对词汇的驱遣安排保持天然的警觉、敏感和浑朴。其特征为量多、风雅、妥帖。享读之余,每多惊叹。

郑公自谦补白,人以补白大王视之;而在整个民国时期,实为一支独立的文学劲旅,训练有素,粮草充沛。于今之文化凋零时节,更不啻困难时期的一席五花粉子蒸肉。

补白大王记人物逸事,包括此书以外的大量文字,如《艺林散叶》、《南社丛谈》……多为第一手材料,此为其独特价值。而叙述结撰,决非材料叠加;字里行间富含价值判断、审美恒定,乃小文章组成的大著作。他人品的温醇清俊渗透到骨,贯穿始终,即在专制肆虐的年月,也尽可能保持了人格的独立,不惊不诧。

他的早期文章字斟句酌,中年以后至晚年,则如臂使指,运用裕如,表达与被表达,打成浑溶的一片,出以周匝、雅俊、自然的面目,果然是千锤百炼的考究。

郑逸梅:《郑逸梅文稿》,中州书画出版社1981年版

文风一瞥

中文的命运是个谜,几十年的迁流变幻,大过从前的百年、千年。汉语文章几千年来自有其内在的美学基调,也即仍有其风味气韵,然其流失,竟如明炉燎鸿毛,也甚速甚易,读传媒文章是一种苦差事,思之可叹。

譬如一些"专家"之提案文章:

> 地方各级政府和部门,西部地区政府和部门,在实施西部大开发战略上,要进一步解放思想,更新观念,逐步确立适应西部开发需要的新思想、新观念。要强调和确立"大开发大开放,小开放大发展"的观念。西部要实现大开发,就必须进一步解放思想,加大改革开放的力度……

他们在说什么啊!

又如:

> 我们要通过强化国有经济控制力在数量、质量、能量和功能"四位一体"的优势,既保持国有经济必要的数量,更要有分布的优化和质的提高,努力增强国有经济的控制力、影响力和带动力。

以及杂文家朱铁志所举"官话"典型样本:

> 我们不仅要种好西瓜,也要种好南瓜、冬瓜、哈密瓜以及一切

适宜本地种植的各种各样的瓜。不仅要种好各种瓜,还要种好与之相关的各种作物。不仅要种好各种作物,还要搞好农田水利基本建设和其他各项与之配套的建设项目。为此,一要有一个明确的指导思想;二要有一条清晰的工作思路;三要有一套行之有效的具体办法;四要搞好队伍建设;五要加强党的领导;六要注意宏观调控和微观指导;七要思想到位、组织到位、资金到位、措施到位、人力到位;八要点面结合善于总结经验教训……

通篇皆是这类无良语言"滚龙"——铁杆空洞之话语游戏。白话文倡行大半个世纪了,奇怪的是,越来越浅白的白话文反而越发的不易读懂了。每个字都是常用字,组合起来就能让人恍兮惚兮,空洞无物,不知所云。

同样是提案文章,退回几十年,是这样的:

吾人深知国家为国际之一分子,在近代交通发达,万里如户庭之时,其相互关系之密切,有如心腹、唇齿、手足之相联系,牵一发而动全身,语云"满堂饮酒,一人向隅而泣,则满堂为之不乐"。此言虽浅,可以喻国际之关系,今日本军阀,不惜倾其国民之生命膏血侵略中国,宰割华夏,毒焰正肆虐于中国之各城市,而国际友邦,未及燃眉,尚图幸免,岂知此毒焰如不能及时扑灭,一旦因风播扬,终不免有延烧及于全世界之一日……(见《国民参政会纪实》,重庆出版社)

那时候的文章,识大体,每一段文字都是才思焕发的语文瑰宝;即令公文,也大多如此,意旨明确,文辞练达,所指清晰,氤氲之中有灵气,洵堪感发人心。这样的文章,在当时最平易不过,无甚特殊,可是在今天,已是旨甘香美的席上之珍了。

孟广涵主编:《国民参政会纪实》,重庆出版社1985年版

智识支撑的平衡
——《伤寒论证辨》：良医的用心

1990年代中期，笔者在南阳医圣纪念馆购得《医圣祠碑记》（一九三四年南阳医学会刊印）特种小书。记录庞杂而有深趣。其中一篇说：

"见生而不见其不生，见死而不见其不死。是故日月昼夜，能以寒暑杀人，富贵贫贱，能以喜怒杀人。"这是大医的眼光。古人悬想上古时代的医生能够掌握阴阳之辔，调节四气之和，使民无夭折，物无瑕疵。遂三致意焉。

但在所谓封建社会兴起之后，医学也十分的发达了，秦越人之操针，雷公之炮制，等等，但是"医学兴而生死愈乱……以奇方为鬼物，以用药如用兵，医药不明，生死之大惑也"。这是从现象哲学上看，所显示的紊乱之状。

东汉张仲景承先启后，擅一代绝技，若神龟能易人肠胃。卓然大家，犹儒家有圣，其为医圣也宜也。他在长沙太守任上，发明内经之旨，著《伤寒论》等书，立众方公之天下，为开创之圣，医道之综。

他是医药学进化过程中开风气的巨子。后世神医，三国华佗，东晋葛洪，唐代孙思邈，元朝朱丹溪，明代万密斋、虞天民、李时珍……历代数百家，无不祖述张仲景，或以之为心法，或视为础石，循流溯源，发挥开掘。消除滞尘，拓展医学新局。

到了康熙朝的末年，又出现一本奇书，即是《伤寒论证辨》。名医郑在辛（素圃）嘘枯起瘠，声望赫然，积数十年经验编著此书。他的患者许西岑家有财力,以沉疴为郑医生所起,期间得亲炙,拜读手稿,乃发愿出资刊刻。

他的著述方法,乃是引用张仲景原文,博采两晋、唐、宋、元、明历代医界前贤的引申、发挥以及不同的意见,"分见错出之条,以备其未备,正行大字皆属原文,双行小注有间附裁断者,要皆会通诸家,不敢臆说。各证条下,分经辨治,括证务详,方汇卷后……使夫士大夫家藏一编可以临治辨证,较若列眉,而穷乡僻壤之中,有目不见仲景书者,亦可以按证检方。"

可见本书体例、方法、用意及学术规则。郑先生的努力,使各医家的智慧手眼,联络纵贯成一有机体,形成一种智识的支撑平衡,而呈活跃状态,一种搏动的济世的学问。不为良相,便为良医,他这样的知识分子,以在野之身,而贡献社会者甚多。

其中"伤寒大法"谓"冬令严寒,万类闭藏,君子固密则不伤于寒;故触冒之者,乃名伤寒之者。所伤不必尽属隆冬"。其间又有冬温的伤寒,"治法与伤寒各异。盖寒则气收,温则气泄,二气本相反也。其冬受寒邪,此时不病,至春分后而发,名曰温病。"即社会之病状也如此。

关于病症的精神,他是多侧面迂回观察论述,使百余种症状无遁形。

卷上辨识一种特殊的伤寒,辑录数十种治疗方法。其中之一则说是宜以辛凉轻清之剂,散其上盛之邪,"人参、升麻、白芷、黑参、马勃、僵蚕、蓝根而加川芎、羌活、防风、荆芥、姜汁、竹沥,名岑连消毒饮,药味虽异而功效不殊。其用大黄必须酒洗,如鸟在高巅,唯射以取之也。"又说,"治法不宜太峻刻,峻则邪不伏而反内攻……"

书中分细节击破与整体性考量的关系,处理得无微不至。

《伤寒论证辨》分为几大专题,百余小题,对伤寒这一大概念作全面包围,以期去锢除弊。于病因、病象、病态多所指陈。他所注意的是其所引起的条件、环境、"燃点",隐患之所在。作者所写夹注、尾注则多自前人所忽略处加以论说、判断。

《元城语录》记载：范文正公微时，尝慷慨语其友曰："吾读书学道，要为宰辅，得时行道，可以活天下之命。不然，时不我与，则当读黄帝书，深究医家奥旨，是亦可以活人也。"公既仕进显贵，入为执政大臣，出为大帅，其谋谟经画，所活多矣。于医则固未暇也。君子之重人命，其立志如此。

这是古人关于良相良医的极佳诠释。

古人尝谓"医者意也"，医论的神秘性、疗法的灵活性、医家的悟性，都可以一个"意"字来体现。近代学界巨子梁启超曾说："中国凡百学问都带有一种'可以意会不可以言传'的神秘性，最足为智识扩大之障碍。"其实，障碍实因不通，读书未能博览综合，自然难以纵横捭阖，无法左右逢源。但在饱读医书、敏于实践的高手那里，梁先生的话则不成其为问题。他们骑驿通邮，左右开弓，游刃有余，处处有豁然开朗的感觉和际遇。中医用药讲"细辛不过钱，过钱就玩完"，然而旧时代的中医，偏就有艺高人胆大的，敢于在剂量上超常发挥，使之变量使之过量，有病则病受之，无病则人受之。人生，总是千奇百怪，疾病不会等在原地，等药来攻；医手也必据此神明变化之。就像战术上的胜不穷追，败不骤退；又像书法上的险笔与拗救，孙过庭论草书云"违而不犯"，正所谓迹违而理不违也。这样用药的基础，乃是青钱万选的圣手在那里运筹帷幄，若今之战战兢兢规避风险之医者，那就只有束手授首了。

强制的、漏洞百出的环境机制，不特造成人的精神委顿，也必然造成技术枯缩，创造力江河日下。此所以古代智慧有超然、超越的地位，可为后人治学长远的参考，不独医学为然也。

医书除有使用的现实价值外，也有历史的参考价值，其间蕴藏着时世人心的流变转移。文献掌故，也颇能振发人心。

[清]郑在辛：《伤寒论证辨》，广陵古籍刊行社1994年版

读俞平伯《〈牡丹亭〉赞》

俞平伯先生的《〈牡丹亭〉赞》,在三十年代,曾集为一册出版,近年,又由上海古籍出版社收录在《论诗词曲杂著》论文集里,有了让更多人的鉴赏它的机会。

尤其在文艺批评界被新名词牵扯得晕头转向的时候,再读俞先生的著作,就更易在感叹中获得一种深刻的启发意义。本来嘛,文心之细,细如毫发;文字之难,难于累卵。况且,新陈代谢,亦同样适用于文艺批评。只是文艺批评有时亦如同市场消费心理,颇喜趋向时髦一途,于是出现了新名词的狂轰滥炸,云遮雾罩,不见边际,以其昏昏,使人昭昭,可乎?

俞先生,他是"五四"新文学的健将,既有宽泛的西洋文学的理论修养,又有深厚的国学底子,所以在《〈牡丹亭〉赞》里,他融技巧的批评、审美的批评、文学史的批评以及伦理的批评于一炉,出神入化,出经入史,文思驰骋,如夏云卷舒,如幽泉潺潺,丝毫没有捉襟见肘的窘态。既杂且博,深刻有加。若说汤显祖的《牡丹亭》是才子之作,那么《〈牡丹亭〉赞》便是才华横溢的才子加学者的文艺批评,或纵横演绎,或点到为止,皆能使读者心心相印,决不像现在的所谓才子评论家用冗繁而不关痛痒的话来赏析。他的最大优点是奇崛饱满的文采之美,不妨引录两段如次:

《牡丹亭》出,竟以荒远梦幻之事,俚俗俳优之语,一举而遂掩千古,不特著昔人履齿所未尝到,即后人亦难摹仿效颦也。

其化实为真,颇类哲学家所谓概念。及其致也,幻象吐芒,言词效技。如火如荼,明且绚也;如金如玉,重而密也;沧海生波,其浩瀚也;奇花始胎,真隐秀也。

何等超逸的文学批评文字!文采之美不是堆砌辞藻,而是能从新角度看旧事物,且能获得新见解。同时这还是很好的散文——用古就真不愧于古,设喻则幻奇姿异态,没有高才实学是难以办到的。这篇文学批评长文见解既深且透,文笔却还是他散文那一路,文气的洋溢里体现出自己的个性、风情、气量,知识、趣味相交融,更兼雅致的风神,奇峭而绝妙。这种文章效果,是俞先生努力设造的一种艺术境界。

现在有些文学史或文艺批评文章,读来好像低等社论,干瘪苍白,谈文学本身无文学味,已成面积广大的痼疾!而平伯先生的这篇论文,是鉴赏的批评,既有情彩的闪光,又深入赏味一切的生活,大自然和对象之间,始终地看出作品真实的生命共感来。他将自己本身融入作品境界之中,得到与所写的生活类似的情感体验,因而登临纵目,指点出《牡丹亭》作为晚近之作的曲,而能与诗、古文、词相抗颜接席的真实生命所在。其论《牡丹亭》真幻交错的高超文学技法和以幻示真的哲学背景,尤为精到,并于生与死、永恒与瞬间、精神与物质诸哲学范畴在文学中,在《牡丹亭》中的表现融汇,通过奇幻的批评文学宣示其人生奥妙。

读俞先生的《〈牡丹亭〉赞》,我们获得交织理智之美和感性之美的诱导,并在简约的、出自天机的哲思演绎中,沉浸于深蔚含蓄而又悠远的艺术想象天地。总之,论文扩展丰富了原作的结构和内容,数十年之后的今天读来,仍觉清新气息扑面,并且审美感受总是处于高度集中的愉悦状态。

俞平伯:《俞平伯散文杂论编》,上海古籍出版社 1990 年

突兀歧出的史论

近时看南明史料甚多,后世历史学家评述此段史实的著作,以顾诚先生的《南明史》最厚重。但这厚重似乎只能指其篇幅而言。盖其辨析结果,颇有突兀歧出的走火之论,极关键处俱不中的,令其学术价值大打折扣。

顾诚先生说:

> 至于南明政权的腐朽、内讧本书同样作了如实的揭露。读者不难发现,书中不仅鞭笞了朱由崧、朱常涝、朱由榔等南明统治者的昏庸懦弱,对一些直到现在仍备受人们景仰的人物如史可法、何腾蛟、瞿式耜、郑成功都颇有微词。有的读者可能会问:你对南明许多杰出人物是不是指责得过分了一点?我的回答很简单,如果这些著名人物都像历来的史籍描写的那么完美,南明根本不会灭亡,这些人也将作为明朝的中兴将相名垂青史(《南明史·序论》)。

这样的论断,真可说是醉汉打枪,随意之至,以为中的,而偏离靶心不少。

世上本没有在任何时、地都能手定乾坤处置任何危难的人。坏的制度,将好人变成坏人。国家强于社会,体制的力量淹没个人,如海浮槎。好人难有大作为。史可法、瞿式耜、郑成功他们的杰出品行,或曰完美度,并不能在任何时候、任何环境满足人群的预期,并独力旋转乾坤。他们即使达到作者想象中的完美标准,南明同样会灭亡。

他们尽了最后的心力。不能把坏制度的弱点加在他们身上。反而他们的处境,数百年后仍令人一掬伤心之泪。晚明业已陷入专制朽坏周期率的死穴,他们所受的掣肘太多太多。干呢,干不起来;笑呢,决无此理;哭呢,不像话!

正因其优异"完美",其所受压制越烈,所受邪恶势力的聚焦打击也越沉重。较之入侵者和腐朽当道,他们恰恰是老百姓微弱可怜的希望。

如果说,制度对邪恶的压制消弭可起到能动的作用,则"南明根本不会灭亡"倒还似乎可以成立;然而事实恰恰相反。

专制实体的朽坏,无论内外因,总不能维持其命运于永久。当时外族来侵略,令明帝国解体。后则混杂通婚融合之。但他们当时汹汹而来之际,无论明朝怎样腐朽,他们前来,却并不是推翻专制、打击腐朽,不过是乘其危而遂其欲。城破之日,迁怒于老百姓,放肆杀戮,可百姓并未得罪他。今有人以当下眼光视往事,他们今天完全不能想象先人是怎样从那场浩劫中活过来,煞有介事以为抵抗错误。难到应该引颈受戮吗?须知,他们是杀戮来的,是劫掠来的,是镇压来的,是蹂躏来的,是持刀挥鞭来的……不是送压缩饼干也不是送美国罐头更不是送自由的生活方式而来的……他们所依赖为统治合法性的背景,乃是皮鞭大棒和刀枪炮。

左光斗在京担任主考的时候,在郊区的庙宇里遇到复习应考的史可法。风雪严寒,一生伏案卧,文方成草。左公即解下貂皮袍子盖在他身上。后来考试时又将他批为第一。他已看出文卷中的担当,等到左公被魏忠贤构陷下狱,备受酷刑,面额焦烂不可辨,左膝以下筋骨脱尽,史可法去探望他,呜咽不止。而左公以糜烂之国事晓谕,力促其离开。史可法后来流涕告人:"吾师肺肝,皆铁石所铸造也!"这是方苞的名文《左忠毅公逸事》所载。可窥史可法的精神资源之所由来,他的良知以及作为民意代表的分量。

史、瞿、郑这几位梁柱,国难当头,他们知其不可为而为之,也并非尽为一家一姓之天下,实在也是对深重民瘼、人间疾苦,念兹在兹,而作悲壮的一搏。制度决定人的命运,而非完美度。完美度,也不能替坏制度背黑锅。

顾先生乃做学问的典范,他著《南明史》,看了一千余种相关资料,有的相当偏僻。端的是皓首穷经,令犄角旮旯资料无遗类,即资深同行专家也极为赞佩。这本来是他所独有别人略无的巨大优长。但其问题在于,一者综合辨别能力稍逊,不能以调和鼎鼐之力手定乾坤;一者运用资料阐明观点时严重走偏,令其价值失色不少。所以他的强势未能转化为优势,徒呼奈何。

顾诚:《南明史》,中国青年出版社2003年版

牧惠和阅微草堂

草堂随想,乃是大杂文家牧惠先生近几年就阅微草堂笔记所作的大文化批判、评点。陆续在各地报刊上问世。奇崛的笔触和批判的角度,吸引着众多读书人的眼球,一文读之方毕,又期待下一篇的到来。这些系列文章,不特延伸了原作的艺术空间,更增添了思想的维度。用现代人的观念,用现代的政治文明的观念,来扬弃,批判,焊接而融会之。每篇都精练峭拔,在有限的字数里开创无限的空间。创造的压力极大,他却一以贯之,而且聚风骚成巨帙,其过人之处显而易见。

流沙河再生式地翻译庄子,牧惠批判演绎阅微草堂笔记,都是当代创造性的奇书,"变化"既新奇,又含智慧,贯穿着思维的新异性、独特性,也反映了作者对事物的认识的视角与视野的与众不同。也正是如此,"变化"也是多方面的,多层次的。论述的各系列组合成有机整体。

"事随势迁而法必变"。被重新创造性地讲述的故事有掌故,有现时的眼下的关乎人人痛痒的新闻,可以博君莞尔之后大为警醒。牧惠却是意在四两拨千斤。多半由野史或身边引喻。月旦人物,臧否时事,从原作的种种关键之处化出。让人即之也温。一两个故事先行,打下了理论前提,再顺势直捣黄龙。这种迂回,从《世说新语》到明清笔记都可一见。也有点像西洋寓言史上的伊索与费卓士。牧惠博览群书,报刊无所不窥,一肚子都是新旧故事,腾蛟起凤,取以博喻,用以化窘。丽日当空,于是云淡风轻。应接不暇的精彩之处,是和原作身贴身,拳靠拳的近体搏击,庖丁解牛,鲁班榫卯,出神入化,煞是好看。分分钟都在展现创造的生命力。

一个充满假相的世界,个人只能在谎言中求生。谎言世界的操纵者最怕的是有人喊出皇帝光着身子,打破游戏规则,揭露游戏本质,使谎言世界貌似坚固的整个外壳无可补救地四分五裂。这是一部认识邪恶的教科书,是崇尚自由者反抗专制的宣言。在牧惠笔下,阅微草堂记录了多少人生的恶作剧,以"惩罚先于过错"的统治,把每个人都变成影子之后,才让他们活下去。每个人都要服从一个无视个人的制度。"麻旦旦保留有医院的处女证明",历史要求女人作出牺牲,"为什么还把它当成美来歌颂?"任何一个人有记忆、有成年人的感觉,就难免一死。因为批判的深度,读来叫人扼腕。

专制的生成和繁衍,人性恶的发酵及癌变,起点是什么呢?怎样占了上风,而专制的肆虐,是硬生生地渗透到了社会基本家庭成员之间。古代的故事人事,处处照出今天的不堪;今人今事,也同样是一面面清晰的镜子,照出人性的渊源及其演变。当然,时事政经的乱象,古人若有得知,也必瞠乎其后了。人之异于禽兽者几稀。经牧惠的勘察,我们得知,道德教化的虚伪、政治苛酷、信息黑箱、非人性的道德拔高、执法面目抢劫的合法化、清官、瞒和骗、精神鸦片、一个人说了算、法治的遥远和权力的傲慢、级别拜物教、社会制度造成的婚姻悲剧、理学家之伪善、劣币驱逐良币……这些问题链,古与今有本质的神似之处,也有形同质不同,在他笔下统予以辩证的观照,批判了帝制社会中最要害的命题。

他既是在和纪晓岚交手,也是在和现实、历史交手。柳暗花明地打通了历史与现实的内在联系,而关注现实及"卷入现实"的企图,"推本得失之原",因历史的交叠而更见厚重。不少以当下为题材的创作,所缺少或显得稀薄的,恰恰是那种让人产生联想的"现实感",头痛医头,脚痛医脚的修补,往往只看到"头痛"而看不到产生"头痛"的原因。而牧惠对历史小说的演绎,反而极具深厚浓郁的"现实感",他笔下的思、情传达及"张力",像孙悟空的筋斗一样,是准确而快速的远传,读者不由自主地联想到自己的时代或人的生存处境。在这里,"历史"与"现实"的界限被打破了,作品的生命力也因思想家的深邃反思而持久。

牧惠先生读书极为驳杂,尤于野史杂史用力甚勤。乍一看上去,觉得他是那么的好"谈古",实则这谈古里面,就蕴藏很深的发人所未发的见地。他的知识经验,都化为劲挺饱满的别动队,穿插在社会经纬的方方面面。道理由是得通,矛盾由是得解,卓见由是得出,中医讲痛则不通,通则不痛,他那只宝刀不老的如飞健笔,打通了不知多少的意识障碍,这一次的阅微草堂,题材博洽,创意丰饶,以史论世,文章与史识俱臻上乘。不仅是古代和今天的比较,更有东西方文化传统的正负两极的细节勘察。从闲书谈开,但事事要问缘由,求水落石出的脾气不改,当趣味方来,正在放松之际,他那满含人类良知象征意义的感慨也已经接踵而至,重兵合围的风雪滋味一下子揪着人心。读来真个是眼界大开。

牧惠:《与纪晓岚谈古论今》,广东人民出版社 2003 年版

相貌·化妆·人生

报纸的娱乐版面，总是连篇累牍的报道大小明星大小美女的化装癖好。譬如华人的一大电影明星，即有狂恋眉毛的习性，要把睫毛刷得又长又翘，长到可以连到眉毛上，有一阵子她的睫毛掉了些许，其心情即阴风怒号，连月不开……

靠化妆来吸引男人的爱感，是从诗经时代至今而然的。

竭力的打扮化妆，既是一种自然属性，更是一种社会属性，若鲁滨逊漂至荒岛，恐怕顾不上修饰，且也无必要修饰。

美貌的生物性，可以说是人类繁衍的根本。美貌的生物性如何？美貌的生物基础如何？英国的科学家以为女人外貌也反映她们生育能力。就是说和人的种属繁殖有内在联系。他们拿一组女子照片给男人选择。结果，他们的挑选，或因骨骼佳妙，或皮肤诱人，或下巴可爱，这些女性的荷尔蒙都比外表平平的女子高，也就是说，她们生育能力强。男人挑选配偶时，可能只注意外貌，不会想到生育能力，但美丽外表背后就是有较强的生育能力。

既是一种社会属性，那即可谓一种战争，对同性和异性都无例外。对同性是排斥、拒绝和超越，起突出作用，对异性，是吸引，加固，勿使目标逸脱。

眉毛看似小事，然以异性相吸的法则来说，小事也关乎大事……

曼联前任主帅阿特金森在一次慈善晚宴上说，我难以理解，为什么中国会有人口问题？他们本来有最好的避孕方法——中国女人是世界上最丑的(见《三联生活周刊》2005年第6期)。此直接不加掩饰的话语，表明他特殊的审美趋向。但他不知道，对生物性的审美嗜好来说，美丑观念,却是取径万殊的。

爱情的生物基因。令男女吸引的不仅仅是心灵的碰撞,或者爱神施行魔法,而是基因在其中捣鬼。仍然是种属传承的生物要求。男女相见后,接下来的爱情游戏都是在寻找最有利于基因结合、延续以及改善基因的人选的过程。他们且在寻找与自己有着相似之处的人。智利科学家对200个人进行的试验中依次展示给他们看后,最吸引这些人的面孔是与自己的父母或其他亲人有着相似之处的人。参与试验的利物浦大学的安东尼·利特尔指出"大脑被熟悉的面孔所吸引"。"基因遗传会在人的身体上留下某些印记。所以在寻找理想的另一半的时候,人们都是在寻找那个与自己有亲近感的人,或者对方身上有自己的影子。因此,一个形象良好的人寻找的是那个能够保持这种形像的另一半,便从生物遗传角度将这一形象延续下去,并加以改善"(《参考消息》2006年2月14日)。

至于娃娃脸,美国研究人员说,一张娃娃脸也许可以赢得人心,但赢不到选票(《参考消息》2005年7月20日)。什么是娃娃脸呢?专家说,娃娃脸在不同的文化地域中相似:圆脸庞,大眼睛,小鼻子,高额头和小下巴。他们也做了实验,学生们单凭扫一眼美国国会候选人的照片来判定谁看起来更能干,接近70%的时候,他们挑出了获胜者。但都不是娃娃脸。

这一不平常的结果,很可能表明"娃娃脸"的弱势,又是人类先天的势利在暗中支配了,但仍然与生物性背景密切相连。

娃娃脸不属于美貌范畴,所以,不特在社会生活如选举中吃亏,就是在种属传承的过程中,也相当的滞后。

人们在对方身上找到与亲人相似或自己熟悉的某种气味、面孔或表情时,身体内就会产生大量激素,使之兴奋,促使其进一步行动。于是相貌往往和一个人的行为方式相联系吻合,进而定型。他人观之则视为其行为方式,予以认定,由此影响观感和判断。于是相貌类型生焉。

俞平伯1982年日记,说是得他家亲戚书信,为新儒林外史之打油

诗,形容几个现代文人学者的面貌。诗云:

元任雍容尔雅,志摩俊俏风流。
寅恪古貌古心,志希怪模怪样。

熟悉他们的人,相信在这样的描述中,可以引起亲切久远的怀想。

所以,当尤先科中毒而导致面容恶变后,引发政治经济大动荡。他说:4800万乌克兰人民和我自己都不能适应现在这个面容(乌克兰总统尤先科在达沃斯世界经济论坛上宣布,他将求助于美容术恢复自己的容貌,见《三联生活周刊》2005年第6期)。民众的诉求,其实敏感到外貌的细节上面,因这一切,和人生的大事有千丝万缕的联系。

唐人姚汝能写的《安禄山事迹》记唐代宠臣安禄山,"晚年益肥,腹垂过膝,自称得三百五十斤。每朝见,玄宗戏之曰:朕适见卿腹几垂至地。禄山每行,以肩膊左右抬挽其身,方能移步。玄宗每令作胡旋舞,其疾如风……"

禄山是如此一副尊容,恩宠却有逾太子,但他后来却做了唐朝拆台的大主角,出乎意料。他以战功起家,但他的相貌体貌如此不堪,唐玄宗难道有特殊的审丑的嗜好和心理么?相貌的好感与恶感,说来真是又玄妙又微妙。

化装并不是一定涂脂抹粉,内心机窍的运作才是可怕的化装。《开元天宝遗事》卷下,载李林甫"虽面有笑容,而肚中铸剑也",可怕吧?李林甫嫉贤妒能,陷害他人颇有一套,但他不特面带笑容,甚且甜言蜜语,令人防不胜防。初与之交稍一不慎,即为其所陷,很多人吃过他的亏。专制的构架之下,此种东西特别盛行,因有市场,所以其心术在逆向淘汰中精密异常。外在笑容的下面、背面、里面,藏着狠戾险恶,有经验的就能在其外貌背衬看出并无和气的杀机。

[唐]姚汝能:《安禄山事迹》,中华书局2006年版

仙鹤其形　野雉其实

萨孟武《中年时代》,回忆国民参政会那一节,说到参政员的与会情形,不少人有上乘表现。但也有可笑的。他以为最讨厌的就是那所谓的六君子。"罗隆基本来只想在考试院内做一科长,因为目的不达,就在上海创办《新月杂志》,以攻击国民党为事,终而成名。"他的文中还提到沈钧儒,穿长袍,执纸扇,讲话声音很小,又无内容,"其状有似冬烘先生"。

罗隆基这种人呢,也可怜,也可恶。

为什么呢,生于悲剧时代,更兼悲剧性格,不特影响社会,即对其个人,也是蹭蹬坎坷,处处都触霉头。

本来在民主国,想当行政官员,上至总统,下至州长市长……皆无不可,而在以愚民为事、民智蔽塞的专制国,为官乃攫利之具,正人君子有所不取。罗隆基等人处乱世,乃以做官、做大官为鹄的。求官于官方不遂,转而押宝于另一方。而彼方利用之后弃如敝屣,进而予以灭顶之打击。此固时代共有之悲剧,却也有个人心性难以逆转的缺陷。同是在这个参政会上,还有中西医之争,萨先生说,其实不必,各有各的优长。中医把人的气质分为金木水火土,有似西医把人的血型分为四种。这也可以借来说明性格影响人生的关系了。

西方行政官员,如欲得遂做官之愿望,需对选民负责,决定他命运的,是选票,而非长官意志或个人攀附。与此相反的机制里面,那就要押宝观风,看风使舵,也就是说他必须投机取巧,才能往上攀缘。一旦沦于投机的地步,他的意志和思想,都随之变换形状,如软泥一般,随便拿捏,除了个人的目的、金钱和名位,国计民生不可能在其考量之内。

这种情形之下，和他同类的庞大的投机人群，乃构成其命途的随时的威胁，矛盾激化就成大型运动，其间纠葛多多，矛盾重重，决战之际，或一蹶不振，或身败名裂，甚至肝脑涂地身首异处，任人宰割，如此悲惨的命运也就不是他们所能羁控的了。其致命弱点仍是缺乏真正的自由精神，独立人格，重依附，重投机，于是不免命运的捉弄。在乱世的权力文化烂泥坑里翻滚，这批沐浴过西风的仙鹤也未能免俗。

他的后半生到了《最后的贵族》里面，果然吃亏只为强出头，以部长之尊，直线下滑，沦于贱民。际遇之惨，令人唏嘘。然而就在对他的同情的同时，却也免不了嫌恶。乃因投机取巧的性格，业已置换为一种基因，融会在他的血液中，离可敬可爱越来越远。

罗隆基上世纪五十年代写有办报回忆录，在上世纪三十年代初期，还在天津办《益世报》，他突然就主张对日作战。其文《枪口对外，不可对内》哄传一时。他的观点就和当时的《独立评论》那一批知识分子不同。全不考虑策略和转圜的余地，盖当时军队和武器等硬件都极端落后，而地方割据的情形，使中枢难以利用全国资源，仓促应战，实自取灭亡。但罗氏这一类人全然不管不顾，口号震天响，目的乃是火中取栗。结果最不爱国的企图以最爱国的面目出现，所谓真风告逝，大伪斯兴，几乎渗透人身成了国民性了。

钱锺书先生的名作《猫》，写了几个文化界的时髦人物，其中袁友春乃林语堂，曹世昌即沈从文，陆伯麟影射周作人，而马用中就指的是罗隆基了。小说中他是一个政论家，他喜欢就时事暗示或预言，他名气大，口气也大。在私人沙龙里面，"你觉得他不是政论家，简直是政治家，不但能谈国内外的政情，并且讲来活像是举足轻重的个中人，仿佛天文台上的气象预测者说，刮风或下雨自己都做得主一样……"其不甘寂寞、热衷显摆的神态跃然而出。

老报人张林岚先生的回忆录《腊春前后》，说到抗战甫胜，在重庆的时候，美女名记浦熙修，她"身材颀长，端庄清雅，笑靥上有一对酒窝，很是妩媚而性格豪爽"，她对罗隆基情有独钟，认为罗的口才好，中英文都很行,下笔千言,她不讳言她的倾倒,"风度也是没得说的"……浦熙修的迷恋,实在可说是看走了眼。一者罗的政论空洞而不踏实,文笔也很枝蔓,精彩之处久觅不得;一者看他的照片,神情也是充溢无端的自大做作,总之人与文的趣味都欠高。当时重庆文界对其评价"才高于学,学高于品",委实入木三分,字字点中他的穴位。

萨孟武:《中年时代》,广西师范大学出版社 2005 年版

针砭明代特务政治

丁易著有长篇小说《过渡》、中篇小说《雏莺》、论著《明代特务政治》、《中国现代文学史略》、《中国文学与中国社会》等。就其短暂一生而言,也可谓著述甚丰了。

抗战期间,丁易辗转西南西北各大学教书。他的学术著作中,影响较大的是《明代特务政治》和《中国现代文学史略》。《明代特务政治》就其学术用心来说,还是杂文式的针砭时弊,历史资料比较直接的用来批判社会现实。

丁易这本书,写于1940年代。在他当时,其同人也视为痛苦的绝叫,盖以社会的沸腾混乱业已达于极点,知识分子幕燕釜鱼,前途茫茫,因而发愤著书,意在影射,良有以也。全书构架开阔浩大,涉及如次诸方面:特务总机关、特务对最高政治的干预、经济的控制掠夺、如何伤害民间及行政系统、争权和内部的撕咬……他将守备和镇守太监也纳入特务系统加以研究,论述其对边防军的败坏,以及其以军队为触角,对民间的残害,则在通常的东、西厂、锦衣卫之认识以外,另有清晰视角的建立。这些是他深入思考的发现。

当年他主要讲授中国现代文学史课程,就当时情形而言,确有开创之功。这本四十万言的专题大书,编织梳理史料的工夫强大得像重型部队,但他的深入还不是一种深化,即深而未化。较之两位比他小几岁的史学家黄仁宇、唐德刚,论一番分析综合的功夫他不及黄氏,而贯通、提领波澜起伏大开大阖的笔力又远逊唐德刚。缺乏唐氏那种抽丝剥茧地将史实铺陈的能力,自然就没有在此基础上据以点醒的精到判断。他的方法是史学的,但在行文中常有情绪化的词汇跳跃而出,如谓"特务总是像狗一样"云云,可见他对特务时代的痛恶。

他过细的细部放大而未能综合摄取,好像一支部队,辎重已经一线宏阔摆开,而兵员却尚稀松游离,故不大平衡,而显散漫。亦好比布防失措,当然会引出一连串问题来。

当然,他的著作写于板荡混乱的战争时期,环境掣肘非人力可抗。概言之,有搭架子的开创之功,仿佛建筑之平地基、起规模,有成型的屋宇可用。观黄仁宇史论涉及明史的部分,似乎过于相信自己的概括综合能力,而漏掉了某些特殊而重要的细节,令学术水准略打折扣。

至于其杂文集《丁易杂文》,则运用之妙,存乎一心,闪展腾挪,身手十分敏捷。看来他在短制和长构方面的力量运用的差别,是相当明显的。

丁先生的《明代特务政治》运用《明史》的部分最多。较之谢国桢等人的著作,他的史料的开阔面不及。相当多的个人别集、笔记未见道及,影响到可以征信的深度;所以在其到手的资料上就不免过分放大,仿佛像素不够,则图像也就不免虚幻之虞,缺乏举重若轻的膂力。

在那纠葛重重的乱世,丁先生意在求取人生的自由和尊严,所以一鼓作气搭建渲染成此,寄托他的微意。他的人生过早地谢幕了,他未能像他所期待的轻身上路,但他更没有料到他的挚友们,会在他辞世二十余年后堕入十八层地狱,在挣扎中经受人生灭顶的打击。他那时的知识分子蹭蹬坎坷但精神上还不至潦倒澌灭,他没有预见日后的悲剧,他打击专制,但不能想象极权,因为他毕竟还不是奥威尔。

1943年秋从兰州赴蜀前,他写了一首七律,其感叹读之使人心悸:

南北东西笑孔丘,枣花香里买归舟。
牌楼今已看三易,蜗角何期竟两秋!
狂态自知难偶俗,豪情犹复哂封侯。
书成廿卷千毫秃,纵使名山也白头。

诗中感叹沉甸甸的感觉久之不去。丁公以1953年谢世,年仅四十一岁。生活的折磨良堪浩叹。此也未始非福。倘若假以时日,至五七年六七年……风雪满头的滋味不知何以自处。他的至交陈白尘先生后来果然写有牛棚日记。智识者所受控制,与丁先生写书时不可同日而语,其全面性深透性也不是早逝的丁先生所能想象其万一。悬想当其友朋陆续返回九泉之下,告以实况,丁先生闻讯,不知会有何等的浩叹?可以推测的是像祥林嫂一样,她所受种种折磨令她呜咽悲鸣,到了阿毛不见之际,却只有痛绝无语唯剩木然了。

对社会而言,送走了伤风感冒,迎来四凶制造的肿瘤癌症,这是他和他那一代人始料未及的。衬以矛盾的连环套,来看他的著书心境,道一声可怜可哀又怎生了得。

丁易:《明代特务政治》,中外出版社1950年版;群众出版社1983年版;中华书局2006年版

单干系有激使然

21世纪头年年初,美国联邦调查局侦破该局特工罗伯特·汉森间谍案,此公几乎是无偿为克格勃卖命,将美国机密泄露给俄国。事发,被捕。他的同事均为之目瞪口呆。情报理论家舒尔斯基以为,在任何时代,都有诸多因素诱使人甘做间谍,如在30年代,则为意识形态上的信仰,世纪之交则是金钱的驱动;还有一部分人则是渴望向世人证明:他聪明过人(事见《参考消息》2001年2月23日)。汉森一案发,其同事以为,其事并无金钱的诱惑,而是汉森本人欲超过同事的出众心理在起作用。他曾对俄国人说,他"有一种被埋没的优越感",他也看不起跟他同事的那群特工,他着迷的是这场游戏的本身,而非其所带来的经济利益。

清代嘉庆十三年,开全唐文馆,编修卷帙浩繁的全唐文。当时有名文士,多受邀参加,而浙江乌程籍的名学者严可均先生,则被冷落一旁,他慨然叹曰:"不才遗在草茅,无能为役。"严氏心有不甘的同时,遂发愿单干。另编一部大书,即《全上古三代秦汉三国六朝文》,费时达27年之久。他说"唐文盛矣。唐以前要当有总集。斯事体大,是不才之责也。广搜三分书,与夫收藏家秘籍金石文字,起上古迄隋,鸿裁巨制,片语单词,莫不综录……"文字总量近六百万字,工程量不在上百人参与的《全唐文》之下,他死前写成清稿,死后地方实力派人士集合了28个学者,费时八年才将其校雠刊刻出来。钱锺书先生《管锥编》倚为底线的十部大书,其中之一即是这部《全上古三代秦汉三国六朝文》。

20世纪30年代末期,作家张恨水先生感于国军战场的连续失利,又加上他极瞧不起日本人,欲组建小股抗日部队单干,以期在全民战争中,贡献一分光热。他六次上书国民政府军政部,均未获准,后由其兄在安徽自行拉起百余人的小队伍,因掣肘过多,而未有大成。恨翁祖父为晚清名将,他自幼戎马环境中饱读兵书,熟稔军史,可知他即不为实战指挥官,也可作一高级参谋,惜乎如他牢骚感叹的,是"托迹未高",民国用人又疏漏太多,笔耕终生而已。在重庆期间,他每日撰写的时评、连载小说,涉及军事文字者,所在多有,实在亦可称文字百万军。

严先生,张先生,其发愤的心理背景,与汉森也有相似之处,也都有"被埋没的优越感",但他两人悲剧的总根子还在落后专制国政治管道梗阻不畅。只不过,他们将压力与本领转换成不朽的学术功业,而汉森所为,则与其国家精神相背离。

严可均辑:《全上古三代秦汉三国六朝文》,中华书局1958年版

各地人物性情说略

人是时间的动物,也是空间的动物。山川修阻声息交通不易,由是导致政治、文化的离心倾向,所以孟子谓"南蛮鴃舌之人",打心眼里,看轻未开化的南方人。中华文化,发祥于中原黄河流域,在近古以前无大变。南方文化、语言比不上中原的先进,在心态上,处于被动地位。清人刘大槐记游击将军某,表演刀马弓弩膂力之术,清圣祖校阅,大惊,"南人也有此弓马耶!"其本心深处是从体力上轻视南方人。而宋朝开国皇帝宋太祖,更规定不准起用南方人为宰相,"南人不得坐吾此堂",作为祖制颁令遵行。(事见《鲁迅全集》(四),第84页转引)

鲁迅引《洛阳伽蓝记》等书,说是古时北方人甚至不将南方人视作同类,元朝将人分四等,汉人是第三等,此仅指北人,南人却是第四等,居最末。北方人厚重,南方人机灵,通常的看法是如此;但即在南方人中,同做一事,其性质也大不同。旧时国人迷信成风,但鲁迅说,广东人迷信势力很大,却迷信得很认真,有魄力。浙江人也迷信,却不肯出死力去做事,即令迷信,也透着一种小家子相,毫无生气(参见《鲁迅全集》(五),第438页)。

钱锺书先生《管锥编》(第1034页)引中外哲人从气候、情智上观察南北方人之区别,说是北方寒而其人寿,南方暑而其人夭。"温肥者早终,凉瘦者迟竭。"孟德斯鸠谓冷地之人强有力,热地之人弱而惰。休谟谓北人嗜酒,南人好色,则在外国也有此种南北之区别。

《列子·汤问》谓"南国之人祝发而裸,北国之人褐巾而丧,中国之人冠冕而裳",也从地理因素解会其生活处境及性质。橘子生长在淮南则为橘子,移栽到淮北就变成了另一种东西,果实形貌味道都不大相同了。人其实和植物是一样，颇受地理环境的影响，品性自然有差异。

或有一事实可证明，古代的皇帝中，简直就没有南方人，从上古三代到"洪宪"的袁世凯。南方的振起发达，是在辛亥革命以后，突然加剧了它的影响力。这当然是一个郁积渐变的过程，魏晋南北朝以还，世族南迁；以后北方游牧民族南侵，造成无数次政治、文化重心的南移。

开化了的南人，亦颇倨傲。清代那个尺牍名家许葭村，他的《秋水轩尺牍》，即对北人甚为失望，他致友人信解释尚未生子的原因，"求珠有愿，种玉无田。嗣息之谋，尚在虚左"。没有润玉般的美妇人，为什么呢？他解释说"始则津门访丽，既而选美金台，买来凡骨，自此所闻所见，大都北地胭脂，终异南朝金粉，恐未必能逢如意之珠"。

在北方，天津河北一带，不易找到可供倚香偎翠的美玉一样的美妇人。北地妇人，无论品性、质地、相貌，都不能像他印象中的"南朝金粉"一般迷人，所以才无可奈何的一任婚姻大事耽误下去。这位许先生是绍兴人，鲁迅的老乡。而鲁迅在他的名文《南人与北人》中，对南人北人的缺陷、可鄙之处一律不加客气的予以痛斥。

《水经注·江水注》中，认为山清水秀之地，每每生长俊彦、人中之龙；而地险流急的地方，其人亦大多性格褊狭，不易相处。杜甫《最能行》中骂道："此乡之人器量狭，误竞南风疏北风。"

像许葭村那样反过来瞧不起北方，那也是一种事实，尤其在下层，近代北方农村民智愚陋，老百姓所得教育，仅是下层说书人以讹传讹的瞎白话，养成一种怪力乱神、成王败寇的卑下念头。加上地理环境的恶劣，旱涝频生，生命难以维持，而生冒险乐祸、暴戾恣睢之心，义和团的发生，令中国创巨痛深，也有这样的因素在内呢。

南北东西，地域、物产、气候等的不同，终于导致各地方人物气质、习俗、文化及行为方式的差异，古人多有饶有趣味的观察和描绘。

唐代魏征等撰写的《隋书》地理志中，道及各处的民性特征，观察集中，好玩得很。

荆楚一带的人，"劲悍决烈"，他们久处山谷，言语方音浓重，土布当衣服,如果将其唤作蛮子,则他们必然发怒。他们喜欢祭祀鬼神,又喜龙舟竞渡。

吴越地方的人,"水耕火耨,食鱼与稻,以渔猎为业,信鬼神,好淫。人性并躁动,风气果决,包藏祸害,视死如归,战而贵诈"。关于这一点,李秀成攻克苏州后,有相当的感慨,"得城之后,当即招民;苏民蛮恶,不服抚恤,每日每夜抢掳到我城边。我将欲出兵杀尽,我万不从,出示招抚,民俱不归,连乱十余日"(见《李秀成供状》)。其躁动的野性,如闻如见,可作魏征言论的印证。同样大致是这一带,也有时间的不同而有异趣的观察,阮元在《扬州画舫录》的序言中说"扬州……土沃风淳。士日以文,民日以富",这是因为时代、观察角度的不同,以及所谓大气候的迥异而造成的结论了。

旁边接壤的豫章、庐陵一带,老百姓辛勤务农,上层人士一夫多妻,有功名富裕者,"前妻虽有积年之勤,子女盈室,犹见放逐。"

再往下,就是岭南、两广一带了,这里"土地下湿,皆多瘴疠,人尤夭折"。包括南海诸小岛,多产奇珍异宝,人多从商致富。此地的人,虽亦尽力农事,但重贿轻死,唯富为雄。老百姓俗好相杀,好械斗,相攻鸣鼓,到者如云。

彭城(徐州)以北不远处的鲁南之地,人民劲悍,读书人讲气节、任侠,好社交。"莫不贱商贾,务稼穑,尊崇儒学。"紧连着的齐地,"人尤朴鲁,多务农桑,崇尚学业。始太公以尊贤尚智为教,矜于功名,依于经术,阔达多智,志度缓舒"。但在齐郡,"旧曰济南,其俗好教饰子女淫哇之音,能使骨腾肉飞,倾诡入目",也有庸俗虚伪的一面,譬如大宴宾客,佳肴满席,只能轻尝则止,否则叫做不敬,旁人都要讽刺讥诮。

整个华北一带硕大的地方,人民"人性多敦厚,务在农桑,好尚儒学,而伤于迟重"。这地方的老百姓则重侠使气,好结朋党,悲歌慷慨,出于仁义;另一面则浮巧成俗,雕刻精妙,士女衣着,以奢华绮丽相攀比。中原、河、洛地方,则"俗尚商贾,机巧长风,巧伪趋利,贱义贵财。邪僻傲荡"。如是可鄙,也形成相当分明的对比。

巴蜀之地，在大西南。地处偏北地方，靠汉中以南至成都以北，"质朴无文，不甚趋利"。但口腹之欲望甚为强大，即令蓬室柴门的穷人家，也想方设法要吃大肉，否则不痛快。他们喜道教，忌讳颇多。宋朝人写的《岁华纪丽谱》（见巴蜀丛书第一卷，1988年巴蜀书社）则说成都"地大物繁而俗好娱乐……蜀风奢侈"云云，总之，会吃会玩，自古已然，于今为烈。

成都西北的少数民族之地，"人尤劲悍，性多质直"。整个成都平原，外围山川重阻，"其人敏慧轻急，貌多蕞陋，颇慕文学，时有斐然。多溺于逸乐，少从宦之士"。这里工艺美术的精妙，超过其他地方，再往南的西康边野一带，头人富人依崇山峻岭固步自雄，"以财物雄役夷、獠。故轻为奸藏，权倾州县"。

整个大西北，地接边荒，人民多尚武之风。多畜牧、多盗寇。女淫而妇贞，不过因为"俗具五方，人民混淆，华、戎杂错"，所以"去农从商，争朝夕之利；游手好闲，竞锥刀之末"。

魏征他们写此书之时，虽系总结有史以来政治风俗的得失，同时也在为当时政治提供战斗、管理、施政的情报方略，所以观察精密，态度中立，分析定性尤见功夫。

[唐]魏征、令狐德棻:《隋书·地理志》，中华书局1973年版

闲坐想起陆放翁诗

一般以为陆游诗爽丽直捷,风格豪放。他一生作诗甚多,在整个旧诗人里面其数量要排在前几名,所以或以为在这多量创作的另一面乃是豪放有余而回味不足,或者一泻如注,减少了沉痛的分量。

以前所见仅限于陆游诗选本,至庚辰年仲夏,在溽热里,把陆放翁全集浏览一过,顿有别样的叹惋。原来所谓缺少韵味、一泻如注不免是一种误解,实则陆放翁原是抒写大沉痛、大悲悯的高手,这些诗非特量多,而且质高,四河九流弥漫浸灌,真所谓哀痛蚀骨,忧能伤人,其间不难发现他和盛中晚唐几个时期的诗人的差别,那是一种气质气味上的异向之美,他反而和清朝中晚期诗人有一种本质上的贴近,有清一代全面恢复古典各时期创作风气,从秦汉魏晋到盛中晚唐,各各投胎,转世标帜;更有影响面极广的宋诗派。但陆游和他们的缘分倒并非因为宋诗派的存在,而是血缘上的天然亲近,以哀痛为骨,悲悯为调,寄慨深深,如其"身世从来一蠹鱼"。(《道山》)"海内知心人渐少,眼前败意事常多"。(《菱歌》)"一日日穷穷不醒,一年年老老如期"。(《杂咏》)"暮年多感怆,孤梦久不成。残灯暗无焰,宿雨滴有声。"(《宵思》)"尘埃眯目诗情尽,疾病侵人酒兴疏。寄语莺花休入梦,世间万事有乘除。"(《潜兴》)至于他的《小院》:"世事熟看无一可,古人不作与谁评。"则与袁寒云诗:"十有九输天下事,百无一可眼中人"遥相对视,大有击碎唾壶,由生活层面具体而微的哀愁上升到整个人生的悲慨。这大抵也是整个清朝诗人的集体下意识,殊不知,远在宋代陆游就开了先河,这种悲慨成为他的诗的一种基调,差不多贯穿他整个有生之年的全部创作。

哀痛之所以分大小,乃以情绪哲学因素投入分配的轻重不同,如永嘉四灵之作,虽也不失为好诗,其哀痛到底细而小,紧而窄,扣人心弦的力量也相对较弱,而在陆游的笔墨情思里面寄慨深郁,干戈相寻,九宇鼎沸,即令红尘俗事,也显水深火热;人世无常,感触愈深。其哀痛本末俱大,又以其相当高明的艺术手腕加以放大定位,其感慨的哲学蕴味也因此根深积厚,这和《诗经》里面的一部分篇章,以及古诗十九首的那种终古不散的悲绪到底一脉相承。"文章在眼每森然,力弱才疏挽不前。前辈不生吾辈老,恐留遗恨又前年。"(《文章》)交叉对世事的失望,对未来的触望。"换尽朱颜两鬓皤,流年如此奈君何……更余一恨君知否,千载浯溪石未磨。"(《初归杂吟》)

2000年5月29日《参考消息》文章认为,宇宙最终会变成永恒冰冷的黑暗,当然,适于生命存活的状态还要维持一千亿年,这个长度也就长到人的想象力难以企及,但是说到底没有什么东西是可以永远存在的。这篇文章说,如果万有引力不足以阻止宇宙的持续膨胀,则它最终将变成一个黑暗而寒冷的世界,即衰变成一个漆黑一团的空间。有文明史以来的文学家和宿命论者认为没有人可以活着脱离生活的苦海——这当中实在包涵人类思维意识的精髓,根据宇宙的不确定因素涉及膨胀理论,它始于一个像气泡一样的虚无空间,"爱因斯坦也只能对那些担忧世界命运的人说:至于世界的终局问题,我的意见是等着瞧吧!"看看,就连爱氏这样的英才彦硕也不得不发一滴飞沫之微的感慨。诗人的虚幻感又岂是偶然,岂是揣测?最高明的文学,之所以永远不会过时,而且因时间的推移愈见其精微奥博,乃其大悲悯贯穿天地人种种极大极小的困扰,达而悲,悲而达,陆放翁诗即如此,牵想极广,挂念极深,如空阶夜雨,点滴到明,而其忧患隐隐然更与近现代科学发现相合拍,其中潜伏着永远的现在性和永远的未来性,高深圆融、博大悲悯,这是人类的局限,剀切地表达这种局限正是人类精英起迷入悟的高明之所在。

[宋]陆游:《陆游集》(四册),中华书局1976年版

如厕就读及其他

《南方周末》(2005年4月28日)《如厕就读》(冯克利)一文有云:"再往后,马齿见长,不好意思翻小人书了,于是把诗歌散文小品之类渐渐请进厕所。他(周作人)有篇写厕所读书的应景文章,记一日本诗人把寺庙的方便处刻画得风雅无比,拿来跟中国寺院周围的污秽斑斑作比较。姑不论这是否有汉奸言论的嫌疑,它至少抹杀了中国禅院文化的精髓:有人问禅师:'何为禅?'禅师便答'干屎橛'。不过最令我感动的,当是在钱锺书的《七缀集》里看到,中国也有个无比美丽而我闻所未闻的雅号——'繁花似锦的故土'(the flowery land),锺书先生直来直去地把它译为'华国',虽略显会通中西的功夫,却未免有些扫人的兴。"

以上说法问题多多。关于世界上的厕所的比较,知堂结合风景的幽佳,谈生活低俗处的美,这种风景的作用,乃在于转移矢垢的浓秽;至于中日两国的厕所,何者更为卫生,见者多多。好就是好,不好就是不好。邋遢污垢、忽视卫生的地方,总该敲打批评的,怎地就有汉奸的言论嫌疑呢,八竿子打不着的嘛。显然,作者以为禅院之精髓乃在干屎橛,不畏其脏。这是相当荒谬的。

禅宗里头确有"干屎橛"的比方,乃借象为喻,属于思维的隔山打牛,是一种神游万里的思维方式,决不是真的要拿一包屎来说明问题,也不是污秽才近于禅,即禅院精髓与坐实的干屎橛是不相干的。知堂的比较,决不抹杀中国禅院的精髓。相反,禅院的卫生境况是很讲究的,"清晨入古寺,禅房花木深","雾暗水连阶,月明花覆楣"(柳宗元《法华寺西亭》),日本禅院得益于唐代诗境者所在多有,参阅常建、柳宗元的诗可见一斑,非常注重风景的幽俏,林木的深蔚,清净、清爽、深郁,有助思绪的集中和放松。至于不讲卫生的污秽的禅院,离禅还很远吧!再说了,干屎橛是竹木制作的薄片,用于擦拭粪便。但在未用之前,它是很干净的。禅宗名师借它来参悟,以其为常见家什也,是为解析概念开方便之门。决非因为脏,才情有独钟的。

至于 the flowery land 这个词组,钱先生将其译为华国,正大见会通的工夫。桃之夭夭,灼灼其华,华,既有花的原意,也有光彩、光辉、英华、美观……的意思,华与国连缀,则自然包括繁花似锦的含义,其简练和字面的外延,则相当的深远。倘译为繁花似锦,美则美矣,却仅有单线的自然风景一方面的意义,故土虽有诗意,却又不如国字具有主权的概念。华对应 flowery,妙译也;国对应 land,也比故土踏实真确。妙手拈来,举重若轻。作者以为扫兴,显然缺乏意会国文妙处的能力。勺大漏盆,眼大漏神,妄下雌黄,这是很遗憾的。

周作人:《苦竹杂记》,岳麓书社 1987 年版

杰斐逊，他那穿越时空的文字

历史上那些最伟大的书，可以刺破所有盲动的喧嚣，冒出后世的云端。即使因水火的肆虐毁灭了部分物质载体，它依然留下镌刻般的影响而永在。

像美国开国元勋杰斐逊的著作，就是这样，趣味思想充溢，移步生莲，绝无冷场。句句实在，处处关乎人本的痛痒。他那穿越时空的卓越文字，抓住要害，有的放矢，一切都苦心孤诣。

美国后人所享受的民主遗产，在杰斐逊他们当年，也是靠了艰辛的争取才赢得的。他集科学家、最高行政首长、文人、学者于一身，一个实现了梦想的预言者。他最精彩的阐述，民主政治的精髓乃是自由的观念。他将言论自由列为建立美国最重要的根基，他当选美国第三任总统的那一年，他曾说：我在神坛上立过誓，对于任何压制人性的暴政，永远反对。

杰斐逊的民主精神揭开美国政治的新局面，也为人类历史进程的推进树立了航标。他的文章，文字优美，历史趣味浓厚，主旨鲜明，豁达而富有人性化，"民意是我国政府存在的基础，所以我们先于一切的目标是保持这一权利。"人是生而赋有一连串不容剥夺的权利，"生存，自由，以及追求幸福，都在其中"，在这些权利中，又包含自治。

他给友人的信中说，"要有良好而稳定的政府，其道并不在于将政府整个托付一人，而是将政府分属众人。"

他在法国当大使的经历，加深了他对专制主义的厌恶。法国的政体，在他看来还是一种"粗糙的作品"。因之，法国民众生活是支离破碎的，这样的情况，本可避免，其咎就在于一个不良的政体。他说，管制的结果怎么样呢？把世人一半变成傻子，一半变成伪君子。

从社会人的捐输款项的一件事，他引申出信仰、吸引力、公权，以及民政官为什么不能干涉思想领域……他的文章明畅而深邃，富有惊人的逻辑力量，亲切、妥帖，其思维又快如流星，衔接了种种浑然一体的补充说明。

关于总统任期的时间规限，他也推导了任期年数的利害，他决定像华盛顿将军那样树下美例，连任期满自动退休，"我将追随其后，再有数人以身作则，日后任何人想恋栈的，格于惯例，就难打破了。"多少年后，确有那个利比多饱满的克林顿，公开说总统任期可打破两届限制——就从他开始，他就像那个还想"再活五百年"的中国帝王，成了一个令人齿冷的笑话。

他不恋栈，还有想恋栈的；从自律来看，他二人，也称得上是圣人了。人性根底上都是一样的，如一旦为正人君子所据，不特树下范例，更立下规矩，政治修明上轨道，人民得其所哉，对现实生命不啻是最大的福音，后人写历史的，也当额手称庆，拊掌礼赞了。

他对时人的月旦品藻，关于华盛顿，"在我看来，尽可以让人民放手自行管理他们的政府，不必担心。他对我说过不下百十次，我们现有的政治制度必须有公平试验的机会，为了维护这个制度，他是不惜流其最后一滴血的"，"他的思考比较迟缓，但有独出的心裁和想象力，所以他的结论确然有把握……他绝对持正不阿，是我从未见过的"。

他评价政治家、法律家乔治·魏士，"从来没有比他更不自私的人了"。关于大著作家潘恩，他说，"他的思想胜过学问"。

至于拿破仑，他以为"坏得不能再坏了"，因为他"残害万千生灵，是蹂躏全世界权利自由的暴君。只知篡夺权力，毫无一善可称……滑铁卢的败仗，乃是法国的救星"。

他对于联邦党人的汉密尔顿见解错位，扞格枘凿，公开不和，但他持论周正，诚为君子之争，他说汉氏俨然一位巨灵，思考力很强，"见解敏锐，大公无私，极重信义，私生活毫不苟且，然而深为英国榜样所迷，陷入歧途,乃至完全相信贪污对于一国的政府竟是必不可少的"。

他的深邃斩截好似莎士比亚,他的明慧贯通好像契诃夫,而他的洒脱磊落则仿佛苏东坡。他关注人的权利的实现,在他有生之年,十月怀胎一朝分娩式地看到了结果。

关于良知、自由、规则、权利、义务等观念和范畴,他的思想是大彻大悟醍醐灌顶,他的界说和汉密尔顿也并不矛盾,他的概念中,包含了汉氏的思想,但更为深广圆融。他援引华盛顿的先例,拒绝第三次竞选总统。他一再提出辞职,期盼脱离实际政治,向往农庄的田园生活,敝屣名利,他是对个人进退绝不介怀的真名士真风流,也即美利坚精神最好的诠释。若非胸中正气充盈,何克臻此。

杰斐逊1775年5月起草《独立宣言》,他和富兰克林、华盛顿各有专长,他则主要以他的文字,贡献于这个国家的各项制度的建设,写下了关于民主、自由最重要的文献。他为自己设计了谦逊的墓志铭:"托马斯·杰斐逊,《独立宣言》的起草人,《弗吉尼亚宗教法案》的起草人,弗吉尼亚大学的创建人埋葬于此。"

这样的立国精神,造就了一个罕见的伟大国度。它的物质力量叠加式的跃进,为全球之雄,而且将专制的区域远远甩在后面。这一切所来有自,在背景上,就是伟岸无比的自由的观念。它带来一系列的良性循环。以至名作家狄更斯从英国出发游览美国时,对其国人的精神面貌要五体投地的赞不绝口了,甚至他认为民主国的女性都翩若惊鸿。

差不多在狄氏赞扬美国的前后,西方对中国的印象也更加真切了。孟德斯鸠的《论法的精神》里面,对中国人的不仁不义,虚伪狡诈,阴暗险恶……多所批判指斥,近年著文者引述很多。新近译介到中国的英国学者维克托·基尔南所著《人类的主人》(商务印书馆2006年版)对中西交往认识的历史有细致惊人的描述。西方对中国早先的印象犹如童话,美丽、神秘,令人向往;然而近代以降,"这迷蒙的东方世界逐渐沉淀为无聊的国度,成为浸泡在夜壶屎尿之中的国家"。他们和中国人打交道,渐渐得出结论,觉得完全不是什么美德的典范,反而"对中国人的贪婪与狡猾深感厌恶"。他们不知中国人究竟真的无知，抑或根本就是狡诈无灵魂，他们视中国人为低等的动物。和狄更斯相映成趣，他们恰恰讨厌专制国民的面孔，认为上面写满欺骗诡诈。

实际上呢，中国知识分子的良心，他们的智慧的努力构建，中国聪明而苦难的人民，他们的期望和留念，在专制的肆虐之下，一切都被掩盖被抵消，而归诸荒烟蔓草。专制却越发凶残狡诈，变着花样荼毒侮弄中国人民，人际关系防不胜防，价值观头脚倒立，社会生理根本紊乱，于是漏洞百出，专制逻辑长期奉行的思想戒严又阻塞了日常资讯流通渠道，即令所谓盛世，病理性社会繁荣之下，掩盖着随时可能爆发的情绪岩浆。

司马迁感叹深深，《伯夷列传》中说，天道这个东西，实际上是没有的，如果缺乏有力的制衡，那社会真不可救药了。德行高洁的人，有良心的有学问的，不是饿死就是气死或早死，反而那些杀人取乐、暴戾恣睢、害无辜、食人肉的大坏蛋，一个二个享用占尽了社会资源，风光无限，活得人五人六的。这是怎么回事情啊！

曾国藩则哀叹："无兵不足深忧，无饷不足痛哭。独举目斯世，求一攘利不先，赴义恐后，忠愤耿耿者，不可亟得；或仅得之，而又屈居卑下，往往抑郁不伸，以挫、以去、以死，而贪饕退缩者，果骧首而上腾，而富贵，而名誉，而老健不死，此其为浩叹者也"（《曾文正公全集》）。

到了储安平，一变为痛苦的绝叫，"今日一般青年学生，在日常生活中，是衣履不周，三餐不饱，身体疲乏，精神萎顿，而一想到来日，则尤中心彷徨，莫知所往。……为什么在今日这种社会上，那些一肚皮草的逐臭之徒，反可招摇过市，优游自如，而一切有智慧有人品的人物，反而在水准之下的生活中挣扎？……整个局面，混混沌沌，良心丧尽，道德荡然，纲纪废弛，人心麻痹，人人只知混水摸鱼，取巧为私，国运日敝，民生日蹙，凡此种种，对于那些追求理想追求光明的青年，请问何能使之甘心！"（《大局浮动，学潮如火》）

洛克说："专制是一种对谁都没有好处的制度，支配者因享有绝对的权利而使其品质恶化,被奴役者由于过度的被凌辱而暗藏杀机。"生活在如此不堪的专制环境中,难怪国人要发出如此惨烈无助的绝叫。

宋代学者刘元城从学于司马光。司马光任宰相,他为谏议大夫。论事刚直,不避权贵,对皇帝当面诤谏。旁人看见害怕,称之为"殿上虎"。他的《元城语录》卷上记载:

> 程氏之学自有佳处,至椎鲁不学之人,窜迹其中,状类有德者,其实土木偶也,而盗一时之名。东坡讥骂靳侮,略无假借……哲宗皇帝尝因春日经筵讲罢,移坐一小轩中,赐茶,自起折一枝柳。程颐为说书,遽起谏曰:"方春万物生荣,不可无故摧折。"哲宗色不平,因掷弃之。温公闻之不乐,谓门人曰:"使人主不欲亲近儒生者,正为此等人也。"叹息久之,然则非特东坡不与,虽温公亦不与也。

本来呢,大的框架和议事规则定下来后,操作的争论无伤大雅,论辩还有利择善而从。而在专制之下,名堂就多了,歧路就多了,折一根杨柳枝条,也可无限放大,上纲上线,衍为党争,至取人性命,毕生怀恨,扰攘不已。"口头交代"代替了游戏规则,这样恶浊的人心,社会自不平静。握有权柄者心理更不正常,"上管天,下管地,之间还要管空气",然而他们又是"恐龙身躯,麻雀脑袋",一枝杨柳,他无限发挥,唯独对人本身的生命痛苦,却视而不见。于是民生经济大受制约,精神空间幽闭,这样的人间世,还会有什么生机呢?

民初野史氏的《乌蒙秘闻》说是专制厉民之习,乃是一种妄自尊大,污吏擅作威福,对蛮族外人更是淫虐蹂躏,不逮牛马。而蛮人亦非木石,一有警觉则激而生变。《范成大年谱》引宋人笔记说当时朝廷征收战马,"然官吏为奸,博马银多杂以铜(与蛮人交易),盐百千为一春……所赢皆官吏共盗之,蛮觉知,不肯以良马来,所市率多老病驽下,致能(范成大)为约束,令太守……增足盐备……"

污吏对蛮族的方式,实际是晚清时节对西方态度的预演。无数这样的细枝末节汇聚成紊乱不堪的国事,毫无公信力的国度与国族,这是制度的失败。而制度的失败,正是制度运行的基础秩序出了问题。专制独裁的危害真像水银泻地一样,无所不至。

宋朝周去非的《岭外代答》,记述胡蔓草:"广西妖淫之地,多产恶草,人民亦禀恶德。"他注意到了民性和地理的关系,但这还是表象,根子实因文明不到,专制更烈,致民性浇漓,少理性而多攻击性欺骗性。这笔账要算到专制独裁的头上。压制人性的暴政,正是杰斐逊所要反对的。

至郑观应、孙中山那一两代人,致力于制度建设,为中国社会对接全新的精神资源,在整个中国历史上突起一峰,高明正大,彻底而妥帖,颇有渐趋于成之势。马君武推崇孙中山先生,说他是亚洲的杰斐逊和华盛顿。然而历史的诡异和盲动的剧烈,以及偶然因素的导入,又令中国儿女的精神岁月跌落在无边的黑暗中。加之社会组成分子的糊涂的认识,也造成无形无明的阻碍力量。

王国维先生1927年投水自尽,国人念之惜之而又疑之。此前的1924年,他有《筹建皇室博物馆奏折》:"窃自辛亥以后,人民涂炭,邦域分崩,救民之望非皇上莫属,非置圣躬于万全之地无以救天下……且皇上一出国门,则宗庙宫室,民国不待卢而自占……"(《王国维年谱长编》401页)以下还有千余字,都是替皇帝考虑的。最后说明系秘密之奏,希望领他的忠贞之情。

"五十之年,只欠一死,经此世变,义无再辱。"已经是名句,但这个账目算到谁的头上呢?爱皇帝爱到变态的地步,也仿佛"一块红布蒙住了我的眼睛"吧。没有皇帝就活不成了,一部分中国汉人知识分子的心理,不可理喻,至此已极。知识分子自应对社会有所批判,包括自杀的方式。民国肇建,确也问题多多。但也要看批评的立足点,用力的方向,观其心理,对民治民有民享的社会,是完全隔膜的。

不知他是否记起了清初大屠杀的血光之灾,章太炎倒是血脉贲张的痛斥,他们两个,好像南北的两极。而章太炎虽然也乱闹,但他的目标非常清楚,他的批判锋芒指向中国社会的现状,即满清专制的率兽食人的野蛮统治。"为天下之大害者,君而已矣",他承继了黄宗羲等先贤的看法,更予以谩骂痛斥。他不但指出新的溃疡,也掀开了去之不远的被满清征服的旧伤口。近代英国外交官,在中国也体察到汉人官员对他们必须臣服于粗鄙却专权的满人一事感到不耐。满清入关时,顾炎武不说亡社稷和亡国而说亡国和亡天下,着眼点不仅在政权的沦亡,更忧虑文化的澌灭坠毁,从此人沦为"禽兽",因而痛入骨髓。

国维似乎不知,正是长期的帝王专制,才造成社会长期压抑后的动荡、短视、浅薄、庸俗、低劣的思想趣味,奸猾无信的恶劣品质,正义感、责任感、做人良知与爱心泯灭到可怕的地步。

结果呢,国维搞成了"我思故我不在",他这一心疼皇帝的动作,也竟然使他"两次踏进同一条河流"。愁眉苦脸,把生活搞成连串痛苦的累积,实在也是自己给自己套上枷锁,成为恶制度的祭品。国维的死虽然在于时局的悲观和盲动肆虐的刺激,但他寻找的寄托却是帝王,而不是辛亥党人那些他的同龄人,因这一旁逸斜出,遂滑向不可收拾的死胡同。

杰斐逊,王国维,在他们身上,看到了不同质性的大知识分子的极端的差异,开放和保守,开明与迂阔,自由与奴役……杰斐逊头脑、见识、学问、气魄俱佳,而王国维则可说是学问大,见识短的典型。他的糊涂的言行,也有相当的影响,此种心理的播植,也是中国困境之所在。在野的、民间的自由精神的因子备受挤兑消减,民治思想的元素一落千丈。结果在疆域之内是挣扎匍匐,辗转就死,在外则备受歧视、轻视、蔑视,被人厌恶而横加敲打……失却了一次次绝佳的历史机缘,则中国离杰斐逊等创导的自由精神越发遥远,就物质而言,达数十百年的差距还在拉大,就精神素养、精神资源的建构而言,则数百年的悬殊都还不止。所以,即令是年轻而有头脑的读者来观杰斐逊言论,也不免有感慨万千、"老"泪纵横的时候!

〔美〕巴道维编,胡叔仁译:《杰斐逊民主言论录》,香港高原出版社1955年版

老兵永不死，只是悄然隐去……
——沉浸在《麦克阿瑟回忆录》

他是大知识分子，思想者，政治家，哲人，预言家，善良的打抱不平者，有史以来的名将，他是有趣、识得人间烟火深明大义的人，他最重生命价值，也为生命的虚无而暗自感伤，他将农人的质朴、名门的出身、天生的孝子、职员的敬业……集于一身。

他的一生令人肃然起敬，又令人扼腕浩叹。他的名字叫麦克阿瑟。读他的回忆录，借由他的慧眼观测历史的必然性，做时代的见证者。

他长于观察，战争的小细节他以精妙的比喻出之，巴丹保卫战时，日本"一支完整的双引擎轰炸机编队，在耀眼的蓝空中闪闪发光地来到了，在远处，它们看起来是向太阳投射去的银币"。

"巨大的波浪折磨着破烂的小船，飞溅的浪花拍击着我们的皮肤，像刺痛人的鸟枪弹丸一样……船只疯狂地颠簸，看起来像自由地挂在空间，又像要跳出水面，我记得后来描写这次经历，认为在混凝土搅拌机里作一次旅行一定是这个样子。"

阵地被日本空中轰炸后，"白色的兵营，一条混凝土直线，像一个玻璃匣子那样裂为碎片，屋顶上突出的马口铁的边缘，在一千磅炸弹的冲击下，像一个中国宝塔的飞檐那样翘了起来。金属碎片像五彩纸屑一样在空中回旋，令人毛骨悚然……铁轨和枕木卷成莫名其妙的图形……然后扫射起来，接着又轰炸起来……"这些都是不可多得的第一印象。

当菲律宾人民被置之不理时，麦克阿瑟坚定地和他们在一起。后勤和兵力是那样的薄弱。上千架飞机从装配线直接运往欧洲。麦帅恼怒了,"美国在为远亲欧洲人的命运苦恼不安,而一个菲律宾女儿却在后屋里遭日本强奸"。美国派出的大将为所在国争利益,真是不遗余力的,甚至不惜和本国政府搞翻。恨不能将心窝子掏出来。不惜谩骂祖国的高级官僚,仅仅是为了索要物资。不是爆炸性的事情震不醒国内的官僚。

他不平即"鸣",如箭在弦,招来"忧患",也顾不得了。他的脾气一向为后人诟病,那些苟且的洋笔杆子站着说话不嫌腰疼。不错,他是有脾气的,但更多的时候是谦和、仁慈、礼让;就算是脾气,也要看来由,伟岸的高瞻远瞩为小政客的鼠目寸光所断送,尚无脾气,那只是泥巴捏塑。即令他有虚荣心,那也是为创造自由而获得的成就感,为解放事业所乐意的付出,这样的荣誉人民愿意为之喝彩,愿意大量给予。试观其从日本解职回国的时分……老将军纵为身经百劫的严霜贞木,此时也不免热泪湿睫。

退却的时候,日本广播员东京玫瑰,广播宣布,假若捕获麦克阿瑟,将在东京帝国广场当众绞杀。五年后,他作为盟军主帅,在预言绞杀他的地点,接受日人敬礼。战争的年代,觉醒者当然也不在少数,但觉醒而能精辟阐述,大处着眼,并有能力旋转乾坤、钳制邪恶之盲动杀伤力者,则唯麦帅一人而已。

他对多场战事,有呕心啼血般的总结叙说,于大势则直指要害关节,直指自由的精义,生存的目的。文字体现的胸怀,则示人以至诚。他的满腔孤愤,哀痛莫名,让后世扼腕伤绝。

华盛顿的官僚并不了解东方,导致麦帅单枪匹马地为此奋斗了几十年。令历史上罕见的成果最终毁于一旦。他的远见卓识,也变成了时代残酷的玩笑。布莱克勋爵说"他就日本对太平洋地区的和平日益增长的威胁提出了警告。他在日本的进步的改革,无论从广度或深度上,都超过了华盛顿坐办公室的官员们为美国占领日本所描绘的蓝图。"

他对暴政有天生的憎恶与抵御。但美国国事为小人政客所乘,麦帅解职,投置闲散,锦策不用,世界大势就急转直下了。民众对自由世界的期盼,对奴役之路根本消除的事业,就毁于一旦了。他的事业为小人所折损,终告铩羽,都是正人不用,小人瞎指挥的策略一闪念而造成。焉得不谓叫历史太沉重! 历史无情,杜鲁门彼辈,已成名副其实的骨灰而已,真是青山无辜埋昏庸。而麦帅的意义却愈加凸显,像永恒的星宿,在时间里面结晶。给混乱而迷茫的夜空增添希望。

人是生而自由的,但却到处都在锁链之中。他一生追求自由,不料想为无良无量之官僚所泥陷。他们忽视麦帅——或许更多的是嫉妒的故意。官僚不懂得居安必先思危,鼠目寸光,走向反面,这些官僚造成的态势后来被人嘲为"纸老虎",真是咎由自取。

跟他的为人一样守本分。但是决不头巾气,关键始终是光明磊落,正直朴实,而又大气磅礴。他的经典形象:沧桑而又生动凝重的面庞,才华横溢的演说,墨镜,玉米芯烟斗,傲岸如雕像;麦帅确乎卓尔不群,敢怒、敢笑、敢骂,他有"一肚皮不合时宜",然其仁厚慈爱,绰有端士之风,实在又是人群中不可多得的浑金璞玉。

他生于1880年,和中国民国初期虎扑狼咬的众多颟顸军阀同辈,甚至同龄,但他和他们有本质区分,眼界、境界、视界都有天渊之别,相去不可以以道里计。麦帅头脑邃密,善将大势作精确把握,然后当临界点上,实施惊涛崩云的致命一击。他的一个固执观点常受"辩证"人物的批驳、质疑:他的终极目标——战争是为了胜利。其实他的胜利论是有后续的,是为了和平的实现、自由生活方式的建立。这之间葆有密切的逻辑关系;所以,对那种半途而废的、不明不白的、因政客的首鼠两端而导致的窝囊战争切齿痛恨。

菲律宾解放恢复宪政后,其国发行了他的肖像钱币,上有铭文"保护人—解放者",他被授予该国荣誉公民的身份,他自述那一天,他激动得热泪满面,这是他成年后的首次大哭。而他被解职后十余年,他在西点军校的最后演讲,以他独到的结构、浑成的嗓音,阐释国家、责任、自由的关系,他重视群体秩序,但肯定这个秩序出于个人的自由选择。

全场那些未来的将校们，纷纷泪如雨下，他的眼眶也油然湿润，但已无泪，当年军校最年轻的校长，这年已经八十二岁高龄了，就让年轻人哭一哭吧。他的结束语是：

"老兵永远不会死，他们只是悄然隐去。"

上海师院历史系翻译组译：《麦克阿瑟回忆录》，上海译文出版社1984年版

大哉《盐铁论》

（一）

《盐铁论》，实乃千古奇书，以规模及类别而言，古往今来著述之林，也极难找出同类项。

对垒双方，当朝的知识分子——桑弘羊之属和清流知识分子——文学、贤良之属。

其重大区别在于：前者主张集权，后者主张分权。

文学（文学并非后世的文学家之俦，文学乃儒者，所谓"善礼乐典章"，即文化、学术、政经之精英）、贤良"祖述仲尼"，在当朝，尊董仲舒为祭酒。抨击商鞅的"崇利而简义，高力而尚功"。他们反对"与小民争利"（《汉书·董仲舒传》）。

王利器整理《盐铁论》，写有近二万字的长文。竭力为桑弘羊辩护，多有昧于大义之处。鞭扑文学、贤良，指其为鹦鹉学舌，复古，阴谋诡计，血口咬人等，说董仲舒"发泄对新社会格格不入的阴暗心理"。帽子老大，吓人兮兮，新社会能新到哪里去？

王利器先生更以为，董仲舒等人对经济制度大改革不甘心，遂"诬蔑为变古有灾"。此说未当。

古与今只是一个相对的时间概念。古与今并不绝对能以落后、愚昧和先进文明来作分野。另外，迁流的时间必与常驻的空间（地域）相联，始有比较的意义。2000年的某些地区较1900年的某些地区更要野蛮、伪善、专制得多。

清流知识分子说:"昔文帝之时,无盐铁之利而民富,今有之而百姓困乏,未见利之所利也。而见其害也。"(《非缺篇》)又说:"建盐、铁策博利,富者买爵贩官,免刑除罪,公用弥多而为者徇私,上下兼求,百姓不堪,抚弊而从法,故憯急之臣进……偷合取容者众。"(《刺复篇》)

桑弘羊也有他的道理:"文帝之时,纵民得铸钱、冶铁、煮盐,吴王擅障海泽,邓通得专西山,山东奸猾咸聚吴园……吴、邓钱布天下,故铸钱之禁。禁御之法立而奸伪息……"(《错币篇》)

对同一种现象,双方各以不同观念契入,先入为主,自说自话。若力耕篇论及丰年凶年对付之法,俱引《诗经》同一句"百室盈止,妇子宁止",来得出相反结论。

大夫说:"圣人因天时,智者因地财,上上取诸人,中士劳其形……富国何必用本农,足民何必井田也?"

文学说:"民朴而资本,安愉而寡求,当此之时,道路罕行,市朝生草,故耕不强者无以充虚,织不强者无以掩形……自古及今,不施而得报,不劳而有功者,未之有也。"(俱见《力耕篇》)

大夫言论似有不执著于小农的"进步"倾向,但焉知不类今之"金融泡沫"?文学言论看似保守退缩,而人之能得保命,繁衍,一切尚需索诸田园土地,斯为根本。

(二)

《盐铁论》双方辩论达十万言,论及社会、政治、经济、文化……为文化史罕见文本。辩论中,各各强调本派认定之观念,不依不饶,略无倦色。但均有流于极端片面之处,辩至激烈时,俱舍本逐末,且无限放大这个"末",公修公德,婆修婆德,看起来很有道理,实则不然。如大夫说:"富在术数,不在劳身;利在势居,不在力耕也。"(《通有篇》)明显漠视农业,强调术、势,必流于巧取豪夺,就当时而言,一切生活物品俱取诸土地,舍此无异舍本。有时候,说话间,或莫测高深,或离题万里,或跌入对方观点,替别人说话的情形也是有的。

涉及当时"意识形态"根本关节,如《孝养篇》谈孝道问题,则双方发言不敢有根本分歧,只是就如何尽孝即物质手段的高下,投入量的厚薄上有所争议,文学、贤良以为诚敬在孝道中为首;衣食供养有多少是多少,为次要;大夫、御史则以为当言华车轻裘,那才叫有面子! 否则,爹妈肚皮里尽是青菜,那叫什么日子哟!(老亲之腹非菜园,唯菜是盛,虽欲以礼,非其贵也)但于孝道本身,双方之尊崇则一。有似今之某些独裁小国,行专制虐民之实,而其对外仍盛称民权人道,盖以斯为世界进步之普遍价值观。这一步辩论是典型的"曼辞以自饰"(《太史公报任安书》语),但结局也隐然在目,假如盐、铁专卖,豪门垄断,则尽孝道可亟改为斗富炫贵,而小民噍类无论如何匍匐也跟尽孝无关了,长此以往,经济基础与上层建筑必成一恶性互动之趋势。

因文本的复杂性,仿后人看法因循之而根本对立。双方各以子之矛攻子之盾,致有大钻牛角尖之处,不堪细究,又必须细究。后人将双方的争论附会为儒法之争,几十年来的史学界,多打压文学、贤良这一派。当然文学、贤良之说也有跟人性相违之点,贻人口实。

双方各有道理,各有依循,各有逻辑,辩驳中,多以比喻设辞,比喻起头,中间又埋伏不断之譬喻,寻求突破张扬,致整部辩驳,幻出奇彩,绚烂夺目,精光射人。

孙中山先生一方面以为"桑弘羊起而行均输、平准之法,尽笼天下之货,卖贵买贱,以均民用,而利国家,若弘羊者,可谓知钱之为用者也"。

以孙先生这样的炯眼达识,博大襟怀,于此事也竟看走了眼,倒也不奇怪,清末民初的政象崩离之势,迫使其思维往集权一方靠拢。但孙中山毕竟是孙中山,同一段话中,他还说:"夫国之贫富,不在钱之多少,而在货之多少。"(《建国方略之心理建设章》)客观上,又与文学、贤良之意见同一机杼。总之,他意在借题发挥,所评与本事故实已无大涉。

本来,桑弘羊的改革,是针对汉武帝征伐四夷,导致国用空虚而发。

派遣经济官吏到各地方,直属中央,"尽管天下盐、铁",贵卖贱买,差不多提前两千年培养几多"孔祥熙",所耗征战军费,尽取于此,战争毁灭性的奢侈耗费终必导致赤骨露体的恶果。后果尽由底层小民分担,这样的改革,无论出发点为何,皆必走样,集权困扰,竞争不公平,民用日穷,终必引致社会震荡、人心不安,所以,文学、贤良之议,"问以民所疾苦,教化之要",说一千道一万,总还归纳到关心民瘼的轨道之上。

先做一儒法斗争的死框,硬套在两千年前智识者头上,已是居心叵测。调其时儒者酸腐、落后、保守、顽固,更是厚诬古人。

(三)

以《盐铁论》关涉方面众多的缘故,半年来屡读屡叹,颇感困惑。寻绎后人于此事所发议论,有不得要领者,有令人啼笑皆非者,及读马乘风先生议论,乃大为服膺,其说有根有据,最为明智通达,直击要害。

民国经济学家马乘风先生1937年在商务印书馆推出其巨著《中国经济史》,下册第一编论及《盐铁论》内外,可知桑弘羊已开买官卖官之先路。贵威佞臣即有钱人,更以钱赎罪,骄横不法之暴行遂得一法律上的保障,"政府只知道要钱,所以有钱的人,便为政府所高看,但有钱的人并非傻子,彼等所以用金钱买官爵,无非藉此可以搜刮得更多的财富,买得官爵之后,必然要大肆榨取"。"武帝时财政困难,故举盐铁专卖,仅就此四字来说,无从评定其良恶,有此卖一举。私家制售被社禁,似可由此齐众庶了,但是,事实全然不是这么一回事……反而弊端丛生,政府只顾到收入的增加,蔑视了使用者的利益,官家全权在握,自由操纵价格,且以一般人们须臾离不开盐和铁,对于任何高价只有忍受。"这就是说,给"公人见钱,如蝎子见血"开了一条通行,小民百姓,还有什么活路吗?"猪肉不配姜,食之发大疯"(《本草纲目》卷五十),豪族与官府是猪肉,谁来做制衡约束他们的"姜"呢?无人,无法。专卖久行,必发"大疯",可知矣。

马先生更一一列举专卖之弊,如质量滥恶,农民不堪;官商不顾农民实际,细小农具不屑一制,种种恶果相应而来……显然,桑弘羊等的政策,与民众的勤劳美德信成天敌,为什么呢?打杀了积极性嘛。自由经济的分子,也由此而堵死,社会不通,噎塞之病遂生。同时道德纲常之失却公信力,也正由此辈的上下其手。

对于桑弘羊,马乘风先生说他是"事析秋毫的用尽一切心计,去剥蚀大众,把剥蚀的成果,一半供给统治阶级,一半装进自己的私囊中"。而王利器先生以为弘羊是"杰出的政治家,在针锋相对(对文学贤臣)地批评文帝之政的同时,还对症下药,提出政权统一的根本问题"云云,对照观之,高下明暗岂非一目了然?

(四)

盐铁问题引起的大辩论牵涉极大。西汉昭帝刘弗陵照准。会议主持人是丞相车千秋;最初发起人,又是杜延年,他鉴于国政流弊,向主政的大司马大将军霍光献策,征召全国各地六十多位知识分子(文学、贤良),发动此次会议。辩论双方,贤良、文学诸人姓名多失;另一方即御史大夫桑弘羊及丞相史、御史多人;担任总记录的,却又是著作家桓宽,记录这样的会议要求很高,所以后世讲文学的,把一半的文采算在他头上。字里行间,暗伏他的好恶孤愤,即文字含有倾向性。

久寻《顾亭林诗集》不得,庚辰年夏,忽接古典文学专家林东海先生赐亭林诗笺释一部。也巧,辗转摩挲中,信手一翻,即见《岁暮西还,时李生云沽方读盐铁论》,以他经世致用、讲求实学的心境,他以为"在汉方盛时,言利弘羊始。桓生书一编,恢卓有深旨。发愤利公卿,嗜利无廉耻。片言折斗宵,笃论垂青史……"

亭林,以他恢廓的胸襟,透视现实的眼光,民间自由经营之重要性在其心中地位极高。盐铁专控,嗜利者令其变形,亭林深恶之,遂同桓宽心曲,共指弘羊为斗筲之徒。或有指弘羊善理财政者,实则聚敛私豪族,理财重民用,二者渊然有别。时清廷籍三落之乱大肆搜刮民间膏脂财用,古今同慨,是故先生下笔痛诋之。

《隋炀帝艳史》第十四回卷首诗,就经济民生发议,可谓之"经济诗",其诗略云:

> 天地生财只此数,不在民间即官库。
> 民间官库一齐穷,定是好兴土木故;
> 好兴土木亦何为?只是夺强与逞富。
> 前工未了后功催,东绩才成西又务……

作者齐东野人亦一下层知识分子,他应该早生两千年,也参与辩论,又多一文学、贤良。所以读《盐铁论》,在那两千年前既无"三权分立"又无"市场经济"的时分,知识分子的良知,到底照顾到喁喁民意,实不啻沙漠驼队、雪地暖裘呢!后人所谓贤良、文学"摇唇鼓舌,大放厥词"(王利器《盐铁论校注》前言),真是叔保心肝,果将安在!

人孰无心?藏富于民,同样可缓国家外交、军备之急,亦可济社会之恐慌。一举而数善备,何乐而不为?桑弘羊等不知此,必以恶干硬来,代替基本规律,一任射利者借名图骗,执事者借事自肥,幸而获利,则官府更夺为抵押之物;夫信用为治世之要素,至此则信用大失,荆棘载途,苦难四合。若非文学、贤良力矫其弊,国事不为"专卖"所断送者几希。

[汉]桓宽:《盐铁论》,中华书局1992年版

不是结婚,而是谈恋爱

在《科学与民主》一文中,顾准提出一个问题:"号称为反对权威主义的民主主义者,通常主张,政治上必须保留反对派,实行两党制。"

顾准就此反驳道:"但是两党制的实际状况也造成了那些民主主义者的幻灭,因为两党制只允许你二者择一,好像结婚,候选对象只有两个,你不要这个,只好要那个。如果两个都不喜欢,只好打光棍——放弃公民权。何况这两个党往往是换汤不换药,随便选哪个,唱的还是那出戏。"(《顾准文集》,第343页)同时认为,苏联怀念斯大林,就是对强力权威的感情。

苏联人是否怀念斯大林,被化为专制意志盲目工具的苏联人最有发言权,评价斯大林,现在已有很多解密档案。生长于半封建的、半亚细亚式的俄国特殊历史条件中的斯氏模式,早已大白于天下,可以不提。

唯顾准文中的比喻,可以说蹩脚到了极点。首先在上轨道的民主国家中,两党制(或多党制)是一个基本准则。只有两党或多党才可以在政争中取得妥协和平衡。二者择一,是任何有定见的正常人的必然选择,谁能获取民心,自然就被"择"。所以,民主制不是结婚,而是无休止的谈恋爱!也就处于无休止的选择之中,政党为了获得选票,总是处在不断的改革、修正,也就是处在不断的"讨好"老百姓的过程中,那么就总会有其所喜欢的出现,就算两个都不喜欢,也很快会有"第三者"出现,这是制度的性质决定的。在激烈的政争中,有为的政党哪里还敢换汤不换药!政党竞争,当然是为了获取执政权,但在客观上,必为百姓承诺、服务,所以人民永远有主动权,有不断的选择权;所以要打比方,这就不是结婚而是不断的谈恋爱的过程。

道光年间的广东名儒梁章冉在《海国四说》里谈到他对美国的认识,他认为美国的国家行政"咸于民定其议,而后择人以守之"。又说"未有统领,先有国法。法也者,民心之公也。统领限年而易,其举其退,一公之民。为统领者,既知党非我树,私非我济,则亦唯有力守其法,于瞬息四年中,殚精竭神……又安有贪侈凶暴,以必不可固之位,必不可再之时,而徒贻其民以口实者哉?"

这位19世纪初中叶的知识分子,对先进民主国家性质的认识,就算放在今日世界国体情况中来衡量,也是眼光卓异,确切不移的。自然,其水准高于顾准。历史的事实证明,任何没有监督,没有制衡的专制者,结果都有可能变为重敛以逞、劳民弗恤的恶政府。霍布斯在其巨著《利维坦》中把人类描绘成根深蒂固的自私自利者,他说:"全人类存在一个基本倾向,即对权力的无休无止的渴望。非到死亡不止。"而权力导致腐败,绝对的权力导致绝对腐败。只有民主政治才能为国家民众事务,提供良好基础及制度途径,而达成一种"政治的善"。清廷推翻,民国建立,孙中山先生鼓励国民党发挥良美政治、政见,"与他党争胜",宋教仁说"现在,对于敌党,是拿出政治的见解,同他们奋斗"。这就是民主的精神——承认我,亦承认他人,彼此平等、说服、讲理。作为竞争的政党来说,都要求取得民众的承认,民众自可从容选择之;而民主的精义,最容不得强力威权的压制。所以,顾准这一比喻,看似俏皮,实则不中的,他看走了眼。

顾准:《顾准文集》,贵州人民出版社1994年版

识字难　未必然

陈独秀《小学识字教本自叙》尝谓:"今之学校识字如习符咒,学童苦之。且漫无统纪之符咒至三千字,其戕贼学童之脑力为何如耶?即中学初级生,犹以记字之繁难,累及学习国文,多耗日力。其他科目,咸受其损。"那个时期的年轻文化改革者,如魔附体,攻讦中国文字,不遗余力,视为仇雠;持汉字拉丁化者,更有多人。其口号则云"废除汉字,改用字母"(《胡适口述自传》)。那时彼辈都还年轻,气血旺盛,执其一端,铆劲往牛角尖里死钻。

且不说汉字与文化传承的意义,即以汉字拉丁化以后而言,学童学之,就易如反掌了么?事有不然,且恐怕恰恰相反。唐德刚先生说他小时候学汉字,字、文结合,像《〈左传〉选粹》《史记菁华录》这些书能整本地背诵,"大多数的孩子均不以为苦",家中长辈再辅之以物质刺激,小孩甚至主动地啃起《通鉴》《文选》等大部头来,且乐在其中。但是拼音文字如何呢?"由于音节太长,单字不易组合,因而每一个字都要另造出一个特别的单字来表明,如此则字汇 vocabulary 就多得可怕了。"(唐德刚《胡适杂忆》)唐先生以其绝深的经验勘察,认为"认字"恰恰是拼音文字的最大麻烦——要读完五磅重的《纽约时报》周刊,需认识五万单字,仅此即比《康熙字典》上的所有字还多。"五四"时的闯将们,想象力贫乏,拿着鸡毛当令箭,自然见不及此了。唐先生所以为学界巨擘,与其思与学双边充量的"全面发展"有关系,故其发论,大有百步穿杨之效,为什么呢?此无他,老先生是从实事求是出发,而非一大批"某公"般从概念或先入为主的"想法"出发。

唐德刚:《胡适杂忆》,吉林文史出版社1994年版

读书的总统

《纽约时报》载文(《参考消息》2001年3月16日转)尝谓,美国开国迄今43任总统中,有22位是爱书人,其爱书的程度,恰与其治国的出色程度相埒。就藏书量而言,老罗斯福达一万五千册,杰斐逊七千册,菲尔莫尔四千册,华盛顿一千册……且征诸美国历史,爱书总统远较其他总统杰出,极不爱读书的两三位总统则排在最末尾。

这里面除了好奇心,或者,"行动的巨人照例有高度躲进自身的能力"(尼克松引戴高乐语)之外,读书更与其管理国家的能力成正比。当然,正像几乎所有读书人可爱的小脾气,杰斐逊和亚当斯腹笥充盈,饱学眼高,遂"瞧不起泥腿子华盛顿"。实则后人研究华氏文章和书信,结果显示,华盛顿读过不少书;老罗斯福则爱到旧书店搜寻奇书趣书。那篇文章作者断定,假如起老罗斯福于地下,给当今的小布什开治国处方,"那一定会是书籍"。

从杜鲁门夫妇读书的照片上看,那间书房十分阔大,两人各据一案,端坐读书。灯柔气清,岁月静好,书香弥漫,似在梦中。

中国古人墨子,出游关中,马车载书甚多,人见而怪之,墨子引用周公每每晨起即读书百篇故事应之,问者心有所动。至于总统读书的嗜好,于个人而言,培养其气质学养的深度;对国家,则加深其文明的内涵。在这一点上中海西海,心里攸同。美国之有今日的赫赫威势,与其重视读书人,养成读书的习惯和民风有关。那是一种高贵的习惯,渐渐渗透成为一种血缘关系。所以其走向现代发达社会,一开始就不是一种边际效应,而是正大浩荡的民主宪政。这和其大半声誉卓著的总统都酷爱读书,是一物的两面。在其内心,如中国古人所说,读书者,"是吾辈常事"。当然,中国古人笔下有诸多爱书之句,但也有书能穷人,文章憎命达,魑魅喜人过的悲号,此即因帝王专制时代,出路逼仄,政体噎塞不通相关。唯在民主政体之下,读书习惯于读书人方能如虎添翼。

言之无文,行之不远,政事政体亦如此,专制集权,秦始皇烈焰烧书,希特勒打杀斯文,"四人帮"毁灭文化,令政体政事纰漏百出,倒行逆施,结果是"行之不远"。而民主制适切人性,多得益于人文垫底,人文之培养,离不开阅读,如美国历届首脑之读书,其过程中,伴随政治风云的变幻,社会潮音的轰鸣,也均在阅读时以意摄之,其意又在人文思想的涵盖之下,故其读与思如渴饮江海,畅然得宜,互为因果。

民国耆宿回忆孙中山先生,以为"我们是弯着腰去接近书,中山先生则是挺着胸膛在读书",令人神往。千金易得,读书的时代风气难求。

杨家祺编著:《美国总统全传》,山西人民出版社 2001 年版

健笔凌云意纵横
——读孙中山书信抒感

马君武先生敬重孙中山先生,以"亚洲第一人杰"概括中山的价值。此说之底蕴,源于"孙君具有一种魔力,能使欧美人士无论其居何等地位,一接谈之后,即倾倒赞美之"。这种饱满的人格魅力,来自孙先生所具的至诚、热忱、远谋、博学、明慧、勇毅种种综合素质。美国学者更认为他是兼有富兰克林和华盛顿的优秀品质于一身的中国人。

魅力,与做作绝缘,它甚至可投射到一举手、一投足的任何一细小部位,读孙先生的中文信函,这种感觉更其突出。中山先生见闻广洽,当时政要不必说,即以今日通讯交通极为发达的情形而论,先生的履历也极令人惊服。国内不论海陬穷山、大江南北,国外则欧、美、亚、非,足迹所到,频繁交接各阶层各文化种群的各色人等:侨领、学者、军人、工头、会党掌门、政坛大佬、知识分子,乃至贩夫走卒。这种艰险的奔走成为一种特殊的游历,同时也养成他整个生涯中平等、辩证的眼光,特别是寓政体考察于社会分析之中,逐渐养成一种博大、体贴、充溢人文关怀的胸襟;这在他的书札中表现出来,他真正做到事无不可对人言,真正是正大磊落、浩然光明。对他人,他是理解、谅解、宽解,对自己,他是自信、坚信、守信。如致国内地方实力派及会党头领的信函,多结合时事,又三言两语,自然而然带入对世界大势、民主潮流的敏锐体认,他下笔非常得体、切要、确定不移,自有一种重如磐石的家国情怀流溢楮墨之间,这委实得益于他历年艰苦奔走所获深厚的经验。如1912年致同盟会诸同志函,同年冬,致黎元洪函、致邓泽如函均是。其中论交通、商战、铁路、银行……之建设,提纲挈领,俱置于世界政经背景上观照,先知的心怀,如闻如见,历历可感。

先生致力革命四十年,所处的年代,风云变幻,波涛险恶,故其信函,精神心思无不关切黑暗与光明的消长,眼光心力,面面俱到,从容如此,深情如此。

1915年致日本友人宫崎寅藏函尝谓:"弟深信足下为真爱自由、平等、博爱之人,此所以热望足下之赫然当选也,贵国民权日益发达,将以足下之当选而卜之。"

1921年表彰白沙函:"易君白沙,志切报国,蹈海而死,遗蜕渺然。前曾派员寻求遗尸,久未能得。在死者之自杀,固以形骸为赘瘤;而国家扬烈表忠,务有以妥英灵,而资激劝。万一遗尸难获,即拟葬其衣冠,建亭树碑,永留纪念,俾与梅花孤冢同,足起后人凭吊之思。"

1923年致潮州会馆诸董事函:"民国变乱,十载于兹,其间牺牲之大莫过于我粤,言念及此,殊可痛心。去夏,文欲翼传统之完全恢复,整军北伐,甫奏肤功,不料陈逆迥明顿怀异志,阻我义师,功败垂成,深堪痛恨,甚至纵兵淫掠,所过皆墟,粤省繁华顿归寂寞。文忍无可忍,不得已电令各军返师讨贼……想贵董事乡望素孚,一言九鼎,兼对于我乡人底蕴深知,是以敢情……商榷妥善之方,则事半功倍,早安粤局,幸何如之。"

复沈缦云函,针对对方邀请他为实业银行总董,有谓"辱认弟为总董,职任甚重,而弟为东西南北之人,何以克称?"言生存实况,奔走境遇,形象而显豁,不知省却几多啰唆赞语。

即便是带指示、命令意味的信函,他也说得客气、体贴,而又坚切不移,如令邓泽如任中华银行理事,他先勾画建立银行的背景、必要、意义,然后说:"执事潜居异地,思念国事,夙抱热肠,用致以义务相挽,为特附章程祈阅……须知中华银行,为国民开幕之第一银行,与国同休戚,急应群策群力,共促进行,想我公之热忱,顶荷许为玉成也。"在札端或信内之称呼,或先生,或我公,或大佬、足下,自称则兄弟、弟,人情味极为浓厚。可以说,这些函札,都是近现代文学中的旨甘珍馐、龙肝豹胆。就文体样式而言,通体葆有词翰藻采之美;就篇幅而言,是尺幅兴波,就内容而言,是真力弥满。

中山先生是二十世纪罕见的修养全面的大知识分子。在科学方面,他关心理化科学的进程,早年学医,考试多优等记录,后曾运用于实际,济人无算。他少年入教会学校,又奔走南洋,致弱冠以后,英文修养高过中文水准,后来在国内,他就见缝插针,力补中文之不足,他身边的高级助手,也多大知识分子,往往身具士、洋翰林(博士)双重身份。对他就有善性的影响;但中山先生本人对中文自具一种天然的血缘亲情,领悟之迅捷,情感之熔铸,俱呈飞跃式长进。像《古文辞类纂》、《二十四史》、《骈体文钞》、《论语》、《孟子》……他都集中精力下过苦功,中山先生对这些典籍当然是文史哲政经多方位立体综合考量体察的,但对他这位天才的大政论作家来说,自然也多有文章、文气、文势、辞藻、句法——这些文体方面和文学性方面的深刻影响,这类影响,体现在他的书信函札中,形成一种非常珍贵的中西美德精华、中西先进思想融会杂糅的人格魅力和精神气韵。书信不过是一种公文、应用文,可是在中山先生笔下,却是那样的饶于历史感、时代感,及人生寄慨。

所以说它是文学珍品,乃以先生书札,处处可感受到传统中文充满生机的灵动笔力。这些文字、句法恰到好处,句子本身弹力充溢,简明洞畅如哀家梨,读之口角余香;气格高峻,无丝毫磕绊疙瘩,更无浮词赘句。它稳重大气,又剀切周至,兼有长风振林、微雨湿花之美,他的文字,真正是如董桥所说的那种"荡漾着优越感的语文"。即令片缣零札,也下笔辄为世所重。先生的眼光是世界性的,由这个视角来发掘中国传统思想,令其可爱、可珍而有道理。他善而用之,用之则善,这在晚清以还、"五四"前后茫茫九派的文化纷争中,独立苍茫,见未之见。在此基础上加之他优越的表达力,真是天设地造之完满。先生信函,自然不止文学意味,更以其中流贯的思想,为中国这个老大偏颇的社会所千载一遇,铁树开花。它是不同文化碰撞后最为善性的会通结合,既赋有传统民风的淳朴忠厚、坚韧明慧,又涵持西式自由、法制、民主政体之通达气质;这一切,又以其先知的之后良知来统贯摄制。因此即仅从文学这一角度来关照,也是不可多得的上上品,可惜为多少年来的文学史所忽略。写史者,果何心肝?是勺大漏盆、眼大漏神?还是矮人观场无所见?今天一思潮、主义,明天一现代、先锋,独不知文学的家园是审美这一铁律。

孙中山:《孙中山集外集》,上海人民出版社1990年版

在博综的基础上高瞻千古
——谈来裕恂先生的《中国文学史稿》

岳麓书社近期推出来裕恂先生的《中国文学史稿》,尘封百年而得以重现天日。真是不幸中的万幸。他像京剧的名角,往舞台中央一站,满堂的气氛都是他的。又像国画巨子,一笔下去,满纸的气氛都出来了。总之,眉目朗然清晰。

本书绪言起句就说,"置身于喜马拉耶之巅而东望亚洲,屹然一四千年之大陆国……"乃以遒练笔法振起,气势磅礴。接着简述近代国家所处困境,就古代学术之灿烂历数而举一反三,反复驳问,何以学术并未转化为进化之助力,反成重如磐石之扼制的瓶颈?先生曰:"则以泰西之政治,随学术为变迁,而中国之学术,随政治为旋转也。"这才是造成困境之关键枢纽。先生又举欧陆学术之大宗,谓其以学术之力,转移政治之方。乃是开创性地以知识分子的自觉来观照学术的处境。最后讲述文学之为用,其在学术中的位置,作为著书之缘起。

全书只有十余万字的篇幅,言约意丰,简明条畅的叙述中,峰回路转,作者之用意阐发得淋漓尽致。

萧一山先生以为清代之汉学曾出现瑰丽之奇观,不幸最后走向末流,"清儒最精诣的地方,未能实施于一般社会,而只在故纸堆里盘旋,以经义训诂掩蔽了一切,买椟还珠,日趋于琐碎支离……"(《清史大纲》,第62页)失却了治学的目的,难怪后人要痛诋之了。何以至此惨切的地步,则来先生绪言已将要害揭橥出来,至第九编更将汉学与宋学之对立情形所造成之拘泥拈出。

第二编第八章讲述先秦诸子的起承转合,流别异同,在分叙与综论中,抉发得失,推求的方法是何等的高明。第四编将文笔之分推至先秦诸子,眼光如炬,其间亦梳理古人文体认识的涣散,有似今人辄称近体诗为古诗。

第九编讲述清代文学,辄就经学、性理、舆地、算学……一一罗列之,虽非狭义之文学,然于文学正有千丝万缕之关系,或为一体之多面,或为多体之一脉,既以总论纫之,又以各章节之内在联系串起,可谓讲文学而兼涉群经,故其整体感如控六辔在手,操纵自如。

至于具体作家定位,评人衡文,叙其性情与文风,简洁老到而传其风神。末章叙当时最近之文学情形,当预备立宪诏下,"中国之文学,自此将与欧美合乎。是又开前古未有之景象,而文学史上,又为之生色矣"。此一判断,真老吏断狱,完全吻合此后数十年文学之走向,精切如有神遇。

著书亦如酿酒然,水分愈少,其力愈厚。来先生此书,高瞻千古,远瞩八方,乃高屋建瓴的综合的把握大势。开门见山,推出考察范围最精辟的观点、结论,欲以此窥中国文学整体之概貌,而不欲囿于一部分耳。

来先生于元代诗学之后讲元代医学,唐代诗学之后辅以佛学成就,且篇幅充盈,似此虽非狭义之文学,实质却与文学具有千丝万缕的关系,一者文学并非纯之又纯的真空,二者参照系渊然而明,犹如沙盘推演,战略态势历历在目,于读者自大处把握文学之处境,学术之流别,功莫大焉。

先生为光复会先贤,当时党人先进,自中山先生以次,身体力行,北走大漠,中察江淮,西赴边陲,沉潜观览山川大势,来先生以一会党干员,自具有宏、微观双控的胸怀,故其著书极擅大处把握,篇目章节之合纵,亦如占象州郡山川一般烂熟罗于胸中,以文学史为主轴的学术阵形朗然在目前。这需要高度的把握能力,以超群绝伦的智慧,从故纸堆中归纳,辨析,总结之。参照作者所生活的急剧转型的时代,种种观念事态的冲击,附丽近代学术的估衡,在博综的基础上触类旁通。

先生具有深邃之眼光,于人所不经意的地方,一见即能执其关纽、间隙,故其论断臻于一种超迈的境界。于古于今皆然,须知来先生著书之前,虽无系统之文学史著,却有山垒海积之诗文评,如无超卓的综合辨析工夫,焉能超乎古人自成一家?此则鉴别发挥的功力有古人未到之处;至其视今人著述,更是"遥望齐州九点烟",令今人难以企及。盖今人虽有数千部文学史,但其疏漏平庸与兔园册子无异,文采、思想、见识,真是"要啥没啥",观之令人气沮。

裕恂先生的书法,见于《匏园诗集续编》封面,及书末影印件,碑味极重,与当时偏师帖学者大异,取意于金石碑版一脉,浑厚古拙,高古中葆有心绪漠漠的伤怀意味。

来先生皇皇数千首作品,古诗似较近体分量还重,实乃运斤成风的大手笔。他诗中蕴含的思想,与宋恕有相近的地方。宋恕长来先生11岁,他们同为俞樾极为赏识的学生。来先生《怀亡友宋燕生》(卷十五)晚年忆及当年他们的友谊,诵宋恕《杂感》诗,不胜人琴之感,悲从中来,宋恕集中此诗收在1888年的咏史八首之二,《怀浏阳二杰士》(卷十八)命意与宋恕《哭六烈士》(《宋恕集》,第815页)相似,俱渗透深哀大痛。《宋平子应张楚宝之聘……》(卷十七)则是宋恕赴济南办学前,来公赋诗以赠。

宋恕虽倾向维新派,他于变法受重挫之后的感慨却已超出变法的心路:自古救民需用武,岂闻琴瑟化豺狼。他们改革不合理的社会政治制度心曲相近。宋恕对待古人学术守正不守旧,求是不求新,此一点,笔者以为下开学衡派之先河。他以为体制构架上需"易服改制,一切从西",西体中用,笔者拜倒服膺。至于他的《六字课斋卑议》分论民瘼、水旱、讼师、汉学、洋务……加上后来的改定稿,有上百则之多,俱从经世致用的实学精神出发,植于民,用于世。

裕恂先生《朝中遣载泽各国宪政》(卷十七),斥其"火烧眉睫方知祸",警其"画虎不成防类狗"。《劝世六十首》,《富》"田为富底累之头,世界芸芸恼不休",句法甚奇,用心与宋恕《六字课斋卑议》近似。

来裕恂先生的价值判断,深沉正大,书中充溢老辈匡正学术思想危机的用心与特识。他当清末写此书,可谓嘤鸣甚切,到了民国中期,则可说是友声频闻了。

《中国文学史稿》概括力极强,取精用宏,斐然成章。民初和民国中期的文学史虽有区别,但同一特征,即文字叙述讲究,读来舒服。近数十年新编写的文学史,不啻数千部,研究人员较百年前上千倍增加,然视前人著作,仍是望尘莫及。在前贤文学史的精准、精确、精切、精妙、精彩的相形之下,今人的伧俗的面目更显可憎。

新时期以来,二十余年间竟有千余部文学史(参见 2005 年 2 月 19 日《工人日报》报道),而眼下最新的数字居然是 6000 多部(《文汇报》2008 年 9 月 22 日),不过该报评论文章说,文学史写作至此已经十足垃圾化。与次等货色周旋的滋味如何?则除逐臭之夫外,未有不掩鼻者。

今之文学史作者,对旧学的衡定梳理,不是看走眼的忧虑,而是盲了眼的问题,而且是心眼两盲,要寻觅文学史的新思想,还要到旧书里头去找。

郑宾于先生的《中国文学流变史》,其实是紧缩到诗词歌赋的历史,全书一千多页的篇幅,才从上古讲到南宋,可谓一部狭义的文学史。他在这条特定的文学之河腾挪翻覆,仿佛手执金箍棒的孙悟空大闹天宫,巨细靡遗,全书写得质实绵密,是拿着显微镜默察到底的文体细分。文体流变的轨迹清楚细如毫发,作者 1925 年动笔,写了七年才写完,甫出版就不胫而走。他观照的方式与来裕恂先生的史稿恰成两个有趣的极端。

郑振铎的《插图本中国文学史》则从上古写到明代,行文风格娓娓不倦,与郑宾于有相似之处,另外他较注意非正统的文学样式,民歌、宝卷、弹词、鼓词等均予以瞩目,颇具开创之功,他的书也写于二十年代后期。

胡适之的《白话文学史》则好像一个正餐大菜吃腻了的食客,偏要去寻找野蔬山芹,行文跳荡躁进,他把杜甫、王维都拉来归功于白话文学,到底还是牵强。

像柳存仁、陈中凡、陈子展、柯敦伯、张宗祥诸位分头撰写的历朝断代文学史,合为一部《中国大文学史》,用笔都相当从容,自成一家之言。虽属集体著作,个性自在其中。

又有刘麟生、方孝岳等先生合著的《中国文学八论》,则是从文学体裁切入而撰写的文学史,分散文、骈文、小说、诗词、戏剧等,观察角度又为之一变。钱基博的《中国文学史》则邃密精详,具体而微。作家合集、别集搜求殆遍,规模宏大,剖析源流,援证淹博而推阐精详,自出手眼尤见创辟。

清末民初,是现代学术创立时期。瞻前顾后,这个时期的两三代学人,仍要执学术之牛耳而巍然高耸。盖前人无此写法,今人却已失却学术土壤而难以望先人之项背。

来裕恂:《中国文学史稿》,岳麓书社 2008 年版

艺文翻译：趣味及选择

（一）

叶圣陶赞扬吕叔湘译笔的纯美，"一方面保持原作者的美质，一方面融化为我国的语言"。原著的意趣、质地，那是原作者的功劳，而本国文字即母语的感知，则是翻译者的贡献。

苏东坡说，论画以形似，见与儿童邻；作诗必此诗，定知非诗人——文学翻译，也应参透此间的深意。

自林纾以来，伍光建、戈宝权、韩侍桁、傅雷、曹靖华、朱生豪、汝龙、王平陵……他们的译文是可以放心出门，又能坦然回家的高手，有的更臻于化境，就算有阅读外文的能力，而读他们的译文，都是一种上佳的享受。

（二）

民国初年，出现很多有趣的译名，在严复的学生周越然的笔下，夜莺（nightgale）译为耐听哥儿，休闲约会处（assignation）译为安息耐性，淫乱 dissipate 译为的系败德，Lavrille 译为懒无力。发音的音节套印语义，当时好多人有此习惯和兴趣。周越然说他的老师严复的译文"读起来好像是创作，总觉得容易懂些"，实在很有他的道理。

英文天使一词 Angel，早期译作安吉儿，后又作安琪儿，很有亲切的画面感。

Inspivation 今译灵感，原意是指风吹动帆船之帆，促船前行，有一种默示的意思在里头，出乎自然，得来全不费力。灵感当然是最佳的翻译，还有译作"神泉"的，民国初年译作"烟士披里纯"，很有小众化、象牙塔的意思。好像一幅烟雾围绕的绅士在寻求神示的画面。

烟草在明代传入中国时，被当成治病的药草看待。原文是西班牙语 tobaco，在中国早期译作淡巴菰，或淡巴姑。清代王士禛《香祖笔记》谓"吕宋国所产烟草，本名淡巴菰，又名金丝薰"。

（三）

外国人将中文译为外文，颇多笑话，最著者，乃是将歇后语"和尚打伞，无法无天"，译为：一个打着破伞云游四方的孤僧。本来原文是形容某种叛逆性格，是一句古传的熟语，结果译文仿佛很有诗意、很有哲学意趣，其实全不沾边，真可谓离题万里。译笔支绌如此巨大，殊堪惊诧。

（四）

"Men in the olden times used to say"，早年看到这个短语，颇感兴趣，写以示人，那些号称英文过多少级的人，翻译出来真是五花八门，有谓"旧时代的人们说"的，有谓"先前的男人总是说"，甚至有译为"老男人曾经这么说的"……不一而足。丁亥年盛夏，在四川眉山开会，得遇德国波鸿鲁尔大学中文系主任汉学家冯铁先生，会间闲聊，将此句写以示之，他思索俄顷，脱口而出："古人云。"这确是一字不易的妙译。他的英文基础雄厚，而中文修养亦甚到位，两者合成他的优势，中西打通，绝无捉襟见肘的窘态。

（五）

意大利名城佛罗伦萨，当年在徐志摩笔下译为翡冷翠，试快读一过，音节都是相仿佛的，但徐译却有一种诗人特别的会心和感悟在里头。诗意兼具画意，也是音义相协的佳译。

英国大诗人艾略特，在钱锺书先生《围城》里头译作"爱利恶德"，快读一过，音节极相似，但小说中是为了匹配人物性格的需要，半开玩笑的翻译，音义重合巧不可阶，收到特殊效果。

（六）

苏曼殊以为，英吉利语与华语音义并同者甚众，他举出不少例子。

其中也很见曼殊先生的妙趣和巧思，但如果说先天的不谋而合，则不免牵强。事实上是他竭力以音义相同的字汇去贴近原词：fee—费，sue—诉，tow—拖，reason—理性，season—时辰，book—簿，mead—蜜，nod—诺，pay—赔，pee—皮（见 1991 年广东影印版《苏曼殊文集》）……其中既有名物，也有意识形态的概念词汇，亏他慧心寻觅，一一对号入座，居然也颇说得过去。

（七）

日本人名字，因受中国古典文化熏染灌溉，像是咏物诗中的截句，画意深处，仿佛一首浓缩的短诗，譬如松尾芭蕉、川端康成、井上红梅、森鸥外、小林一茶、井原西鹤……至于其军国打手如松井石根、梅津美治郎、重光葵……之辈，名字诗意盎然，让人想起松间沙路净无泥，古渡春深，重彩的油画等美妙的画面境界，但他们辜负了这样至美的汉字，走到相反的嗜杀的极端。

（八）

明清时期中国和外国交通往还渐频，但直到清末民初，才将外国国名美化，所采用的都是气象高华的字眼，譬如，英吉利、美利坚、瑞士、瑞典、意大利、法兰西、德意志、芬兰、挪威……语词选择寓意深远，用意至诚。而在晚清时节，瑞典作绥林，挪威作那威，丹麦作领墨，芬兰作分兰，瑞士作绥沙兰，德国作普鲁社、热尔玛尼亚、日耳曼，意大利作意大里亚，又作伊大里，奥地利译作奥地里加，都是不统一的音译。

在林则徐时代英国已译作英吉利，或英伦，智利已作智利，美国作育奈士迭国，或作弥利坚国，又作美里哥。

这些是在头脑明敏的知识分子笔下，而在清朝廷，夷狄观念深重，头脑深度封闭，眼界严重模糊，晚清专制者对列强的态度是从疑忌自大转向依赖畏恐，对外国国名翻译也随之而变。早期，列强的国名或加反犬旁，或加口字旁，如咪夷，英（加口旁）夷。

（九）

国际汉学大家史景迁，他的中国研究系列，如《天国之子和他的世俗王朝》《追寻现代中国》……写法上别具一格，寓判断于叙事之中，以讲故事的笔触从容推进他的观察和心得。仿佛将史事重现于纸上。此种特别的叙事方式将其与他人区分开来。关于历史和文化的解释，关于文化背后的历史必然，都循循善诱的附着其中，成就斐然。国内一家出版社将其研究系列十数部陆续翻译推出，本来这是好事。然而可叹的是这些译本大多牵强支离，文气断裂；拼凑之痕，每不可掩。中文在这些译者搬弄之下，就是不听使唤。本来很有价值，叙述尤见创辟的历史著作，因为译本的关系，使其失色不少。这和《通往奴役之路》《重申自由》那一套西方现代思想译丛一样，都是将上等好米，煮成了夹生干饭。一系列难以下咽的"成品",留下无法弥补的遗憾。

史景迁的《王氏之死》系研究清代前期社会底层卑微小人物命运。引用不少县志之类资料。这些资料在往回翻译时,因县志大多无标点,需译者代劳,结果就出现不伦不类的断句。"大兵破城,屠之官长。俱杀绅士、吏民,十去七八。城之内外,共杀数万余人。"实则就算断句能力柔弱,也可根据逻辑关系判断,显然应是:"大兵破城屠之,官长俱杀。绅士、吏民,十去七八……"

这部译文,因译者中文生硬支离,而没有丝毫行家里手的圆融,尤其 by、must 等词汇的照章翻译,逐字逐词的死译,使得句子毫无弹性,疲弱不振,读之头胀不已。造成一种破坏性的被动语势,和传统中文的优势背道而驰。在审美一端,更是大打折扣。既难臻雅致高华,也远离明白通畅。

〔美〕史景迁:《王氏之死》,上海远东出版社 2005 年版

兵学奇才辛弃疾

郁孤台下清江水，中间多少行人泪。西北望长安，可怜无数山。青山遮不住，毕竟东流去。江晚正愁余，山深闻鹧鸪。

——辛弃疾《菩萨蛮·书江西造口壁》

这首简明而意绪无穷的词作，起笔突兀，中间一挫再挫，负手微吟一过，难免使人渗透满腔磅礴之激愤，仿佛夜潮轰然拍击，心绪难平，直至栏杆拍遍，泪眼婆娑。"今古恨，几千般，只应离合是悲欢？江头未是风波恶，别有人间行路难。"

今人所熟知的文学家辛弃疾，若从根本上说则是一个卓越的军事战略家，罕见的幕僚专才。即使和近现代的老毛奇、小毛奇置于一处，事功或因时势而逊之，兵略则有以相颉颃。他出生时北方久已沦陷于金人之手，他少年时生活在金人占领区，他在十几岁的时候就聚集两千能战之士，投到地方军事首领耿京的部队，他也做了耿京的高级幕僚，即掌书记一职。他在耿京部队所任记室一职，即是标准的幕僚。清新庾开府，俊逸鲍参军，记室也即是参军的一种。如咨议参军、录事参军、诸曹参军一样，他是记室参军，襄赞军务，位任颇重。

据史学家严耕望先生《战国地方行政制度史》转引，"记室之职，凡掌文墨章表启奏，吊贺之礼则题署也"。或者，记室主书仪，表章杂记等等，由其负责完成。南北朝的时候，记室参军起草檄文，驰告远近。

至于记室参谋的要求，"记室之局，实惟华要，自非文行秀敏，莫或居之……宜须通才敏忠，加性情勤密者"。

辛弃疾可谓标准当行的记室参军。若在民国时代，则非陈布雷、饶汉祥莫属。

当时他就向耿京建议部队需向南方作战略转进。那时部队中也有一个擅长兵略的僧人义端,此公谈兵不倦,和辛弃疾是好友。他俩论述战略取长补短,一时形影不离。不料此公心怀异志,一日盗取军印逃逸。耿京以为二人既系密友,事乃弃疾唆使,欲对弃疾不利。弃疾请以三日为期,判断义端必投金人,乃急追缉,斩其首来归,耿京遂刮目相看。后来部队转移的时候,弃疾奉命南下与南宋朝廷联络。他在返回报命的半路上得知耿京被叛逆张安国杀害,立即率领五十余人的精兵小分队,长驱折返山东,实施一场精彩的奇袭。是日月黑风高,弃疾从海州直向济州扑去,在五万敌军阵营中,将张安国绑回南宋斩首。当时金人正在狂吃滥饮,弃疾捉到张安国后还乘势对军营外的士兵做了简捷的策反演说,然后纵马而去。

"绍兴三十二年,京令弃疾奉表归宋,高宗劳师建康,召见,嘉纳之,授承务郎、天平军节度掌书记,并以节使印告召京。会张安国、邵进已杀京降金,弃疾还至海州,与众谋曰:我缘主帅来归朝,不期事变,何以复命?乃约统制王世隆及忠义人马全福等径趋金营,安国方与金将酣饮,即众中缚之以归,金将追之不及。献俘行在,斩安国于市。仍授前官,改差江阴签判。弃疾时年二十三。"(《宋史·辛弃疾传》)

他后来到了南宋所写的军事论文《美芹十论》和《九议》见微知著,灼见古今。

《十论》中如审事、察情、自治、致勇、屯田、防微等篇章,指出和战之间充满偶然,种种超出常情的地方,其认识深入骨髓,就像后来的克劳塞维茨所说战争是一种艺术,但它绝不是常规艺术。辛弃疾说"虏人情伪,臣尝熟论之矣,譬如狞狗焉,心不肯自闲,击之则吠,吠而后却,呼之则驯,驯必致啮,彼何尝不欲战,又何尝不言和……此所以和无定论而战无常势也,犹不可以不察"。

他的《九议》中更论述了处于劣势和危机当中的反攻之道,以及破解危局的战略战术。冰雪聪明,智数超群,真切可用。可惜南宋当局优柔寡断,将之忽而解职,忽而启用,拖沓多年后再想利用他扳回大局,他已垂老病笃,令人扼腕叹息。

朱熹由衷钦佩,赞叹辛弃疾颇谙晓兵事,并在著作中引用了他诸多论兵的段落。另外程泌有一篇两千字的给朝廷的奏对,通篇引述论证辛弃疾的用兵思想。其中说道,中国之兵不战自溃是从李显忠开始的,百年来几代人了,没有人去纠正它,而辛弃疾认为,应以正规军驻扎长江边上,以壮国威,如果要主动北伐,则必须征集边疆土人加以精强训练,因为边区地方的人从小骑马射箭,长大后或驰骋或攀援,体力非内地人可比。至于当时江南一带水田里做工的农民,好像对战斗的场面非常惧怕,很难训练为进攻的先头部队。边疆的壮兵招来以后,要单独分成多个小团体专门训练,不要和官军混杂在一起,一旦混杂其战斗力又要大打折扣了。官军习性,一有警报就彼此相推,一有一点小功劳大家都去争抢。

部队构成,雷海宗先生以为,欲振兴武德,必实行征兵制,征召良民当兵,尤其是一般所谓的士大夫都人人知兵,人人当兵,方可使中国臻于自主之境(参见《中国的兵》)。

此说自然是不错,但兵要自立,需赖国家政体上轨道,使国民为公民,有其权利保障制度,这时的兵源,应无谓良民、刁民,因为在一个专制社会,就算大量良民入伍,兵的问题看似解决,但剩下不少的刁民、惰民,必因天性、生存滋生事端,岂非社会之祸?

这个问题,笔者较服膺吕思勉先生的论断,他说,募兵之制,虽有其劣点,然在经济上及政治上,亦自有相当的价值。天下奸悍无赖之徒,必须有以销纳之,最好能惩治之,感化之,使改变性质。只有在营伍之中,约束森严,或可行之。

他们性行虽然不良,然若能束之以纪律,则其战斗力,不会较有身家的良民为差,或且较胜之(参见《中国文化史·兵制》)。

此说实有灼见,近年美国电影,表现越战,及非洲平乱,多有叙写服刑者、犯禁者、有案在身者、性情桀骜不驯者,搏命突击,其锋锐不可当。

此类人物往往"能打",使人刮目相看,可证吕先生观点之明睿。

自然,在一个特殊的历史时段,统率此类人物,必待心胸博大、手腕超卓之将领,能从心理上使之征服,此事又属可遇不可求。

蒋纬国、辛弃疾正是这样不可多得的军中帅才。

辛弃疾在此指出了中国部队的致命弱点,显然他力主编练特种部队,他从根本上重视士兵的来源和构成,其着眼点在成分纯洁决定其战斗力。辛弃疾也极为重视谍报和情报的意义,他又对写奏对的程先生说,情报间谍是部队的耳目,胜负的关键和国家的安危都与它有关。他拿出一块锦缎方巾给程先生看,上面都是敌人的兵马数量、驻扎的地方,还有大小将帅姓名,这些情报的来源费了四千贯钱。他自己解释说,派遣间谍必须有参考和旁证,即不能是孤例,这样的情报才可能真确而非欺诈,显然他考虑周详,注重情报的质量,讲究单线、复线的真实性。

曾经南宋当局优柔寡断勉强出师和金人作战,结果是一败不可收拾。这位程先生说,在大战的两年多前,辛弃疾就贡献了他种种战略战术,可是没有真正加以运用,结果导致了悲剧的发生。当时招兵买马也毫无策略可言,正规军和民兵混杂不分,结果在败退中还互相砍杀。另外负责警备点燃狼烟的士兵,一听到警报丢下工具就跑,导致部队仓皇迎战。

辛弃疾所担心而要从根底上改变的军事颓势,其实到了近现代,还有一次触目惊心的重演。那是刘文辉的军参谋长巴人先生所回忆,时在1934年,西康又发生一次内战,那是西康土人先向刘文辉发起进攻。主战场是在甘孜一带。"不要小看那些西康土人不懂战术,他们起初的来势很凶,一开始就用人海战术,成千上万的骑兵,继续不断地向余如海旅长所部进攻,余旅仅有四千之众,人数上已经处于劣势,加以受到奇寒气候的影响,以徒步之师,迎击顽强的土人骑兵,只有招架,无法还手。"(巴人《我随刘文辉在四川打内战记往》,1968年《春秋杂志》总第253期)随后余旅大部分退至道孚一带,增援赶到,才算稳住了阵脚。

赶紧改变战略,对土人骑兵因采取夜间火攻的方法,对方于损折之下,骑兵面对火攻,已不能发挥作用。

辛弃疾事业起步虽为参谋、幕僚出身,但其胆气绝伦,文学、军事天才并重。他的兵学思想的深度或不在戚继光之下。南宋当局,若能倚为柱石,大势或当逆转。

辛弃疾文名盛极,其余皆为所掩。实则他是不折不扣的军事思想家、战略家、行动家。在战术方面善出奇计,善出奇兵予以奇袭,他制造的行动总是干净利落发挥战斗效能。奇袭的成功,其间包涵他一系列的战力培育,征兵、训练编程、意志灌输、单兵战力、协同作战、进击速度、基地建设,他都举重若轻予以导成。

此种奇袭颇有现代美军小股特战群的味道,高度的智勇胆力浑然一体,取得出乎意表的战果。可惜南迁派到多个地方服务,颇受掣肘,未能在中枢力行反攻之计。

他具有编练特种部队的能力、心力、智力,并很快产生高度的行动运作效果。无论在古在今,都是不多见的。

他所编练的部队所用武器,包括防御和攻击都较那个时代各方部队有所改进创新。

辛弃疾在40岁的壮年,到了湖南,任湖南安抚使,稍有独当一面的事权,他就开始编练军队,招募农家精壮子弟,成立步马组合的飞虎军。史称"军成,雄镇一方,为江上诸军之冠。"他在湖南编练的飞虎队,所用战马,专门从广西边地辗转购来,这种千挑万选之良种边马,彪悍耐战;步兵精锐2000人,骑兵500人,协同依托作战,平时注重实战训练,预设实战推演,强调快速作战。不久已建成一支极为罕见的攻击型基干部队。他在各种人事纠纷中左推右挡,尽量将掣肘化解到最低,辛苦经营将此部队保持了很长时期。

辛弃疾的军事地理、战略眼光,是以编练特种部队、建立能战之旅为依托的,绝非刘斐之类第五纵队纸上谈兵虚应故事所可比拟。

辛弃疾的兵学实践在其办理马政一事上最能见出他的良苦用心。

苏洵批评宋代政治弊端，深中肯綮，"政出于他人，而惧其害己；事不出于己，而忌其成功"。(《上富丞相书》)

这也是辛弃疾所处的时代悲剧所在。

宋时兵制，吕思勉先生说，兵力逐渐腐败，宋代初起，兵力为20余万，太宗末年，增至66万，至仁宗时，西夏兵起，乃增至125万！真是可怖。

这只是毫无意义的数量的增加，兵不知将，将不知兵，训练毫无，指挥稀烂。带兵之人，渴盼兵力增加，乃是为了克扣军饷以自肥，役使兵员以图利。为了养这些不中用的兵，国家赋敛之重，达致极点。宋代南渡之初，情形是军旅寡弱，包括较为强大的御前五军，如岳飞的同僚刘光世，在其人死后，部队瞬间即叛降伪齐。

宋代还有制约国家梁栋的，那就是外患之下的结党营私。起初的动机无论好坏，是否纯粹，到后来都变成意气与权力的竞逐。大家宁可误国，也不肯牺牲自己的意见与脸面，当然更不肯放松自己的私利。

专制扭曲人性，戕害人性，也对国运实施事实上的破坏。并非中国无人，而是结构性弊端，佛也救不得。

辛弃疾没有更大的天地供他洪波涌起，譬如他的养训军马策略，就毁于一旦。

在北宋时期，马政已经纰漏不修，王安石对症下药有所政策调整，但也和他的青苗法等一样，走入末路，使老百姓大起反感。军马用于冲锋陷阵，民马用于托运货物，两者竟被王安石混淆，如马病死，还要老百姓补偿，于是民间大起反感。

除了这些，还受到皇权专制政体固有弊端的打击影响。

本来呢，大的框架和议事规则定下来后，操作的争论无伤大雅，论辩还有利择善而从。而在专制之下，名堂就来了，歧路就多了。于是民生经济大受制约，精神空间幽闭，这样的人间世，还会有什么生机呢？

民初野史氏的《乌蒙秘闻》说是专制厉民之习，乃是一种妄自尊大，污吏擅作威福，对蛮族外人更是淫虐蹂躏，不逮牛马。而蛮人亦非木石,一有警觉则激而生变。《范成大年谱》引宋人笔记说当时朝廷征收战马,"然官吏为奸,博马银多杂以铜(与蛮人交易),盐百千为一春……所赢皆官吏共盗之,蛮觉知,不肯以良马来,所市率多老病驽下,致能(范成大)为约束,令太守……增足盐备……"

辛弃疾就要在这样的时空中挣扎。他对军马的作用认识极为深透。在那时,战马的作用相当于今之战车、坦克,古代胡汉战争都用马队,北方地势平坦,如欲逐鹿中原,马队极端重要。办马政有如联合勤务中最为重要的一端,辛弃疾又是北伐的力赞者。

训练特种攻击部队正是辛弃疾对北宋军政弊端的反拨。北宋军事训练极不得宜,到宋仁宗时代,征召农民训练为兵,保甲制度实施后,禁令苛刻,训练时间与农忙冲突,而不去调整,武器又需民间自行购置,种种弊端,农民大为反感,有自己锥刺眼睛致盲者,有自断其臂膀者,有自毁肌肤者,目的皆为逃避兵役。而王安石等辈不知此,仍梗着脖子说,"自生民以来,兵农合一",就寻常道理来看,他的话没错;问题是这些民兵,保卫自己几里左右的家园尚可,如是大型野战或特战,那就只有丢盔弃甲了。

辛弃疾的特种骑兵观念和实践,即是要建立一种快速反应部队,一者可以随时用于进攻和防御,一者具有威慑力,也便于调动;另外,也可视需要在重型和轻型部队之间转换,有利于补给的迅速获取。

甚至他的词作,多有速度与火力心理的投射,诸如"谁信天峰飞堕地,傍湖千丈开青壁"(《满江红》)、"射虎山横一骑,裂石响惊弦"(《八声甘州》)、"金戈铁马,气吞万里如虎"(《永遇乐》)皆是。

抗战期间,九战区幕僚长、兵学家赵子立说过,"当然运动中的部队比占领阵地的部队容易打",意味等到敌人立足已稳,就要麻烦得多。而要打击运动的敌人,则己方必须具有更为迅捷的运动速度,辛弃疾训练特战部队的心曲实即在此。

辛弃疾所力求达成的军事攻击的硬实力,如能与当时的政治经济渊然融合,则军事实力也可转换为一种软实力,它可以展开演习、吓阻,帮助冲突地区撤离非战斗人员,实施人道主义和灾难救援等,软实力是通过吸引而不是胁迫手段得到所期望结果的能力。

他的名作《九议》,密布历史的经验,地理的考量,现实的对策。军事的作用经纬交织,贯穿其中。

本文第六节,从南北体力差异来衡量,指出身处危局、面临危机,必须以极高明的头脑来措置。他比较敌我双方兵力配置战斗力差异,说明优势与劣势,在不同形势下的转换。提出对策,应以多种办法分散敌方的兵力达到牵制的目的。其中需以深远之计迷惑对方,使其首尾多处难顾,然后击其首脑要害,再进击其腹心,使之解体。

侦察权衡,明虚实缓急之势,因前述南北方人的体力差异,糊里糊涂的硬碰硬无异于"驱群羊以当饿虎之冲",所以,不能以力搏力。

本文第一节指出了政治上的小矮人居间操作,而导致国家的不幸。他说,设使国家政治上轨道,则恢复北伐并非万难,甚至可说是简单的事体。但要事情变得简单,前提必须是政治的得体,如果"言与貌为智勇,是欺其上之人,求售其自身",那就一切全瞎了。第二节则说在政治上轨道的前提下,军事也不是那么复杂的,只要掌握纵横变化不拘一格就把握大概了,"大要不过攻城、略地、训兵、积粟、命使、遣间,可以诳乱敌人耳目者数事而已……譬之弈棋,纵横变化不出于三百六十路之间"。

《九议》的前言,则在"战者,天下之危事;恢复,国家之大功"的原则之下,举出左、中、右各派的典型言论,以及其心理背景。弥漫着"因为懂得,所以慈悲"的高明战略表述。

稼轩的《论阻江为险须藉两淮疏》说明长江作为军事险要,必须是在凭借两淮的前提下才能成立。长江隔离中国分成南北,从来"未有无两淮而能保江者"。两淮地势绵延千里,势如张弓,敌骑一旦扑到长江沿岸,东趋西走,如在弓弦,荡然无虑。但能在其中予以截断,则其东西不能相顾,而其北来之兵,则如行走弓背,道路迂远,悬隔千里,势不相及,消灭他们就好办得多。古之善用兵者,辄以常山之蛇作比喻,击其首则尾应,击其尾则首应,击其身则首尾俱应,这是强势状态,但就两淮形势而言,如果以精兵截断其中,淮中即是其身,若断其身则首尾不能相救。

他的这段论述,或许就是1940年代末期蒋先生决意在徐蚌决战的心理背景。

明朝的纯文人,系指挥家、谋略家,军事与战术的具体措置在其次,主要是靠常识打仗,靠设计打仗,譬如于谦,在英宗被俘后,他和蒙古的也先大战于北京,都是几十万人的大会战。熊廷弼、洪承畴、袁崇焕都是书生,也是指挥大军作战的主帅,王阳明在江西剿匪作战总是靠出其不意取胜。

可辛弃疾有所不同,辛弃疾是战术家,也是战略家;是谋划者,也是操作者。他可以沉静制定战略,也可亲自驱动雷霆之军。

同为打仗,同为书生作战,辛弃疾与民国的书生更多精神形质上的类同,而和明朝书生还多些气质上的区别。

辛弃疾的所有用心,在在表明,他要以强军固民的方法来消除笼罩在头上的掠夺、奴役和屠杀。"以战去战,以刑去刑",用暴力消灭暴力。从而迫使北来的强敌逐渐放弃血腥的暴力压迫。他孜孜矻矻所作军备努力,涵盖临事需当机立断,不要姑息的疑问,随时随事予强横掠夺者以正义的制裁,如此,来侵者方有可能知难而止,不敢轻予启衅;否则彼必以为人尽可欺,由暴力威逼而走入疯狂,利令智昏,忘却本来,只要阁下的土地一天不尽,他的欲壑永难填满。

他做建康府通判之际,湖湘一带盗贼蜂起,弃疾悉平之。不过他对盗贼起来的原因思索极深。他上奏疏分析之,皇帝也被他说得点头称是,弃疾说,"……田野之民,郡以聚敛害之,县以科率害之,吏以乞取害之,豪民以兼并害之,盗贼以剽夺害之,民不为盗,去将安之?夫民为国本,而贪吏迫使为盗,今年剿除,明年铲荡,譬之本焉,日刻月削,不损则折。欲望陛下深思致盗为由,讲求弭盗之术,无徒恃平盗之兵……"后来在江西做官,拯救民间饥荒,他也有不同寻常的平衡借贷之术,使骚乱危机瞬间化险为夷。

此间充溢罕见的慧眼卓识,以及智识者的道德良知。政治的眼光、行政的手腕,处理危机的才干,都是如此的妥帖高明,可钦可佩。谈到地方建设诸要端,关纽细节的处理,闪烁人性真善的不灭光辉,他披沥以道,具泣血之诚,我辈后人,也读得泪眼婆娑,恨不能乘霍金所说的时光机器,回溯十二世纪的南宋,共与辛公,浮一大白。

至于他的为人与交际往还,"弃疾豪爽尚气节,识拔英俊,所交多海内知名士"。辛弃疾42岁的时候,因刚拙自信被奸人弹劾而去职,卜居上饶。此后廿年间,他曾短时间出任福建提点刑狱和安抚使,剩下的时间都付诸乡居生涯。

辛弃疾的作品尤其是他的词作,缭绕挥之不去的愁绪,把栏杆拍遍的悲凉。此皆体制的污糟所致,一个风雨飘摇的政权,操纵在见风使舵毫无原则的三流小人手中,他们纵歌于漏舟之中,痛饮于焚屋之内。他们狗熊所见略同,用夜行人吹口哨的虚怯,操弄着那个随行就市的影子政府。内耗凶险固执,对付外来侵迫一律的软骨头,像没有脊梁的海蜇皮。辛弃疾这样的战略家,只能灰头土脸,处处丢份儿了。哪怕是优游的清兴,也被愁绪包裹,正如《鹤鸣亭独饮》所说"小亭独饮兴悠哉,忽有清愁到酒杯。四面青山围欲合,不知愁自哪边来"。然而,僵化的制度携带对人本的杀灭、对人性的毁伤、对才俊的构陷,群小汹汹,志士悲梗,内在的消耗犹如基因。随着辛弃疾们的投置闲散,无端见疑,南宋的国祚也逐渐走向了尽头。

邓广铭辑校审订,辛更儒笺注:《辛稼轩诗文笺注》,上海古籍出版社1995年版

饶汉祥大笔如椽

张爱玲以为,生活是一袭华丽的袍,上面布满了虱子。虱子这个小虫,与那些文人幕客,渊源甚深,给他们的华袍,增添了几许悠长的说道。有时候,竟要有狮子的伟力,才能运动虱子的意象呢。

王猛,当年本来可以成为桓温的得力幕僚,可是他们谈不拢来。所谓深沉刚毅,气度弘远,天下人没有几个是他放在眼里的。就在和桓温见面扳谈的当儿,他一面扪捉虱子,一面与桓温纵论天下大事,旁若无人。桓温对其行为艺术也称奇不已,承认他是江东才干第一。

大文豪苏东坡也长过虱子。某次他从身上捉得虱子一匹,当下判断说:此垢腻所变也。旁边的秦少游不同意,说,不然,棉絮所成也。

又据明代江盈科《雪涛谐史》,说是王安石上朝时,一只虱子从他衣领爬到胡须丛中,为神宗皇帝所见,后来他要弄死这只虱子,他的同僚还为之求情,说是皇上看见过的虱子,那也该是神物了。可是这头虱子得有多大呢?皇上的眼力有特异功能吗?

这些虱子都有特异的故事和来由。而饶汉祥这个民国大幕僚,他身上一度孳生虱子,而他似不以为意。这又如何说呢?实在也就是他个人不讲卫生生活邋遢而已。当然,他的心力、思维全盘聚焦文章作法,聚焦文章的运筹帷幄,其他也真就无暇顾及了。

饶汉祥也曾穷处下僚,如非遭遇黎元洪恰到好处,两人一拍即合,一触即燃,可能就只有长期默存底层了。

就像那个早些时候的骈体文大家许葭村一样,依人篱下,索贷求告,一生牵萝补屋,许氏的文字处理功夫不在饶氏之下,然而到处碰壁的结果,令其性格越发走偏,越发的滑向郊寒岛瘦那一路。这时就算有大人物拔其为幕僚，他也可能很难再有建树，为什么呢？弹簧久压，无力回弹，超过了弹性限度嘛。而饶汉祥，遇人恰逢其时，多能发挥其所长，甚至挖掘出他平常之所不能。到了替郭松龄策划时节，余勇都还能化为信心。此固自视甚高，以为可以拳打天下，脚踢英雄，实则眼前一片墨黑，旬日之间，差点丢了老命。但是活动环境、往还人物、所经事件，造成了胸襟、眼界的区分，所以像饶汉祥，相当一段时间内，自觉虽然手无缚鸡之力，却不乏胸有雄兵百万，大智大勇，神出鬼没……神仙撒豆成兵，而他不妨布字成阵。至于许葭村等，则滞留寒蜇不住鸣的境地，无法摆脱，封闭在自怨自艾的蛛网之中。说来可叹！

近现代文学史，无虑数百十部，似乎没有一部提到饶、许二人的，这是学者因观念的偏颇而失职，实则像他们手下所汩汩流出者，正是如假包换的纯文学啊！

饶汉祥1911年末入湖北军政府，此前多不得志。自入都督府秘书室任职，为黎元洪赏识，很快晋升为秘书长。从此在北洋纷纭世象中，沉浮与共，堪称刎颈之交。

辛亥革命爆发，黎元洪被时势推向风口浪尖，势成骑虎。此时汉祥即献一策，以其起死人肉白骨的文字向全国通电，虽说清廷大限已到，但自黎元洪七上八下的心里，有此鼓动文字，借电波频传，各省相继独立，使其居弄潮的主动地位而避免孤立危险，给他一颗定心丸，实在是功莫大焉。

当时他将袁世凯比作曹孟德，将武昌民军及同盟会势力比作东吴孙家，将黎元洪比作刘玄德，为事实上的鼎足而三，连类比附也较为贴切。由此再来定位其战略，如何折冲樽俎，还是起到相当的作用。

袁世凯为笼络黎元洪，对饶汉祥也施以恩惠。到了张振武为袁世凯、黎元洪合谋杀害，全国舆论哗然，饶汉祥即奋笔起草"辩诬"之长篇通电，将其幕僚作业全部植入其中。

他的骈体电文，在民初公牍中风行一时。

民国时期，割据势力的通电尚多采用骈俪文体，一则易使文章在有限的篇幅里跌宕起伏,使之更为老健多样,从而读者乐于观诵;一则尺幅兴波,俾文势连绵,含义深广,攻击对方的力量也得以加强。民初通电,本来也是打击对方的一种手段,但为着增强力量起见,总在调动当时文士的基础上,使之更为完善。从文体上说,它具有汉大赋及六朝抒情小赋的双重合理内核。在形式及写法上,所沾溉的是六朝骈文的轻捷敏妙;而在效果上,它又力求获得汉大赋的铺陈巨丽,因此在辞藻句式方面有所节制地对大赋加以采用。

也许通电文本的讲究与事件的始作俑者最有关涉。民国初期革命党的通电往往经过孙中山、黄兴、章太炎手订,而他们都是现代文化史上第一流的智识者。即如军阀吴佩孚尚是前清秀才。民国中后期一线的战将,若刘文辉,深于旧学,新中国建立后任林业部长,不识新式标点;若廖耀湘,国学底子在北伐以后的高级将领中,要算翘楚;若刘峙,徐蚌兵败,退至南洋,隐名埋姓,教授国文,尤擅旧尺牍,博稽通考,更兼深入浅出,学生深表欢迎。兴趣爱好所在,生理兴焉。而其幕中参谋僚属,也颇得用武之地。当然通电骈文做得最好的,就是饶汉祥,他的骈文,已臻出神入化之境。

骈文发展到八股文,烂熟已极,也腐朽已极。这于时代气氛有关,并非文体本身之错。禽兽只知饥啼痛吼,如此皆出于本能的号呼,而语言自来是人的专长,虽说文采与思想密不可分,形式依存于内容,但文章修炼到极境,对思想表达的准确性有益无害。当时一般作家不乏发言的机会,但讥讽过度,也容易招祸引灾,所以婉曲迂回往往在其考虑之内。唯此通电一体,双方后面真正要发言的是枪炮刀剑,言论的限度简直就不成约束,且唯恐嘲讽挥斥不够。故其行文推进往往大刀阔斧,或者冷峭犀利,仿佛放足妇人,大步踏去,十分痛快。写到动情的时候,不免山崩峡流,文气贯注。通电看似公文,实则与真正毫不足取的文牍相比,它反而因了大动干戈造成一种别样的文章,至于通电双方因调停息争止怒,那就皆大欢喜,独留电文于世间成为单独的欣赏品了。

就饶汉祥跟随两度任总统的黎元洪而言,故说他是天字第一号的幕僚也不为过。

他是把他的幕僚作业写在他的作文里。

除了幕僚的专业而外，他的文字承载了更多的艺术的功能。他是另外一种为艺术而艺术的人物。

别人的作业已随历史烟消云散，变成漫漶的荆棘铜驼；他的作业却在他的文字里面积淀，并且放大。

饶氏以其天才的文字质感，对典籍的渊然洞悉，对骈文高明的把握驾驭，不特举重若轻完成其幕僚作业，同时更造设出一种戴着脚镣跳舞的欣快。以其磐磐大才，将艺术的束缚和规则变为一种优势，跳得更加淋漓尽致。在幕僚作业之外，更增一种表演的功夫，滴水不漏，起落裕如。似乎在无意识和下意识之间就完成了他的作业，随时随地在和特殊的文体彻夜偷欢，魅力密布字里行间。

饶汉祥是湖北广济人，同盟会成立那年（1905年），他也到了日本，入政法大学，两年后回国，曾在福建任视学。武昌首义后即返鄂，为黎元洪高参。撰文理事，颇得黎氏赏识。后随黎元洪入京。1914年5月黎任参政院院长，饶为参政。筹安会活跃其间，他曾因黎元洪的关系而受软禁，袁世凯死后黎元洪出，饶即为总统府副秘书长。其后府院之争，黎下野，饶汉祥也随黎氏寓居天津。到了1922年夏，黎元洪时来运转复任总统，饶氏出任总统府秘书长。1923年春，为黎元洪草拟《致京外劝废督通电》、《致京外劝息兵通电》，颇获社会谅解。黎元洪再次下台，饶氏又随之寓天津，可谓须臾不离的核心幕僚。1925年秋，奉系郭松龄在河北倒戈，饶氏出山为代拟讨伐张作霖的通电，且亲往郭部赞襄文告。郭氏兵败，饶氏间道逃逸。

他的骈文，综合了六朝汉大赋、演连珠、唐四六文的长处，高蹈雄视，而又贯注体贴。近年的文评家，或多以为他所做通电宣言属于骈文滥调，这并非成见或从众心理使然，实情乃是彼辈眼大无神，无力欣赏的缘故。饶氏文章，乃综合文言作品尤其是历代骈文的成就，沉潜深郁，而又脱颖而出，运用出神入化，实为国粹烂熟时期的结晶。白话文学家采蔑视之态度,殊不知他的作品多为传颂一时的名篇佳作,非大手笔不能为。

他替黎元洪复任总统后所拟的电文,舍我其谁的心态中透着一种优游不迫,于是先把当年辞职的情况宛转表述一通,情词复沓,不厌其烦。"人非木石,能无动怀?第念元洪对于国会,负疚已深,当时恐京畿喋血,曲徇众请,国会改选,以救地方,所以纾一时之难,总统辞职,以谢国会,所以严万世之防,亦既引咎避位,昭告国人……""十年以还,兵祸不绝,积骸齐阜,流血成川,断手削足之惨状,孤儿寡妇之哭声,扶吊未终,死伤又至。必谓恢复法统,便可立消兵气,永杜争端,虽三尺童子,未敢妄信,毋亦为医者入手之方,而症结固别有在乎?症结惟何?督军制之召乱而已……"

这个就透着批判了。全文凡三千余言,对各省督军,先打后拉,把财政的用度、拥兵自雄的祸端、民间智识的迟滞、争端的底蕴,缝纫包连缕述之。其间,像什么军国主义、共和精神、省宪制定、联省自治、国家、法律、民意、机关等新名词新现象罗列而推究之,至于政客与军人的窥测与倒戈,瞬间命运的颠倒,也毫不客气地批驳陈述,然后借各种军阀之口,设出种种反问,每一反问,又都顺势予以解答,达成合于他意思的命令或意见,文气宛转坚毅,口气则透着劝诱与威胁。

代撰文体贴主人身份,言事则周密详尽,说理则深宛透彻,发语精警,细入毫芒,而所结论,却又浩茫阔大,骈体文在饶汉祥手上,真可谓闳于中而肆于外了。

至于他赠杜月笙的生日联,那就更是大匠小品,稍加点染,着手成春。联曰:春申门下三千客,小杜城南五尺天。

将楚国的春申君拿来比附那声名显耀的四公子之一;复将其家族比作汉中世族杜家,所谓"城南韦、杜,去天尺五"。此联蕴藉含蓄,而气势包裹颇有发散的强势语义和寓意,把杜氏的声威,概括到极点。

抗战胜利后章士钊也为杜月笙寿辰献礼,那是一则短小的四六文,篇幅则如一幅长联了。而其意义,较之饶汉祥的寥寥十余字,差距不可以道里计。章氏同样是个策士,他的高头讲章《柳文指要》作出扛鼎手的样子。但他此文捧杜月笙到了一国重臣或者领袖的地位,恐怕杜氏本人看了,也会汗涔涔而下吧!"……吾重思之,其此人不必在朝,亦不必在军,一出一处,隐隐然天下重焉……战事初起,身处上海,而上海重;战争中期,身处香港,则香港重;战争末期,身处重庆,而重庆重。舍吾友杜月笙先生,将不知何为名以寻……"杜氏还是有自知之明的,他将其收讫而已。杜氏的门联,也是饶汉祥的手笔,联曰:友天下士,读古人书。

他代黎元洪写给袁世凯的公文,更似一篇特殊的陈情表,举重若轻,黎氏没想到的,他也给挖掘殆尽,全文剀切详明,意尽辞沛,而于古今政治得失之故,多作穿插,自然深切,扫荡八代,独有千古,委实可谓一种纸上的战役。袁世凯的幕僚撰写的回函有云:"褒、鄂英姿,获瞻便坐。逊、琨同志,永矢毕生。每念在莒之艰,辄有微管之叹,楚国宝善,遂见斯人。"篇幅形制精妙飘逸,更像六朝抒情小赋。

弄笔使气,免不了百密一疏。黎元洪任副总统期间,他的职务要出现在饶汉祥的骈体文中,这种新科头衔,不见于传统典籍,饶氏搜索枯肠,竟以太子的典故附丽之,谓之"元洪备位储贰",一时成为笑柄。

武昌首义元勋张振武被害案,黎元洪猫哭老鼠,有长电致袁世凯。饶汉祥运笔,代黎元洪数落张振武十五大罪状,洋洋洒洒,文章做得峰回路转,全用四六文结撰,也真难为他。各罪状之间需分立而又联系,仅就字面而言弥漫一番摇曳波荡,但文字毕竟不能包办一切。里面要为黎元洪的阴谋洗刷、解套,那就不免气短、不免败露。黄兴对其质问,仅三百余字,其中如:"南中闻张振武枪毙,颇深骇怪!今得电传,步军统领衙门宣告之罪状,系揭载黎副总统原电。所称怙权结党,飞扬跋扈等,似皆为言行不谨之罪,与破坏共和、图谋不轨之说,词意不能针对。"就可将其问得哑口无言。

黎元洪并不聪明,但却屡想搞事儿,结果中了袁世凯的连环套,还把他的电文抄成大字报用以示众——张振武遇害次日,袁世凯就让人在金台旅馆门旁出示布告,将饶汉祥所撰这篇副总统原电抄录。如此一来,饶氏的文本,也就直挺挺的变成观者破译的对象,不论其词翰如何的美妙,言多必失,狐狸的尾巴还是露了出来。文尾写到"世有鬼神,或容依庇,百世之下,庶知此心。至张振武罪名虽得,劳勋未彰,除优加抚恤,赡其母使终年,养其子使成立外,特派专员,迎柩归籍,乞饬沿途善为照料,俟灵柩到鄂,元洪当躬自奠祭……"则已心虚汗出,强词夺理,故作镇静了。

黎元洪辞职电,将责任归于他自身,求治太急,用人过宽,这真是既自责,又自夸,在技术上的自我洗刷辩诬达于极点。当各种矛盾汇聚之时,他黎元洪"胶柱调音,既无疏浚之方,竟激横流之祸,一也。格芦缩水,莫遂微忱,寡草随风,卒隳持操,二也",接下去数落张勋,大盗移国,都市震惊,而他在此乱局中,不忍目睹万姓流离,伤于兵燹,方有辞职之举。左说右说,圆熟周至,既表白,也痛陈纠葛,至于典故的恰切运营,时事的新警比附,犹其余事耳。其名句如"惟有杜门思过,扫地焚香,磨濯余生,忏除凤孽,宁有辞条之叶,仍返林柯,堕溷之花,再登茵席?""若必使负疚之身,仍尸高位,腾嘲裨海,播笑编氓,将何以整饬纪纲,折冲樽俎?稀瓜不堪四摘,僵柳不可三眠,亡国败军,又焉用此?"此等句式,均深堪玩味。

1925年11月,郭松龄的倒戈,先是和冯玉祥结盟,然后是军队改编,并拟回师打沈阳,讨伐张作霖。郭松龄则以张学良名义控制他们,他谎称要清君侧,推出张汉卿,然后从山海关直入锦州,到了新民屯,对面就是张汉卿带着军队来抗拒他们,这些官兵陡然懵了,想到张氏父子待其不薄,为何要拿枪打他们?可见郭氏倒戈之初就已埋下败因。他与冯玉祥联手,但冯氏却又在关键时候不配合他的计划,使郭氏身死家灭。郭氏当然不忘记最重要的电报战。因此请来饶汉祥。此时饶公正和黎元洪闲居天津,百无聊赖,于是慨然入幕。不过这是他幕僚生涯中最危险的一次。首先连发三通电报,一是宣布杨宇霆的罪状,要求立即罢免,一是请"老帅"下野,"少帅"接位。郭军溃败,饶脱逃。这时候的饶汉祥,真个是"姥姥不疼舅舅不爱",落魄得紧。

1925年11月22日,饶汉祥代郭松龄讨伐张作霖,其作可称大开大阖,混茫而来,全文近两千字,文章前半篇幅采破局之体,摒四六交替之原则,纯用四言撑起,诸如:"名为增饷,实同罚俸。年丰母馁,岁暖儿寒,战骨已枯,恤金尚格。膺宗殄绝,嫠妇流离……死无义名,生有显戮……强募人夫,兼括驴马,僵尸盈道,槁草载途。桀以逋逃,骚扰剽掠,宵忧盗难,昼惧官刑,哀我穷阎,宁有噍类……"

遣词造句先是如高山坠石,猛不可挡,复如长绳系日,膂力无穷。先是数落老帅的不是,形势的不得不变,以下则是威吓、劝慰、蒙骗、求告、呵斥等,奇奇怪怪地汇于一炉。

数落张氏罪状,扰民、窃财、纵兵,等等。其中颇有朗朗成诵的名句,譬如"建国以来,雄才何限,一败不振,屡试皆然"。"人方改弦,我犹蹈辙。微论人才既寡,地势复偏,强控长鞭,终成末弩。且天方厌祸,民久苦兵"。

然后才说出郭松龄的无奈之举,此时再次穿插民间的危困,以及张作霖的种种不是。继而顺势抬出张学良来,说他英年踔厉,识量宏深云云,言下之意,张作霖要是识相,就应当迅速下野,灌园抱瓮,从此优游岁月,远离军政。

最后是代郭松龄表决心:"先轸直言,早抱归元之志;鬻拳兵谏,讵辞刖足之刑。钧座幸勿轻信谗言,重诬义士也。"说得是那么的恳切、深邃、正大,仿佛义气充满,实则就郭氏言行和举兵结局来看,形同儿戏,和写在纸上的雄文加美文,相去何啻天渊。

冯玉祥也在郭松龄通电后发出回应,历数张作霖罪恶,促其下野。但他的通电词气较为塌懦,"祥承阁下不弃,迭次欲与合作,用敢本君子爱人以德之意,凡人之所不敢言不忍言者,为阁下一言,作为最后之忠告,请即平心静气一详察之。语云:得人者昌,失人者亡。况共和国家,民为主体。不顾民生,焉能立国。乃自奉军入关,四出骚扰。因所部有公取公用之实,致民间来要吃要穿之谣。试思军兴以来,阁下兵威所及之区,横征暴敛,到处皆是,苛捐勒索,有家难归……"

较之饶汉祥手笔,词文语气卧倒拖沓,文句疲弱不振,文采文气的悬殊渊然可见。

饶汉祥如椽之笔的扛鼎才力,殆为天授,实非人力可致。这一点,像极李白。而其为人,两人也极近似。

大文人如李白,他和"致君舜尧上,再使风俗淳"的杜甫是不一样的。他所崇仰的人物,多为纵横家、能干的幕僚、游侠,像范蠡、鲁仲连、张良、谢安等等。除了功名利禄的考虑,更有一种本性驱动的不安分,取快一时的搞事儿的冲动。

军阀因种种蝇营狗苟,勾心斗角,常常兵戎相见,祸害地方,他们之间的战斗,就战略战术而言,大多鄙陋愚鲁,不上路,下三烂,倒是像饶汉祥这样的高级幕僚,似乎较军阀更不懂军事,但其写在纸上的战斗文字,却异常的投入、专业、确凿、起伏跌宕,仿佛是纸上另一场立体的战争,厮杀之处,声光夺人,有时不足半个时辰的战斗,此前的函电之战,倒有数十通,这是民国文坛的一大奇观,是的,是文坛,且不论其游离的性质,就是后世作为史料,也多勉强,它们的意义,更近于文学。

饶汉祥调遣文字,可谓遣字成军,吐嘱成阵。他以文字播撒成一片硕大的战场,他于纸上运筹帷幄,进退裕如,他在稿本上金戈铁马,弥漫硝烟。饶汉祥,他直是文字用兵的大师,文字野战的枭雄;直是文坛中的恺撒大帝、稿纸上的麦克阿瑟。他布设文字炉火纯青的手腕,指挥、参谋于一体的战略奇术,他所服务的同时代的政军人物,曹吴孙张,冯段徐王……也没有哪一个真在战场上可与他的文字作战作同样的比拟,成同样的比例,换言之,都没有那样高迈雄奇的气魄、所向披靡的力道。

周作人的散文《初恋》尝谓"她在我的性的生活里总是第一个人,使我于自己以外感到对于别人的爱着,引起我没有明了的性的概念的对于异性的恋慕的第一个人了"。如此啰唆、夹缠地不知所云,真可以把人考住了!

胡适所倡导的白话写作,以拖沓繁琐、欧化啰唆为得计,胖滑有加,唠叨如故,钱玄同更叫嚣"汉字不灭,中国必亡"。

如此浮泛、粗鄙的败笔,犹被称为文章大师、文学巨子,则饶汉祥以其粲然文采、如椽大笔,以及他纯粹典雅、劲挺峻茂的汉语语感,更当为文章大师之正牌。文学所应承担、并持续放射者,在他那里正是饱满持久地供应之,不绝如缕。

天津市历史博物馆辑:《北洋军阀史料黎元洪卷》,天津古籍出版社1996年版